Sab

Letras Hispánicas

Gertrudis Gómez de Avellaneda

Sab

Edición de José Servera

SEXTA EDICIÓN

CATEDRA

LETRAS HISPANICAS

1.ª edición, 1997
6.ª edición, 2005

© Ediciones Cátedra (Grupo Anaya, S. A.), 1997, 2005
Juan Ignacio Luca de Tena, 15. 28027 Madrid
Depósito legal: M. 49.775-2005
ISBN: 84-376-1594-1
Printed in Spain
Impreso en Lavel, S. A.
Pol. Ind. Los Llanos, C/ Gran Canaria, 12
Humanes de Madrid (Madrid)

Índice

Introducción

A mis padres, siempre conmigo

Gertrudis Gómez de Avellaneda, por Madrazo

Biografía

La información más fidedigna que puede encontrarse sobre la vida de Gertrudis Gómez de Avellaneda procede de las fuentes autobiográficas y de los epistolarios que se han conservado. Estos textos son fundamentales para trazar su biografía, al tiempo que constituyen un conjunto muy rico de noticias literarias de la época ya que en estas cartas la pluma de la Avellaneda se desenvuelve más libre y sin las supeditaciones de escribir ajustándose a una forma literaria o a un público lector. En esas páginas fluyen sus sentimientos y su apasionamiento mostrándose su grandeza de espíritu, su generosidad, su comprensión y su rebeldía; por todo ello, y por la situación específica de la mujer en el siglo XIX, Gertrudis Gómez de Avellaneda resulta, sin duda, una de las personalidades del mundo de la literatura más atractivas y ricas de la época.

Además, cuenta con rigurosas biografías que coinciden en los acontecimientos más importantes de su vida y sólo difieren en pequeños datos que no modifican el sentido general de lo que fue una vida romántica. Entre estos estudios destacan, entre otros, las aportaciones de Pastor Díaz (1850), Cotarelo (1930), Ballesteros (1949) y Bravo-Villasante (1967).

Los primeros años

Gertrudis Gómez de Avellaneda fue uno de los cinco hijos del matrimonio entre D. Manuel Gómez de Avellaneda, español, comandante de Marina, entonces destinado en Cuba, y

D.ª Francisca de Arteaga y Betancourt, nacida en el seno de una rica e ilustre familia cubana. Sus padres, pues, pertenecían a la buena sociedad y habían recibido una esmerada educación y cultura.

Gertrudis nace en Puerto Príncipe, hoy Camagüey (Cuba), el 23 de marzo de 1814[1]. Su infancia transcurre en un ambiente feliz, educada en una familia acomodada, en el que era habitual contar con una servidumbre de criados de raza negra, muchos de ellos esclavos.

Todavía en vida de su padre, y a causa de la elevada tasa de mortalidad infantil —mal endémico hasta bien entrado nuestro siglo—, perderá a tres hermanos. A los nueve años, cuando queda huérfana de padre en 1823, en la casa sólo hay dos niños, Gertrudis, la primogénita, y Manuel, dos años menor que ella. Su madre, al cabo de diez meses, el 12 de noviembre del mismo año, se casa en segundas nupcias con D. Gaspar de Escalada y López de la Peña[2], también militar. Fruto de este matrimonio nacieron tres hijos más[3]. La crítica ha señalado, a partir de la lectura de la *Autobiografía,* el rechazo emocional que la figura del padrastro produjo en Tula —apelativo familiar con que se la llamó a lo largo de su vida—. Al respecto, hay quien no duda en afirmar que realizó dos retratos poco fieles e inciertos de su padre y de su padrastro. Sólo de tarde en tarde ve a su padrastro, ya que había sido trasladado a otra ciudad y únicamente dos o tres meses de cada año se presentaba en el hogar.

---

[1] De las obras citadas en la bibliografía, sólo se indicará el título y las páginas, con el fin de no repetir información. Sobre la fecha de nacimiento de nuestra autora existen divergencias cronológicas; así, Nicomedes Pastor Díaz, en la «Noticia biográfica» de las *Obras literarias, dramáticas y poéticas,* corregidas por la autora (Madrid, Rivadeneyra, I, 1869-1871, pág. XVIII), afirma el año 1816 como el de su nacimiento. El 28 de noviembre del mismo año también indican Joaquín Esquerra y Luis Pérez (*Retratos de mujeres españolas del siglo XIX,* Madrid, Impta. Julio Cosano, 1924). Errores evidentes.

[2] Algunos biógrafos indican el nombre de Isidoro, en vez de Gaspar, por ejemplo Cotarelo, *La Avellaneda y sus obras,* pág. 10.

[3] Felipe (1826-1873), Josefa (1828-1852) y Emilio (1832-1921). Véase, al respecto, la nota que Felipe de Escalada y Ceballos-Bracho, sobrino carnal de la Avellaneda, mandó a Cotarelo, quien la reproduce en su libro, *La Avellaneda y sus obras,* págs. 10-11.

Le preparan un matrimonio de conveniencia, pero rompe el compromiso matrimonial en 1830, pues parece sentirse más atraída por un joven llamado Loynaz. Se escapa y refugia en casa de su abuelo. El disgusto familiar y, más tarde, la muerte del abuelo y el noviazgo de Loynaz con una de sus más íntimas amigas, Rosa Carmona, la sumen en la soledad, el desencanto ante la familia, las amistades y la sociedad en general. Un tiempo después, su padrastro quiere regresar a España; por el contrario, su madre desea permanecer en Cuba. Se produce entonces una alianza que no se repetirá: Tula apoya la pretensión de su padrastro.

El ambiente, vivido en su adolescencia y juventud, en el que se desenvuelve la futura poetisa, es refinado y bello. Se decanta por el mundo de la literatura. Gómez de Avellaneda había recibido una enseñanza muy superior a la habitual en una mujer de su época. En este sentido, hay que recordar que no se propiciaba ni la lectura de obras literarias, a excepción de las obras devotas, ni la actividad creadora, consideradas perniciosas para la moral femenina. La información sobre las actividades, las lecturas y el mundo cultural en el que despierta su curiosidad intelectual muestra la riqueza de sus fuentes; Tula conocía en profundidad las literaturas española y francesa.

Por otra parte, la tradicional rebeldía con que se ha caracterizado su figura literaria se explica, además de por su condición de mujer en su tiempo, por su educación en el liberalismo cubano. Este hecho, unido a su experiencia vital, la convierte en una persona muy crítica, como mujer y como colono, al tiempo que evidencian una personalidad inquieta y a disgusto con la cultura dominante española. También es crítica con su propia clase, pues procediendo de una familia esclavista, en la que era habitual, como ya se ha dicho, tener esclavos de raza negra, Tula crea, en una de sus novelas, un esclavo negro superior a un blanco mezquino; así empieza a manifestar claras discrepancias con respecto a su propia clase social. Tal vez sus ideas religiosas, en concreto la consideración de que todos los hombres son iguales ante los ojos de Dios, y los principios de la Revolución Francesa contribuyeron a que criticara un sistema social injusto y, así, su figura adquiriera fama de rebelde.

La familia decide afincarse en España. Gertrudis cuenta veintidós años. Así, el 9 de abril de 1836 a bordo de la fragata francesa *Bellocham* parten hacia Europa; el soneto «Al partir» evoca ese momento. Después de casi tres meses, el 3 de junio, llegan a Burdeos y, tras dieciocho días[4], zarpan otra vez, ahora rumbo a La Coruña, ya que allí su padrastro tenía parientes. Pero las desavenencias con la familia de Galicia no se dejaron esperar: Fueron muy criticadas sus aficiones, consideradas escandalosas para su sexo. Galicia no le causó buena impresión, en particular destaca en esta región su gran pobreza:

> A todo americano debe chocarle de una manera muy desagradable la pobreza de Galicia. En los días primeros de mi llegada a La Coruña me melancolizaba ver por las calles una tropa de mendigos cubiertos de trapos asquerosos, sitiar al forastero, importunar, y hacer mil bajezas para obtener una moneda de cobre: (...) y yo no había visto todavía este exceso de miseria y de degradación humana[5].

El ambiente familiar, conservador, y la marcha al extranjero de su hermano Manuel, con quien mantenía mejores relaciones, la ha sumido en una existencia provinciana un tanto aburrida.

Sin embargo, en La Coruña conoce a un nuevo joven, Francisco Ricafort, que se enamora de Tula; pero, según confiesa la propia poetisa: «No gustaba de mi afición al estudio y era para él un delito que hiciese versos»[6]. El joven le ofrece contraer matrimonio. Tula pide la parte de la herencia que le corresponde a su padrastro Escalada, él se la niega. La rela-

---

[4] Sobre su estancia en Burdeos véase *Memorias inéditas de la Avellaneda*, anotadas por Domingo Figarola-Caneda, págs. 6-9.

[5] *Ibidem*, pág. 13.

[6] *La Avellaneda. Autobiografía*, pág. 34. También en *Poesías y epistolario de amor y de amistad*, pág. 166.

ción, ante una serie de hechos, se va desvaneciendo hasta que resuelve no casarse con Ricafort, por quien no parece sentir un gran afecto. Ha permanecido veinte meses en La Coruña.

Llega su hermano Manuel y deciden viajar juntos hacia Constantina, pueblo natal de su padre. Pasan por Santiago, Pontevedra y Vigo. Se dirigen en barco hacia Lisboa:

> En fin el cinco nos embarcamos Manuel y yo en el vapor inglés *Londonderry*, a las diez de la noche, con un hermoso tiempo. ¡Fue sin embargo una noche bien triste para mí!... Me separaba por primera vez de mamá...[7].

El 7 de abril llegan a Lisboa y el 9, otra vez en el *Londonderry*, parten hacia Cádiz, adonde llegan el día 11 por la noche, después de dos días y medio de dura navegación, según apreciación de la propia Tula, que, por otra parte, siempre alaba las ciudades andaluzas, y, en concreto, Cádiz:

> Grande, magnífica, es Lisboa, hermoso y animadísimo Burdeos, soberbia y bella Sevilla, pero ¿qué ciudad del mundo será tan seductora y risueña como Cádiz?[8].

El 17 de abril toman el vapor *Península* y llegan el mismo día a Sevilla, ciudad que les encantará durante el mes y medio que pasan antes de partir hacia Constantina, pueblo andaluz en el que reside su tío paterno, Felipe Gómez de Avellaneda, y donde pasan unos tres meses. Allí también ha surgido un pretendiente, rico propietario, animado por su tío. Pero las ideas de Tula son otras. No atiende a los consejos familiares; rechaza al acaudalado aspirante y decide residir en Sevilla.

Dedica grandes elogios y bellas descripciones a la capital andaluza. No es extraño que regrese y se establezca allí, pues le encanta el mundillo cultural y las amistades que va hacien-

---

[7] *Memorias inéditas de la Avellaneda*, anotadas por Domingo Figarola-Caneda, pág. 18.
[8] *Ibidem*, págs. 21-22.

do. En la ciudad y en sus gentes encontrará el ambiente adecuado para empezar a promocionarse como escritora. Así, puede publicar en periódicos y revistas de la ciudad y también de Cádiz. En junio de 1840 estrena su primera obra de teatro, *Leoncia*[9], bien acogida por el público sevillano.

En sus cartas, da noticia de otro pretendiente, Antonio Méndez Vigo, quien desea casarse con ella, pero la Avellaneda no acepta. Parece salir muy escarmentada de todo ese asunto:

> He jurado no casarme nunca, no amar nunca; y aun me propongo ya abjurar también todo empeño, aun los más sencillos y pasajeros[10].

«La reina mora del Camagüey»[11]

Era difícil que estas afirmaciones juveniles se cumplieran, ya que una mujer de su talante y personalidad levantaba admiración; y así ocurrió a su llegada a España. Su aparición en el Liceo es evocada, años más tarde, por Zorrilla, en *Recuerdos del tiempo viejo* (1880):

> Porque la mujer era hermosa, de grande estatura, de esculturales contornos, de bien modelados brazos y de airosa cabeza, coronada de castaños y abundantes rizos, y gallardamente colocada sobre sus hombros. Su voz era suave, dulce,

---

[9] Madrid, Tip. Revista de Archivos, Bibliotecas y Museos, 1917. Es un drama en prosa en cinco actos, que versa sobre una mujer seducida que tiene que luchar contra los prejuicios sociales. Obra de principiante, tiene muchas carencias.

[10] *Poesías y epistolario de amor y de amistad*, pág. 177.

[11] Informa Rosario Rexach *(Estudios sobre Gertrudis Gómez de Avellaneda*, pág. 7) que el subtítulo de su libro (La reina mora del Camagüey) se debe a que: «Cuando la Avellaneda murió (...) *La Ilustración Española y Americana* publicó en su número del 24 de febrero de dicho año un extenso artículo de Teodoro Guerrero sobre la escritora que iba ilustrado en la portada con el grabado del retrato de la poetisa que aparece en la cubierta de este libro. Cuando el poeta Eugenio Florit (...) vio este grabado exclamó: *La Reina Mora del Camagüey*. En honor al mencionado poeta y a la Avellaneda he querido subtitular así esta obra.»

femenil; sus movimientos lánguidos y mesurados y la acción de sus manos delicada y flexible[12];

Se ha insistido en su belleza física, que tan atractiva fue para los hombres de su época. Fue habitual trazar un ideal retrato de una personalidad innovadora, poco corriente en su época, aunque en las publicaciones destinadas al público femenino se insistiera en los valores tradicionales que se asignaban a la mujer; así lo hizo María del Pilar Sinués de Marco, en *El Correo de la Moda*:

> Tula es alta y majestuosa; de tez morena, cabellos y ojos negros; tiene las facciones llenas de encanto y expresión; las manos admirables y la voz de una dulzura encantadora. En su trato es afectuosa, sincera y tierna; en sus sentimientos noble hasta el heroísmo; viste con lujo y esplendidez y sus hábitos todos son los de una dama del gran mundo. Es generosa, expansiva y está dotada de una extrema benevolencia hacia todos cuantos le rodean; su lenguaje es siempre poético, dulce y elevado, y muchas veces fogoso y sublime[13].

Entre las numerosas descripciones de su físico, casi siempre del mismo talante, destaca la realizada por Figarola-Caneda:

> La Avellaneda era alta de cuerpo, esbelta y bien formada, de una complexión que los cubanos llamamos trigueño lavado, es decir, de un moreno claro con visos rosados, que es el tipo de belleza más admirado en la Isla; su tez suave y tersa, el cabello oscuro, largo y abundoso, los ojos negros, grandes y rasgados y sus demás facciones regulares y expresivas; su voz era dulce y melodiosa, leía con mucho despejo, entonación y sentimiento, y estaba dotada de aquella mezcla de ter-

---

[12] Es un retrato muy citado, *Recuerdos del tiempo viejo*, Publicaciones Españolas, 1961, II, pág. 381. También, entre otras obras, en Cotarelo, *La Avellaneda y sus obras*, págs. 70-71; en Carmen Bravo-Villasante, *Una vida romántica: la Avellaneda*, pág. 57; en *Sab*, edición de Mary Cruz, pág. 31.

[13] «Gertrudis Gómez de Avellaneda», *El Correo de la Moda*, Madrid, 28-I-1861, pág. 61. Reproducido por Cotarelo, *La Avellaneda y sus obras*, pág. 406; y también por Mary Cruz, edición de *Sab*, pág. 30.

nura y vehemencia de carácter propia de los espíritus nobles, elevados y generosos[14].

En una valoración muy distinta, Elena Catena repasa las consideraciones que su físico pudo provocar a lo largo de la vida de la poetisa:

cuando a los veintidós años de su edad llega a España causa una verdadera conmoción entre los hombres que se encuentran con la hermosa cubana; y siempre será así, aun cuando con los años esa gallarda mujer *esbelta y bien proporcionada* se convierta en un cuerpo humano de gordura desproporcionada. Los diferentes retratos que durante su vida se le hicieron van marcando esa transformación física. No obstante, siempre hubo un hombre a su lado que no sólo admiró su soberano talento, su capacidad de creación literaria, sino también su físico humano[15].

Recuérdese la profunda admiración que la cubana causó en el joven Valera. Siempre tuvo a su lado algún hombre que se sintió atraído por el talento y por el físico de Tula; incluso el primero debió de ser un óbice en la relación con el sexo opuesto. Fue consciente de sus atractivos y de su grandeza espiritual; así, en una de sus cartas, le confiesa a Cepeda: «si yo fuese hombre y encontrase en una mujer el alma que me anima, adoraría toda la vida a esa mujer»[16].

A través de su epistolario es fácil hacerse una idea del temperamento y del carácter de Tula. Las manifestaciones apasionadas, los celos, la desazón, los deseos, los desengaños, etc., forman un epistolario único, de una mujer singular que vivió intensamente el momento que le tocó vivir. Sirva de muestra de su carácter independiente, y de mujer que lucha por su emancipación, un fragmento de una de las cartas que mandó a Antonio Romero Ortiz:

---

[14] *Gertrudis Gómez de Avellaneda. Biografía, bibliografía e iconografía, incluyendo muchas cartas, inéditas o publicadas, escritas por la gran poetisa o dirigidas a ella, y sus memorias*, pág. 15.
[15] *Poesías y epistolario de amor y de amistad*, pág. 10.
[16] *Ibidem*, pág. 231.

Mi posición es indudablemente la más libre y desembarazada que puede tener un individuo de mi sexo en nuestra actual sociedad. Viuda, poeta, independiente por carácter, sin necesitar de nadie, ni nadie de mí, con hábitos varoniles en muchas cosas, y con edad bastante para que no pueda pensar el mundo que me hacen falta tutores, es evidente que estoy en la posición más propia para hacer cuanto me dé la gana, sin más responsabilidad que la de dar cuenta a Dios y a mi conciencia; pero a pesar de todo sucede que no hay en la tierra persona que se encuentre más comprimida que yo, y en un círculo más estrecho[17].

«¡Es mucho hombre esta mujer!»

Tal vez ese temperamento independiente, que exhibió, originó la valoración varonil de su figura. Como otras mujeres inteligentes de la época, su talento y su belleza provocaron admiración pero, en ocasiones, también rechazo, sin duda debido a su condición intelectual y de escritora.

Se ha repetido la poco afortunada exclamación de Bretón de los Herreros: «¡¡¡Es mucho hombre esta mujer!!!», que valoraba el carácter, la fuerza espiritual y expresiva de su obra literaria. Por el contrario, Menéndez y Pelayo había afirmado: «La Avellaneda era mujer y muy mujer, y precisamente lo mejor que hay en su poesía son sentimientos de mujer...»[18]. Como la crítica ha indicado, don Marcelino parecía profetizar —faltaban quince años para que se conocieran la historia amorosa con Cepeda y las apasionadas cartas de Tula— el calibre humano, el fogoso y femenino corazón de nuestra autora.

En esta línea de afirmaciones poco afortunadas respecto a la mujer puede situarse la recogida por un hombre de la época, Luis Vidart:

No sin intención hemos dicho autor en vez de autora, poeta en vez de poetisa, pues la índole de la inteligencia de

---

[17] *Ibidem,* pág. 317.
[18] «Prólogo» a la *Antología de poetas hispanoamericanos,* Madrid, Sucesores de Rivadeneyra, 1892, II, pág. XXXIX.

la Sra. Avellaneda es tan varonil que hace años ya que el Sr. Ferrer del Río dijo con notable exactitud: «Al frente de las poetisas españolas figura Carolina Coronado, no es la Sra. Avellaneda una poetisa, es un poeta.»

Este crítico resume lo que pudiera considerarse una opinión muy habitual entre los intelectuales masculinos del momento, aunque actualmente muy desfasada; refleja de forma ejemplar lo que era una actitud muy común:

> siempre que se trata de obras escritas por alguna dama se suscita la cuestión acerca de si el sexo femenino debe emplear toda su actividad en los quehaceres domésticos, o si por el contrario la mujer está llamada a ser igual al hombre en todo, en cuyo caso debe llegar un día en que predique en los templos, perore en los clubs políticos y discuta en los parlamentos.
> Nosotros en esta cuestión creemos verdadera una teoría de término medio, que podrá ser tachada de ecléctica, doctrinaria y otros calificativos que hoy comienzan a aplicarse a lo que es práctico y posible, pero que se halla de acuerdo con la esencial distinción entre los dos sexos en que se divide la especie humana; teoría que no es ahora ocasión de desenvolver, pero que indicaremos diciendo que el sentimiento, la espontaneidad, es el carácter distintivo del sexo femenino; la razón, la reflexión el carácter del sexo masculino. Y dada esta esencial distinción, ¿podrá negarse que el bello arte puede y debe ser cultivado por la mujer?[19].

Este fragmento es una muestra de la consideración que se tenía de la mujer en aquella época a la hora de valorar su inteligencia. También J. Nicasio Gallego, en el prólogo a las *Obras literarias, dramáticas y poéticas*, se refiere a la cuestión femenina en la creación literaria, concretando las apreciaciones generales comunes de la época respecto a lo que era propio de la mujer frente a lo propio del hombre:

> Las calidades que más caracterizan sus composiciones son la gravedad y elevación de los pensamientos, la abundancia y propiedad de las imágenes, y una versificación siempre

---

[19] «Las novelas de la Avellaneda», págs. 41-42.

igual, armoniosa y robusta. Todo en sus cantos es nervioso y varonil; así cuesta trabajo persuadirse que no son obra de un escritor del otro sexo. No brillan tanto en ellos los movimientos de ternura, ni las formas blandas y delicadas, propias de un pecho femenil...[20].

Nótese el tópico de los rasgos caracterizadores de los dos sexos. En el mismo libro, Pastor Díaz, en «Noticia biográfica», alude otra vez al problema:

A pesar de las prevenciones que reinan en la sociedad contra las mujeres escritores, *Tula,* que es el nombre familiar que la dan sus amigos, dominó todos los recelos y acalló todas las antipatías con la superioridad reconocida de un inmenso talento, con el poder de una inspiración vigorosa y viril (...) la verdad es que en el círculo de la literatura se olvidó su sexo hasta para realzar la admiración y el mérito[21].

Zorrilla, en sus *Recuerdos del tiempo viejo,* escribe:

era una mujer; pero lo era, sin duda, por error de la naturaleza, que había metido por distracción una alma de hombre en aquella envoltura de carne femenina[22].

Y eso que el vallisoletano siempre fue con ella correcto, cortés y afectuoso; se refiere a Avellaneda, en la obra citada, como «la que fue, sin disputa, la más inspirada, correcta y vigorosa de las poetisas de nuestro siglo».
En efecto, el rechazo u olvido de lo femenino y la afirmación de lo masculino, como rasgo característico de su producción literaria, quería ser un halago, una atención hacia la autora.

---

[20] *Obras literarias, dramáticas y poéticas,* corregidas por la autora, Madrid, Rivadeneyra, I, 1869-1871, pág. XI. Recuérdese que el prólogo de Gallego está fechado en noviembre de 1841, cuando aún las voces femeninas no habían irrumpido con fuerza.

[21] *Ibidem,* pág. XX.

[22] Madrid, 1882, III, pág. 131. Cita que también reproduce Cotarelo, *La Avellaneda y sus obras,* pág. 71.

«¡Qué tibio galán hacéis!»

En Sevilla conoce a Ignacio Cepeda y Alcalde[23], de quien estuvo enamorada casi durante toda su vida, tal como confiesa en la *Autobiografía y cartas* publicadas en 1907 por Lorenzo Cruz de Fuentes[24]; en este epistolario puede seguirse toda la historia entre ambos. La *Autobiografía* que precede a las cartas es una especie de presentación, realizada en 1838, en la que Tula cuenta su vida anterior a Cepeda. Es interesante, tal como indica Susan Kirkpatrick, porque

> demuestra su elaboración de una imagen del yo que se hace eco de los modelos literarios románticos, a la vez que pone de manifiesto su conciencia de que esos modelos eran contrarios a la pauta cultural de la existencia femenina»[25].

---

[23] Cepeda había nacido en Osuna, el 21 de enero de 1816, tenía, pues, dos años menos que Gertrudis. Se graduó en Derecho en 1840, fue consejero provincial en Sevilla y diputado a Cortes. Murió el 16 de noviembre de 1906. Véase la «Necrología» que aparece en *La Avellaneda. Autobiografía y cartas de la ilustre poetisa, hasta ahora inéditas, con un prólogo y una necrología [de Cepeda] por el catedrático del Instituto Gral. y Técnico de Huelva*, ed. de Lorenzo Cruz de Fuentes.

[24] Bravo-Villasante, en «La Avellaneda: una mujer en sus cartas y en su poesía», en C. Bravo-Villasante; G. Baquero y J. A. Escarpanter, *Gertrudis Gómez de Avellaneda*, pag. 10., a propósito de sus cartas, escribe: «y se enamora de Ignacio Cepeda, lo que da lugar a otra de sus más grandes obras literarias, las cartas a Cepeda, que se publican muchos años después de su muerte. Ella está escribiendo una novela epistolar sin saberlo. Las cartas de la Avellaneda se han dado a conocer gracias a la mujer de Ignacio Cepeda. Esta dama tan culta, cuando murió su marido se encontró con un manojo de cartas y en lugar de quemarlas como se suele hacer, por temor a que las cartas puedan comprometer, al contrario, se las dio a un escritor y le dijo poco más o menos: "publique Vd. estas cartas, haga usted con ellas lo que quiera, porque estas fueron las cartas de amor que Gertrudis Gómez de Avellaneda, la gran poetisa, escribió a mi marido". Comprendió que su marido se había engrandecido mucho al ser amado por esta mujer. A esto debemos añadir que la mujer de Cepeda es la que también se ha engrandecido al apreciar a la primera amante de su marido (amante significaba en el XIX enamorada, amadora). Y gracias a esto, nosotros conocemos las cartas de la Avellaneda, que son un prodigio de sentimiento y de estilo literario».

[25] *Las románticas*, pág. 133.

Son mayoritarias las alusiones no excesivamente halagadoras de Cepeda por parte de los biógrafos de la Avellaneda:

> En lo intelectual era hombre sin imaginación, poco expresivo, aunque talentudo y amigo de saber; y en lo moral, egoísta; más que frío, helado; amigo del dinero, metódico, buen administrador de bienes, temeroso de perderlos y deseoso de aumentarlos. Aunque sujeto a las comunes pasiones, sabía y podía dominarlas y someterlas a su conveniencia.
> Era, en fin, un hombre terriblemente normal[26].

A más de un crítico le ha resultado irritante ver cómo una mujer de la categoría humana e intelectual de la Avellaneda convirtió a un personaje tan vulgar como Cepeda en su gran amor, y cómo la hizo desgraciada con su supuesta prudencia y sus falsedades. Cotarelo entiende que la conducta de Cepeda se debía a que «Gertrudis era pobre, y Cepeda no quería casarse con ella, ni aun comprometerse de un modo duradero. Esta es la clave de su conducta ambigua y cautelosa, que quiere obtenerlo todo sin obligarse a nada...[27]».

Las cartas que Tula dirige a Cepeda muestran momentos muy diferentes. Del apasionamiento pasa a citarle el verso de Moreto: «¡Qué tibio galán hacéis!» La relación entre ambos viene marcada por el dominio de Cepeda que parece jugar con los sentimientos de Avellaneda, quien se pregunta: «¿por qué he de querer a un hombre tan poco complaciente, tan poco asiduo, tan poco apasionado como tú?»[28].

Más adelante puede leerse:

> me atreví a decirme a mí misma: «Ese hombre no me ha amado nunca, y sólo ha querido aprovecharse del afecto que conoció me inspiraba»[29].

---

[26] Estas son afirmaciones de López Argüello, *La Avellaneda y sus versos*, pág. 12, que reproducen Cotarelo, *La Avellaneda y sus obras*, pág. 37; y Castro Calvo, «Estudio preliminar. La vida y la obra», en *Obras de Gertrudis Gómez de Avellaneda*, I, pág. 48.

[27] Cotarelo, *La Avellaneda y sus obras*, pág. 37.

[28] *Poesías y epistolario de amor y de amistad*, pág. 214.

[29] *Ibidem*, pág. 218.

La moderación de Cepeda, que impone que sólo se vean una vez por semana con el pretexto de sus estudios, tal vez se deba a la deducción que realiza Carmen Bravo-Villasante:

> La quiere como amiga, como amante (así se decía entonces a la amada), pero como esposa teme que le resulte insoportable el exceso de inteligencia, su futura gloria, pues Tula no piensa renunciar a la poesía ni al logro del favor público[30].

Lógicamente, la relación fue cambiando de tono y muriéndose; así ya en una carta fechada en Sevilla el 15 de abril de 1840, se encuentra un fragmento que alude a ello y también a otra cuestión que debió de molestar a la sincera Tula:

> En la separación acaso eterna a que pronto nos veremos condenados será para mí un consuelo recibir algunas cartas de V. y dirigirle las mías; pero es preciso para que esta correspondencia esté exenta de inconvenientes determinar su naturaleza, amigo mío. Nuestras cartas serán las de dos amigos, no amigos como lo hemos sido en algún tiempo, porque aquella amistad era una dulce ilusión; la de ahora será más sólida porque no será hija del sentimiento, que antecede el amor (...).
> Últimamente he sabido positivamente que otras distracciones más nuevas te ocupaban en las horas que yo suspiraba por verte, y como no soy tonta, aunque sí sobrado confiada, vi por fin rasgarse el velo, que yo misma había puesto sobre mis ojos. (...) Sólo una cosa pudiera reprocharte, y es la falta de franqueza, es no haberme dicho *ya no te amo*[31].

El largo fragmento seleccionado revela el estado real de una relación amorosa que está terminando.

A todas luces se observa, por las respuestas de Tula, que Cepeda intenta reanudar la relación; así lo reclama y así la sigue torturando, mientras ella plantea soluciones:

---

[30] *Una vida romántica: la Avellaneda*, pág. 42. Más adelante Carmen Bravo-Villasante compara al personaje de Madame de Stäel, Corina, con la propia Avellaneda; véanse las págs. 49-50.

[31] *Poesías y epistolario de amor y de amistad*, págs. 225 y 226.

Lo que no puedo soportar es la idea de que una separación eterna va a ponerse entre los dos, y que tú has tenido el valor cruel de anunciármela; que tienes secretos y me los ocultas; (...)

¿Pero a qué conduce todo esto?... ¡Cepeda!, olvidemos todo lo pasado: aún podemos ser amigos, porque aún nos estimamos lo bastante para creernos recíprocamente dignos de este título[32].

La consolidación literaria

Una vez Cepeda ha abandonado Sevilla, Tula decide trasladarse a Madrid. Llega con su hermano a la capital a finales del año 1840. Son años de gran actividad literaria de Gómez de Avellaneda, en los que don Juan Nicasio Gallego contribuye a que se le abran las puertas de par en par en el mundo de las letras. En 1841 publica *Poesías*[33] y su primera obra narrativa, *Sab*. En sus novelas suele plantear casos extremos de personajes marginados, en situación límite, tal es el caso de la mujer en *Dos mujeres*[34], donde, por medio de un triángulo amoroso y con rasgos claramente autobiográficos, expone teorías sobre el amor y el matrimonio, en las que se nota la huella de Sand. Esta gran actividad literaria y la entrada en el Liceo, de la mano de Zorrilla, supone su reconocimiento y triunfo en Madrid.

La vida y las relaciones literarias de la Avellaneda son de primer orden y de primera línea; así, recibe los elogios de Quintana, con quien se trata al poco tiempo de instalarse en Madrid. También cuenta con el apoyo de algunos escritores que la introducirán en los círculos literarios: Alberto Lista, Pastor Díaz o Juan Valera.

Participa en la revista de Antonio Ferrer del Río, *El laberinto* (1843-1845), con otros poetas románticos: Gil y Carrasco, Hartzenbusch, Carolina Coronado. En 1844 estrena, en el

---

[32] *Ibidem*, págs. 230 y 231.
[33] Establecimiento tipográfico, calle del Sordo, número 11, Madrid.
[34] Se publicó en Gabinete Literario, Madrid, 1842-1843, 4 vols.

teatro de la Cruz el 13 de junio, *Alfonso Munio*[35]; en el teatro del Príncipe, el 7 de octubre, *El Príncipe de Viana*[36]; y el 18 de junio de 1846, *Egilona*[37].

En el ámbito narrativo también, en aquellos años, compone con asiduidad. Publica varias leyendas: *La dama de gran tono*[38] y *La Baronesa de Joux*[39]; también varias novelas: *Espatolino*[40], donde narra la historia de un famoso bandolero italiano cuyas acciones se justifican como rebelión contra la maldad de la sociedad. Decide rehabilitarse, pero es condenado a muerte. Luego sale a la luz *Guatimozín, el último emperador de Méjico*[41], novela histórica sobre la conquista de México, cuyo eje temático son los amores de Velázquez de León y Tecuixpa, hija de Moctezuma. Avellaneda se documenta en los relatos de los cronistas españoles de la época y reconstruye el encuentro entre las dos culturas, azteca y española.

Son los años de consolidación de su carrera literaria. Participa en el único número de *La Ilustración de las Damas* con un artículo, «Capacidad de las mujeres para el gobierno», tal vez la reivindicación del romanticismo en España más contundente de los derechos político-sociales de la mujer. Aunque es cierto que se mantuvo alejada de la denominada herman-

---

[35] Primero se tituló *Munio Alfonso*, luego *Alfonso Munio*, publicada en la Imprenta de don José Repullés, Madrid, junio, 1844. Tragedia en cuatro actos y en verso. Tema de una crónica medieval de Toledo según informa la propia autora en la dedicatoria.

[36] El drama fue publicado en la Imprenta de J. Repullés, septiembre, 1844. Es un drama trágico en tres actos y en verso, que reconstruye la biografía del personaje histórico.

[37] Aparecida en libro en la Imprenta José M.ª Repullés, en febrero, 1845. Drama en tres actos y cuatro cuadros en verso. Es obra muy original que presenta una situación especial: Egilona, creyéndose viuda, se casa con otro hombre y descubre después que su primer marido no ha muerto.

[38] Primero impresa en el *Álbum del bello sexo o las mujeres pintadas por sí mismas*, Madrid, Imprenta del Panorama Español, 1843; fue la primera entrega; la segunda y última fue de Antonio Flores, *La colegiala*. Luego, *La dama de gran tono* se publicó otra vez en *El Faro Industrial de la Habana*, julio, 1844.

[39] Impresa en *El Globo*, 1844.

[40] Publicada en *El Laberinto*, enero y agosto, 1844. Ese mismo año se reimprimió en *El Faro Industrial de la Habana*.

[41] En *El Heraldo de Madrid*, se publicó en 1845. Luego, en la Imprenta de D. A. Espinosa y Cía., 1846, 4 tomos.

dad lírica de poetisas, intervino defendiendo los derechos de la mujer, señalando las dificultades que tenían para poder escribir y reclamando el derecho a la actividad intelectual y a la literatura[42]. En esta línea de rebeldía y reivindicación femenina debe situarse todo el hecho referido a su intento de ingresar en la Real Academia.

Un triste episodio: Brenilde

En 1844 empieza a vivir unos amores apasionados con Gabriel García Tassara[43], escritor y periodista, militante del partido conservador. Su comportamiento no fue muy ético. De esta historia dan cuenta numerosas biografías y es fácil seguirla ya que la Avellaneda, según su costumbre, había escrito cartas[44] a Tassara. Tula lucha por conservar el amor de aquel hombre, pero lo cierto es que en esa relación se impone el talante de Tassara, el cual quiso romper como fuera sus relaciones con Tula. La idea general esgrimida por los biógrafos es que fue una aventura para Tassara, que jamás pensó en casarse con ella. Tampoco se libró de sentir celos por los triunfos literarios de la poetisa. Se ha supuesto que el poeta no quiso contestar a las cartas de Tula, quizá por no verse correspondido o demasiado comprometido; para que ella no pudiera exhibir nunca un documento escrito a su favor, proceder semejante al de Cepeda[45].

El mes de abril de 1845 tiene una hija ilegítima, de nombre Brenilde[46], oficialmente María, la cual muere el 9 de noviembre de 1845. Poco antes de tan triste acontecimiento,

---

[42] Véanse los artículos publicados en *La América,* de Madrid, 1862, agrupados bajo el título «La mujer».

[43] Había nacido en Sevilla en 1817, así, pues, era tres años menor que Tula. Murió en Madrid en 1875, es decir, dos años después de nuestra autora.

[44] Esta correspondencia que Gómez de Avellaneda dirigió a Tassara la dio a conocer Méndez Bejarano en *Tassara. Nueva Biografía Crítica.*

[45] Véase *Obras de Gertrudis Gómez de Avellaneda,* ed. de Castro y Calvo, I, pág. 73.

[46] Como la Brenilde de *La copa de marfil,* de Zorrilla. También la forma Brunilda ya se halla en el *Poema de los Nibelungos.*

Gertrudis escribe una patética carta[47] en la que suplica a Tassara que pase a conocer a su hija y que la bendiga antes de que muera. Algún defensor de la conducta de Tassara sugiere la hipótesis de que no se tuviera como padre de la criatura. Lo cierto es que el poeta sevillano no acudió y siguió su ambiciosa carrera diplomática, vinculado a partidos políticos conservadores, reaccionarios, sin volverse a interesar por la Avellaneda. Tal vez por ello sorprende que Tula, en la famosa carta, aluda a una autodefinición del poeta como ateo, pues los correligionarios de Tassara eran hombres creyentes, de lo que hoy denominaríamos derecha y de misa diaria.

Mientras se han producido todos estos hechos, Tula ha acudido a Ignacio Cepeda, reanudando la correspondencia, para conseguir informes sobre la familia Tassara (carta fechada el 5 de julio). Por supuesto que el tono es el de una buena amiga y, en la siguiente carta (con fecha 25 de julio), se deduce que Cepeda le anuncia que va a casarse. Ante ello se muestra, en buena lógica, despechada y dolida.

Matrimonio con Pedro Sabater

El 10 de mayo de 1846 se casa con Pedro Sabater, Jefe Político de Madrid, que había hecho alguna pequeña aportación al mundo literario, pues era persona culta y había estrenado un drama, *Don Enrique, el Bastardo*. Este matrimonio muestra el carácter de la Avellaneda, que admite a una persona ya muy enferma, que padece una afección larínge, incurable. Tula lo acepta como una posible solución a su vida. Deciden ir a París (26-junio-1846) a consultar a un médico de prestigio, el doctor Trousseau. Con la pareja viajan Juan Nicasio Gallego y Manuel, el hermano de Tula. Pero todo resulta inútil, ya que de vuelta Sabater, tras haberse visto sometido a una complicada operación, muere en agosto de 1846 en

---

[47] Publicada por Méndez Bejarano, ha sido reproducida, entre otros, por Elena Catena, *Poesías y epistolario de amor y de amistad,* págs. 28-29; por Emilio Cotarelo, *La Avellaneda y sus obras,* págs. 136-137; también algunos fragmentos por Mercedes Ballesteros, *Vida de la Avellaneda,* págs. 64-66.

Burdeos. Parece que la Avellaneda, ante el triste acontecimiento, en el Monasterio de Loreto de aquella ciudad compone *Manual del cristiano*, obra recuperada por Carmen Bravo-Villasante en los fondos de la Biblioteca Menéndez y Pelayo[48]; según la estudiosa, en él «hay más datos autobiográficos que en cualquier novela o drama», es más, «para el biógrafo el interés es mucho más grande porque acaba de comprender el carácter de la Avellaneda»[49].

Por otra parte, el crítico Miguel Artigas[50] reproduce dos promesas curiosas, realizadas en 1846, ya fallecido Sabater, en las que se percibe su religiosidad y su generosidad combinada con un sorprendente anhelo de obtener unos beneficios y, especialmente, con el deseo de poder corresponder a la divinidad si pone remedio a cierta enfermedad que padecía.

De nuevo Cepeda

Gómez de Avellaneda, ya en España, se dedica a la labor literaria. Así puede observarse en una nueva carta (14 de febrero de 1847) dirigida a Cepeda, en la que le invita a visitar Madrid. En ella además alude al triste fallecimiento de su marido. Cepeda le ha confesado que está desilusionado de un amor en Sevilla y busca el olvido. A finales del año 1847 vuelve a producirse una intensa correspondencia con Cepeda, ahora en Madrid, de tránsito hacia un largo viaje por Europa (de 1847 hasta 1853). En estos términos se despide Tula en una de las cartas: «Adiós: te quiere con un afecto puro y tierno de hermana tu antigua amiga - Tula»[51]. Sin embargo, en otras parece reanudarse esa ambigua relación que siempre domina Cepeda:

---

[48] *Devocionario nuevo y completísimo en prosa y en verso* [1853], Sevilla, Imprenta y Librería de D. A. Izquierdo, 1867. Muchos años más tarde, *Manual del cristiano. Nuevo y completo devocionario en prosa y verso, por la excelentísima señora doña Gertrudis Gómez de Avellaneda de Sabater,* edición de Bravo-Villasante, Madrid, Fundación Universitaria Española, 1975.

[49] *Una vida romántica: la Avellaneda,* págs. 117 y 119.

[50] «Dos promesas de la Avellaneda», págs. 69-71.

[51] *Poesías y epistolario de amor y de amistad,* pág. 258.

Haz tú de este amor lo que quieras; hazlo un culto, una pasión loca o una amistad tierna; creo que puedes darle carácter a tu placer, y que yo siempre quedaré contenta con tal que, ya me hagas tu amiga ya tu amante, sepas comprender que soy exclusivista y exigente, y que no tolero nada a medias[52].

En otra carta: «En fin, ¿por qué no he de decirlo claramente?; temo amarte. Esto es todo»[53]. Cuando Cepeda anuncia su viaje se nota en las cartas de Tula un gran desencanto y comprensible enojo. La posible devolución de las cartas, que se plantearon ambos, no se produjo. Al menos Cepeda no devolvió las cartas a Tula; tal como apunta Elena Catena:

Y aún algunos años más tarde Tula seguía carteándose con ese hombre extraño que no quiso llegar con ella a nada definitivo (ni amante ni esposo) pero que guardó celosamente toda esta correspondencia; que hizo partícipe de ella a su esposa, la dama andaluza con quien se casó[54].

Cepeda realiza el viaje proyectado y no regresa a España hasta 1853. Un año después se casa con María de Córdova y Govantes.

El final con Cepeda no sólo se halla manifiesto en la última carta (1854) entre ambos, también hay varios poemas titulados «A Él» que se refieren a la ruptura:

No existe lazo ya; todo está roto;
(...)
¡Vive dichoso tú! Si en algún día
Ves este adiós que te dirijo eterno,
Sabe que aún tienes en el alma mía
Generoso perdón, cariño tierno.

Desengaños sociales, quehaceres literarios

Abandonada por Cepeda, intensifica su labor literaria y social. Así, en 1849 obtiene un gran éxito teatral con

---

[52] *Ibidem*, pág. 262.
[53] *Ibidem*, pág. 275.
[54] *Ibidem*, nota a pie de página, pág. 286.

Saúl[55]. Entre 1851 y 1852 recoge el fruto del trabajo de los años anteriores. Así, el 27 de octubre del 51 se representa *Flavio Recaredo*[56]. En ese mismo año se vuelven a publicar sus *Poesías*, en edición aumentada[57], y *Dolores. Páginas de una crónica de familia*[58], relato de tema histórico medieval, que presenta la historia de los antepasados de la autora. También entre esos años aparecen dos leyendas: *La velada del helecho o El donativo del diablo*[59] y *La montaña maldita*[60].

Pero, Tula no va a ver cumplidos dos deseos. Primero, ser dama de la Reina, para fortalecer su posición social y económica[61]. Segundo, entrar en la Real Academia Española de la Lengua. Fallecido don Juan Nicasio Gallego, quedó vacante su plaza como académico; *la invitaron con instancia los Sres. Duque de Rivas, Pacheco, Pastor Díaz, Apecechea y otros Académicos de la Lengua, a presentarse como candidata*[62]; la Avellaneda intenta ocupar el sillón que deja su maestro, realiza la petición y defiende su candidatura en 1853, pero no es elegida, sin duda por su sexo[63].

---

[55] Es una tragedia bíblica en cuatro actos y en verso, escrita ya en 1846 —lectura en el Liceo de Madrid— y estrenada en la inauguración del teatro Español el 29 de octubre de 1849. Publicada en la Imprenta de J. M.ª Repullés, mayo, 1849.

[56] Drama en tres actos y en variedad de metros, publicado por la Imprenta José M.ª Repullés, noviembre, 1851.

[57] Madrid, Imprenta de Delgrás.

[58] Se imprimió primero en el *Semanario Pintoresco* en 1851. Luego varias impresiones más en Cuba, 1860.

[59] *Semanario pintoresco*, 1849.

[60] *Semanario pintoresco*, 1851.

[61] Véase *Gertrudis Gómez de Avellaneda. Biografía, bibliografía e iconografía, incluyendo muchas cartas, inéditas o publicadas, escritas por la gran poetisa o dirigidas a ella, y sus memorias*, edición de Domingo Figarola-Caneda y ordenada por Emilia Boxhonr, págs. 174-175.

[62] Sobre este asunto véanse *Gertrudis Gómez de Avellaneda. Biografía, bibliografía e iconografía, incluyendo muchas cartas, inéditas o publicadas, escritas por la gran poetisa o dirigidas a ella y sus memorias*, edición de Domingo Figarola-Caneda y ordenada por Emilia Boxhonr, págs. 211-217; también E. G., «Adición a los anteriores apuntes», *Obras literarias, dramáticas y poéticas*, corregidas por la autora, Madrid, Rivadeneyra, I, pág. XXXI; y Cotarelo, *La Avellaneda y sus obras*, págs. 241-254.

[63] Las mujeres no tuvieron acceso a la R.A.E. hasta el siglo xx; la primera fue Carmen Conde.

Estas decepciones propician que se dedique por entero a la vida literaria. En breve espacio de tiempo termina cinco obras teatrales: *La verdad vence apariencias*[64], *Errores del corazón*[65], *El donativo del diablo*[66], *La hija de las flores o Todos están locos*[67] y *La aventurera*[68].

Esta ingente actividad literaria parece ser una respuesta a la desazón y la inquietud de la Avellaneda; inquietud también perceptible por el constante cambio de vivienda[69].

La seducción epistolar de Romero Ortiz

Otro hombre entra en su vida, el periodista y político gallego Antonio Romero Ortiz, quien bajo un seudónimo, Armand Carrel, le había escrito una carta que despertó la curio-

---

[64] Drama en verso, en dos actos y un prólogo, estrenado en el teatro del Príncipe el 22 de enero de 1852. Publicado en febrero del mismo año por José M.ª Repullés. Es una imitación de Byron.

[65] Drama en tres actos y en prosa, estrenado en el teatro del Drama el 7 de mayo de 1852 y publicado en el mismo mes y año en la Imprenta de José M.ª Repullés.

[66] Drama en tres actos y en prosa, estrenado en el teatro del Príncipe el 4 de octubre de 1852. Publicado por C. González el mismo año 1852. Es una adaptación de *La velada del helecho,* leyenda de la Avellaneda.

[67] Drama en tres actos y en verso, estrenado en el teatro del Príncipe el 21 de octubre de 1852. Publicado en C. González el mismo año. Obra rara y un tanto desigual, con aciertos poéticos, de carácter autobiográfico. Plantea el problema de los hijos naturales y la deshonra de la mujer. Se mezclan recuerdos de Tassara y Brunilde.

[68] Comedia en cuatro actos y en verso, estrenada en Madrid en 1853. Publicada por C. González el mismo año. La obra parece evocar recuerdos autobiográficos de la protagonista. Supone un alegato en cuanto que dota de una alta calidad humana al prototipo de la mujer de dudosos antecedentes morales.

[69] Quien desee ver la relación completa de las viviendas de Tula puede consultar Bravo-Villasante, *Una vida romántica: la Avellaneda,* pág. 137; Emilio Cotarelo, «Examen de libros. Doña Gertrudis Gomez de Avellaneda. Indicaciones bibliográficas con motivo de un libro reciente», en *Boletín de la Real Academia Española,* II, 1915, pág. 381; *Epistolario inédito de doña Gertrudis Gómez de Avellaneda (1841-1871),* editado por Rodríguez Moñino, págs. 12-14; García López, «Itinerario de la Avellaneda en Madrid, donde se rectifican errores de algunos de sus biógrafos», *Dígame,* Madrid, martes 18, octubre, 1955.

sidad de la Avellaneda. Romero, ocho años más joven que Tula, había vivido momentos difíciles, pues había participado en la revolución gallega de 1846 y luego fue encarcelado. La relación entre ambos se puede seguir a través de una serie de cartas que Tula le dirigió[70] y que ostentan un gran refinamiento epistolar; en concreto basado en el misterio de la identificación del personaje, Antonio Romero. La correspondencia entre ambos es de un año, en torno a 1853. El 25 de abril se produce una entrevista y, despejada la incógnita, la historia amorosa dura algo más de tres meses, ya que luego se suceden algunas cartas de naturaleza amistosa. Como en otras ocasiones parece que los hombres de su tiempo la desearon y la admiraron —Antonio Romero no fue la excepción—, pero, también, tuvieron miedo, tal vez por su carácter, por su condición intelectual o por ser una pionera en la emancipación y liberación de la mujer.

Tula desconfía de Antonio, pues piensa que tal vez sólo pretenda una aventura; sin embargo, en la carta fechada el 27 de abril se atreve a decirle todo lo que siente y piensa, entre otras cosas: «Tú puedes ser mi ángel, el esposo de mi alma; y puedes ser mi amante, el esposo de mi cuerpo»[71]. Esta carta debió de asustar a Romero, ya que no contesta según su costumbre de escribir a diario y la correspondencia se va dilatando. Así, se observan los requerimientos de Tula y cada vez la mayor lejanía de Antonio. La carta del 9 de mayo tiene el tono de una despedida, aunque aún no ha terminado totalmente la relación, pues se notifica el traslado a una vivienda de Carabanchel de la Avellaneda y su madre; ahora las cartas

---

[70] Fueron publicadas por José Priego Fernández del Campo, bajo el título de: *Gertrudis Gómez de Avellaneda. Cartas inéditas existentes en el Museo del Ejército.* Se trata de cuarenta y cinco cartas de Tula a Antonio Romero Ortiz, desde el 22 de marzo de 1853 al 16 de febrero de 1854. En parte también las reproduce Elena Catena en *Poesías y epistolario de amor y de amistad,* págs. 291 y ss. Las cartas de Tula a Romero fueron analizadas pormenorizadamente por Rosario Rexach, *Estudios sobre Gertrudis Gómez de Avellaneda (La reina mora del Camagüey),* págs. 73-84.

[71] En José Priego Fernández del Campo, *Gertrudis Gómez de Avellaneda. Cartas inéditas existentes en el Museo del Ejército,* pág. 156. También en Elena Catena, *Poesías y epistolario de amor y de amistad,* pág. 325.

tienen el sello de la amistad. En una de ellas le solicita que se las devuelva.

Los hombres que la pretendieron —Cepeda, Tassara, Romero—, aunque se hubieran comportado de una manera vulgar o incluso cruel, con el paso del tiempo, se convirtieron en amigos de Tula. Así, por ejemplo, muchos años después, en 1868, escribe a Antonio Romero, recomendándole a un amigo; y en 1870 le manda los cuatro tomos de su obra completa. También volverá a tratarse con Tassara en varias ocasiones, pues Tula es persona generosa y perdona las ofensas y los desengaños. En general, puede afirmarse que los hombres que se relacionaron íntimamente con la Avellaneda no estaban a su altura humana.

Matrimonio con Domingo Verdugo

El 25 de marzo de 1855 se realiza la coronación pública de Quintana en el Senado y una gran celebración se organiza con asistencia de los Reyes y de la sociedad política e intelectual del país. La Avellaneda toma parte principal en el acto con la lectura de una oda. El acontecimiento se ha hecho famoso y se conserva un cuadro en el Senado que reproduce ese momento.

Es un año teatralmente fructífero, pues publica *Simpatía y antipatía*[72]; estrena *La hija del rey René*[73] y *Oráculos de Talía o los duendes en palacio*[74].

Poco después ya podrá ver cumplido su antiguo anhelo de poder entrar en palacio, pues allí se celebra la boda a finales de abril[75] de 1855 entre la Avellaneda y Domingo Verdugo y

---

[72] Comedia en un acto, publicada en la Imprenta de J. Rodríguez, 1855.

[73] Drama en un acto, estrenado el 9-febrero-1855 en el teatro de la Cruz. Es casi un entremés o juguete cómico.

[74] Comedia en cinco actos, en verso, estrenada el 15-marzo-1855, en el teatro de la Cruz. Publicada ese mismo año en la Imprenta de J. Rodríguez. Es una comedia de enredo, calderoniana.

[75] Algunos biógrafos, como Lazo o Catena, dan como fecha de la boda el 25 de abril, basándose seguramente en la fecha inicial de la partida de matrimonio, aunque al final del documento se hace también constar la fecha del 26 de abril, fecha por la que optan otros, por ejemplo Cotarelo o Ballesteros.

Massieu[76], coronel y diputado a Cortes, ayudante del rey consorte Francisco de Asís, apadrinado por los Reyes.

Con la caída de O'Donnell, Verdugo pierde su cargo. Tula no decae en su actividad literaria, ya que ha terminado su drama *Baltasar* y, en el mundo de las relaciones públicas, ha conseguido que se conceda a su hermano Manuel un consulado en Malta. De esta época se conservan numerosas cartas dirigidas a distintos políticos y artistas, y a distintos miembros de la familia real, lo cual evidencia la intensa actividad social de la autora. Durante dos años vive tranquilamente con su marido, quien la ama; Tula parece haber encontrado la paz sentimental. Sin embargo pronto los acontecimientos fatales van a destruir su vida.

En el ámbito de la literatura, entre los años 1858 y 1859 compone algunas leyendas[77]; en todas ellas siempre hay una injusticia que reparar. Está terminando *Los tres amores*[78], obra que estrenará el 20 de marzo de 1858 en el teatro del Circo. Se encuentra entre el público un grupo de reventadores. Desde un palco se lanza un gato al escenario provocando las risas del público en la escena culminante. El 9 de abril se estrena en el teatro Novedades *Baltasar*[79], tal vez la mejor obra dramática de nuestra autora, y cinco días después, el 14 de abril, tiene lugar un incidente desafortunado[80]: el azar hizo que se hallaran en la calle del Carmen un tal Antonio Rivera, al parecer promotor del escándalo producido en el estre-

---

[76] Había nacido en La Laguna (Tenerife) en 1817, era cuatro años más joven que ella.

[77] De estos dos años son: *La bella Toda* y *Los doce jabalíes*, escritas en 1858, pero publicadas en *Obras literarias*, de 1869-71; *La dama de Amboto*, publicada en *Álbum Cubano*, 1858; *La ondina del lago azul*, escrita en 1859, pero publicada en *Obras literarias*, de 1869-71.

[78] Comedia en tres actos y un prólogo, en prosa; publicada en la Imprenta Rodríguez, Madrid, 1858.

[79] Publicado por José Rodríguez, en Madrid, el mismo año 1858.

[80] El suceso ha sido narrado por numerosos críticos, aunque no se ponen exactamente de acuerdo en pormenores, entre otros, Cotarelo, *La Avellaneda y sus obras*, págs. 318 y ss.; Antonio Rodríguez-Moñino, *Epistolario inédito de doña Gertrudis Gómez de Avellaneda (1841-1871)*, págs. 8 y ss.; Carmen Bravo-Villasante, *Una vida romántica: la Avellaneda*, págs. 180 y ss.; Elena Catena, *Poesías y epistolario de amor y de amistad*, págs. 32 y ss.

no de *Los tres amores,* y Domingo Verdugo, el cual fue atravesado de parte a parte del pecho por un estoque, disimulado en el bastón del agresor. Rivera fue arrestado y juzgado, aunque, ante la aparente mejoría de la víctima, más tarde liberado. La herida fue gravísima y la Avellaneda pasó difíciles momentos en la recuperación de su marido. Uno de los principales médicos de la época y amigo de la Avellaneda, Asuero[81], intervino desde el primer momento. Las cartas de Tula revelan la historia clínica del esposo. Los médicos aconsejan un viaje por los Pirineos como medida de recuperación. Visitan Bilbao, San Sebastián, y, en Francia, Gavarnie y Panticosa, hasta regresar a Barcelona a finales de octubre, donde la Avellaneda es recibida con fervor popular. Un grupo de obreros le ofrece una serenata, lo cual motiva una carta de Concepción Arenal, mujer que desarrolló toda una labor social en su época y que siente gran simpatía y admiración por Tula, de ahí que quiera convencerla «para su causa y para comprometerla a usted de la manera que yo puedo, a romper su neutralidad»[82]. Luego, el matrimonio se dirige a Valencia, donde permanecen el mes de noviembre de 1858 y parte del año siguiente, casi medio año. Sin embargo, según se deduce de la correspondencia, Avellaneda debió de ir a Madrid a consultar algunas cuestiones al doctor Asuero y también en diciembre el matrimonio hizo una escapada a Madrid.

Preocupada por su situación económica solicita una pensión del Gobierno y además escribe a la Reina[83]. Nombrado capitán general de Cuba, don Francisco Serrano, amigo de Verdugo, le ofrece un buen cargo, aunque Tula marcha con recelo pues su madre se halla paralítica en Madrid. Pero, con la esperanza de que el clima cubano reponga a Verdugo, embarcan el 31 de octubre de 1859 y llegan el 24 de noviembre.

---

[81] Sobre su persona y las cartas que Avellaneda le escribió puede consultarse Antonio Rodríguez-Moñino, *Epistolario inédito de doña Gertrudis Gómez de Avellaneda (1841-1871),* págs. 8 y 17-25.

[82] Véase Bravo-Villasante, *Una vida romántica: la Avellaneda,* págs. 184 y ss.

[83] La carta es reproducida por Gómez de la Serna en Gómez de Avellaneda, *Antología (Poesías y cartas amorosas),* págs. 17-18.

Regreso a Cuba

De nuevo Tula se encuentra en Cuba, después de veintitrés años de ausencia. A poco de llegar, el 5 de diciembre, fallece su madre, doña Francisca de Arteaga. En su tierra natal se suceden los agasajos y los actos sociales. Vive una intensa actividad social y literaria. En este sentido recibe homenajes en distintas ciudades: La Habana[84] (27-enero-1860), Puerto Príncipe, Matanzas, Cienfuegos, etc.; dirige la revista *El Álbum Cubano,* y no ceja en su labor literaria, ya que escribe el cuento *El aura blanca*[85], uno de sus mejores relatos; *La flor del ángel*[86]*; El cacique de Tumerqué*[87] y la novela autobiográfica *El artista barquero o los cuatro cinco de junio*[88].

La estancia en su país le sirve para conocer mejor a los escritores cubanos, algunos de los cuales, a pesar de su admiración por la poetisa, le reprochan su larga ausencia o le niegan su cubanidad:

> Su situación en Cuba es grata e ingrata a la vez, al homenaje se une el reproche, y su doble aspecto de cubana y española es equívoco. Su llegada como consorte de un representante del Gobierno Central puede resultar molesta a los ojos de los revolucionarios, que intentan la independencia de Cuba, aunque sea prematura. Ella, inteligente, se da cuenta

---

[84] Sobre el homenaje que recibió en La Habana véase José M.ª Castro y Calvo, «La descripción más completa de la coronación de Tula en la Habana», en *Obras de Gertrudis Gómez de Avellaneda,* I, págs. 226-228. También en E. G., «Adición a los anteriores apuntes», *Obras literarias, dramáticas y poéticas,* corregidas por la autora, Madrid, Rivadeneyra, I, 1869-1871, págs. XXXV, XX, XIX.

[85] Es una bella leyenda de Camagüey, escrita en 1860, pero publicada en *Obras literarias,* V, 1870.

[86] Publicada en *Álbum Cubano,* 1860.

[87] Se supone que la escribió en 1860 pero no fue publicada más que en las *Obras literarias,* V, 1870. Se narra la historia de una venganza, en la que el marido es otro médico de su honra. Pero el conflicto amoroso se complica con el problema de las relaciones entre los indios y los españoles en el siglo XVI.

[88] Publicada en la Imprenta el Iris, La Habana, 1861. La obra plantea cómo una pecadora se puede regenerar por medio de la virtud.

de todo, y se debate en las alternativas que se le presentan. Políticamente ama al pueblo, y al mismo tiempo reverencia a su majestad; se siente hija de Cuba y de España a la vez, y cuando intentan dejarla fuera de una antología de poetas cubanos se siente ofendida, aunque no renuncia tampoco a su gloria de pertenecer a la literatura española[89].

La conclusión de Raimundo Lazo al respecto es rotunda:

> Sobre firmes bases se levanta, pues, la convicción de que su españolismo era convencional tanto como su cubanía y su rebeldía eran íntimas. Esa es precisamente la necesaria y diafanizable diferenciación que no quisieron ver los fiscales incomprensivos que la acusaron de falta de amor a Cuba. Su argumentación sólo podría basarse en una falta de concreto sentido político revolucionario antiespañol. No pudo haberlo adquirido viviendo en España, siendo hija de un español, poético evocador de su tierra andaluza, y habiendo tenido vivencias amorosas en España[90].

Su marido cesa en su cargo en Cienfuegos, y sale para Pinar del Río, donde enferma tan gravemente que fallece el 28 de octubre de 1863, de un ataque de apoplejía. Gertrudis Gómez de Avellaneda intenta ingresar en un convento, dada su gran pena, pero, finalmente, ante los reiterados consejos, decide regresar a España.

Retorno a Sevilla

Muerto el marido, su hermano Manuel vuelve a Cuba para llevársela a España. El 21 de mayo de 1864, en el vapor americano *Eagle* embarcan con rumbo hacia Nueva York; visitan las cataratas del Niágara, y al cabo de dos meses desde

---

[89] Bravo-Villasante, *Una vida romántica: la Avellaneda*, pág. 195. Idénticas palabras en Castro y Calvo, «Estudio preliminar. La vida y la obra», en *Obras de Gertrudis Gómez de Avellaneda*, págs. 111-112. Ambos críticos reproducen las líneas de *Cartas inéditas y Documentos relativos a su vida en Cuba de 1859 a 1864*, pág. 237.

[90] *Gertrudis Gómez de Avellaneda, la mujer y la poetisa lírica*, pág. 11.

Estados Unidos regresan a España en julio en el vapor *Escocia*; nueve días tardan en llegar a Liverpool. Después de una breve estancia en Londres, París y Madrid, vuelve a Sevilla, donde se instala y permanece cuatro años.

Allí prepara la edición definitiva de sus obras completas, *Obras literarias*[91], en las que introduce modificaciones respecto a la primera versión. Hay distintas valoraciones de lo que suponen estas últimas correcciones. Algunos críticos consideran que suprime «lo prolijo, lo lírico y lo más falsamente romántico»[92]. Por el contrario, otros, como Cotarelo[93], piensan que, en la mayoría de los casos, los cambios fueron inoportunos, ya que tergiversaba lo anteriormente escrito. La mayor ocupación de sus últimos años consistirá, pues, en la corrección de su obra completa.

La muerte de sus personas más queridas y allegadas condiciona su escasa vida social, aunque reanuda el trato con Cecilia Bölh de Faber, a quien años antes había dirigido alguna carta. Fallecen su hermana Pepita y su único hermano de padre y madre, Manuel, en París el 5 de diciembre de 1868. Esta muerte le afecta bastante, dado que siempre le tuvo gran cariño[94]. Tras este acontecimiento, en 1870, decide irse a vivir a Madrid con la viuda de Manuel, Julia Lajonchère, a quien había dedicado el drama *Catilina*[95], que junto con *El millonario y la maleta*[96] cierran su obra teatral. Antes de partir, deja dos ejemplares de su obra completa: uno en la Biblioteca Colombiana y otro en la Biblioteca de la Universidad. En la obra completa no ha incluido *Leoncia*, obra de teatro que

---

[91] Madrid, Rivadeneyra, 1869-1871, 5 vols.

[92] Navas Ruiz, «Gertrudis Gómez de Avellaneda», *El romanticismo español*, pág. 380.

[93] Véase *La Avellaneda y sus obras,* págs. 85 y 361.

[94] Para una mínima aproximación a la persona de Manuel Gómez de Avellaneda, véase *Epistolario inédito de doña Gertrudis Gómez de Avellaneda (1841-1871),* publícalo Antonio Rodríguez-Moñino, págs. 10-11.

[95] Drama en cuatro actos y en verso. Publicado en Imprenta y librería de don Antonio Izquierdo, Sevilla, 1867. No se conoce representación. Obra en la que se condena la voluntad de poder.

[96] Pieza cómica en dos actos y en prosa que se incluyó en sus *Obras literarias,* de 1869-1871; pero no se sabe en qué momento la compuso.

parece no apreciar, y las obras de mayor contenido social: *Sab, Dos mujeres* y *Guatimozin*[97].

Los últimos años en Madrid

Tula siempre fue una persona preocupada por su economía; por el contrario, apenas tuvo problemas económicos, pues a los beneficios que obtuvo por sus obras hay que añadir los que sus maridos le fueron dejando. Su preocupación actual es la diabetes que padece y que ha cambiado su figura, pues si a los treinta y tantos años era una persona obesa, ahora ha adelgazado considerablemente. En Madrid sigue una vida muy retirada. Su estado de salud no impide que en 1871 aún realice el último traslado de vivienda, ahora en la calle Ferraz, número 2, donde fallece el uno de febrero de 1873, a los cincuenta y nueve años de edad. Muy pocas personas asistieron a su entierro al día siguiente; tampoco la prensa[98] le dedica muchas líneas, se limita a consignar brevemente el fallecimiento[99]. En el protocolo de su testamento, realizado en La Habana el 11 de enero de 1864, se encuentra alguna frase curiosa que muestra cierta preocupación de la autora:

> Dispongo que no sea sepultado mi cuerpo antes de transcurridas bastantes horas, para que no quede la menor duda de la realidad de la muerte[100],

En el último testamento, fechado el 28 de agosto de 1872[101] y que anulaba el anterior, el importe de su fortuna asciende

---

[97] Sin embargo, sí incluyó *Una anécdota en la vida de Cortés,* fragmento de la novela *Guatimozin*, publicado en *Obras literarias,* V, 1870.

[98] Cotarelo, en *La Avellaneda y sus obras*, págs. 371-374, recoge lo que dijeron los principales diarios.

[99] Véase la recopilación que realiza Figarola-Caneda sobre una serie de documentos posteriores a la muerte de la poetisa, *Gertrudis Gómez de Avellaneda. Biografía, bibliografía e iconografía, incluyendo muchas cartas, inéditas o publicadas, escritas por la gran poetisa o dirigidas a ella y sus memorias,* págs. 22 y ss.

[100] *Ibidem,* pág. 26.

[101] El último testamento puede hallarse en Cotarelo, *La Avellaneda y sus obras,* págs. 415-419.

a setenta mil duros, cifra nada despreciable a la sazón. Sus bienes no fueron pocos, así lo demuestra la relación de ellos al final del citado testamento. Su ecuanimidad parece obvia, ya que, además de legar bastantes limosnas para los pobres, tiene en cuenta a diferentes personas, entre ellas: su confesor; una hija natural de su hermano Manuel; los hermanos de su marido, Domingo Verdugo; y los hermanos que le quedaban nacidos del matrimonio entre su madre y Escalada. También dona a la Real Academia Española de la Lengua la propiedad de todas sus obras literarias.

Su vida ha sido considerada un modelo romántico ideal. La intensa existencia, con momentos tan opuestos, felices y tristes; su apasionado carácter, tan evidente en la correspondencia; su desarraigo general: familiar, amoroso, de la patria, etc., la definen como una romántica por excelencia.

«SAB»

Sab, novela histórica y literatura femenina

Es necesario hacer una reflexión sobre un hecho generalizado en la narrativa histórica de la época. En *El doncel de don Enrique el doliente* Larra no alcanza la calidad de la prosa de sus artículos, sin embargo, no se sitúa por debajo de la media general de la novela histórica de la época, en la que no hay grandes ni excepcionales obras. Al respecto debe recordarse que *El señor de Bembibre*, de Gil y Carrasco, puede considerarse la novela histórica española por excelencia del siglo XIX, sin ser una pieza que haya despertado gran entusiasmo ni grandes valoraciones. La misma apreciación que se ha hecho de *El doncel de don Enrique el doliente* con respecto al resto de la producción de Larra, puede hacerse de *Sancho Saldaña*, novela que no alcanza la calidad y la fuerza de la poesía de Espronceda. ¿Es *Sab* un ejemplo similar a las dos novelas mencionadas? Es cierto que la narrativa de Gertrudis Gómez de Avellaneda ha sido valorada por debajo de su poesía lírica y de su teatro. Su prosa de ficción no parece haber alcanzado el mismo grado de reconocimiento que el resto de su producción literaria, incluidos los epistolarios que, dada su naturaleza, adquieren un valor biográfico muy apreciable, pero que, además, desde la calidad estética poseen momentos excelentes. Sin embargo, *Sab* tiene mucha mayor significación —la novedad de la incorporación de las ideas abolicionistas— que *El doncel de don Enrique el doliente* y que *Sancho Saldaña*, al fin y al cabo, dos novelas históricas más.

Sab no es sólo una novela histórica, pues desde sus páginas la denuncia social se produce mediante la identificación de la esclavitud con las condiciones de la mujer. Aunque en la comparación entre ambas esclavitudes, la femenina aún se valore peor:

> ¡Oh!, ¡las mujeres! ¡Pobres y ciegas víctimas! Como los esclavos, ellas arrastran pacientemente su cadena y bajan la cabeza bajo el yugo de las leyes humanas. Sin otra guía que su corazón ignorante y crédulo eligen un dueño para toda la vida. El esclavo, al menos, puede cambiar de amo, puede esperar que juntando oro comprará algún día su libertad.

Ambas colectividades —mujeres y esclavos— estaban injustamente oprimidas. En este sentido *Sab* se anticipa a denunciar la opresión de las mujeres, ya que esta cuestión no se trasladó a la poesía hasta 1844-1845, cuando empezó a formarse un grupo de poetisas concienciadas, pues los primeros poemarios de la propia Avellaneda, Coronado o Massanés, publicados entre 1841 y 1843, no plantean el tema de la marginación de la mujer. Muy bien puede afirmarse que en *Sab* se percibe «cómo los valores y estrategias con que se marginaba a los negros no eran sino un fiel reflejo de los valores y estrategias que servían para mantener sometidas a las mujeres»[102].

La obra literaria de Gómez de Avellaneda puede considerarse pionera en el ámbito de la literatura escrita por mujeres. Aunque Susan Kirkpatrick concluya que «la expresión femenina de la sensibilidad romántica no apareció en España antes del siglo XX»[103], nadie niega que las mujeres españolas se incorporaron, con mayor fuerza que en épocas pasadas, al

---

[102] Toril Moi, *Teoría literaria feminista*, Madrid, Cátedra, 1995, pág. 35.
[103] *Las románticas. Escritoras y subjetividad en España, 1835-1850*, pág. 11.

cultivo de la literatura a principios de la década de los años cuarenta del siglo XIX. Lo hicieron a pesar de las condiciones y los problemas que tenían en una sociedad hecha a la medida de lo masculino. Entre otros, la asistencia de la mujer a cursos universitarios estaba prohibida, aunque, poco a poco, se fueron eliminando esos impedimentos. Ante esa actitud social, el esfuerzo por cambiar las condiciones de la mujer en la literatura, por transformar los modelos expresivos masculinos y hallar una voz propia fue una labor colectiva. Como lectoras ya se habían incorporado al mundo literario, pues eran el gran público de diferentes géneros literarios, pero además se sumaron al movimiento romántico con excelentes autoras, que fueron conscientes de su papel de pioneras.

El quehacer intelectual y cultural femenino encontró en las reformas y en los planteamientos liberales la posibilidad de acceder a la literatura. Al mismo tiempo, la naturaleza del movimiento romántico, en parte considerado propicio para la manifestación de una cierta sensibilidad femenina, hizo posible que la mujer se incorporara a la literatura; igualmente el ejemplo de una tradición literaria femenina (Safo, Santa Teresa, Mme. de Staël, G. Sand) marcó la pauta a las escritoras románticas y en esas figuras de la tradición hallaron los modelos que motivaron a sus seguidoras. Sin embargo, las escritoras de la época se encontraron con unas limitaciones que no les permitían una igualdad de condiciones respecto al varón. Así, pues, se produjo una polémica sobre la incompatibilidad de la literatura con la virtud femenina.

Las consideraciones tradicionalistas no eran proclives a la incorporación de la mujer al mundo intelectual, sino en unas circunscripciones muy determinadas. Así lo formula Gustave Deville:

> La mujer debe ser mujer, y no traspasar la esfera de los duros e ímprobos destinos reservados al hombre sobre la tierra. Sea enhorabuena poeta, artista; pero nunca sabia. Sea observadora y analice; pero sin tratar por ello de destruir el orden de cosas establecido. Del anhelo de brillar en el mundo literario a la pedantería no suele haber más que un paso, y por mi parte odio cordialmente a las mujeres *enciclopedistas,* que los ingleses llaman *blue-stockings.* (...)

No intente, pues, la española retratar las fantasías delirantes del drama, ni los cuadros sangrientos de la epopeya y de la novela histórica; pues le falta fuerza para sostener sus melodiosos acentos en el enfático diapasón del primero, y entiende poco de las cosas de la vida real, necesarias para el buen análisis y las descripciones rigurosas de la segunda[104].

Se desprende de Deville que las mujeres sólo podían cultivar determinados géneros literarios, en concreto, los considerados, en la época, menores. Con ello se dirigía inexorablemente a las mujeres a ser escritoras de segunda línea, en el mejor de los casos, pues les estaba vedado realizar una literatura de primer orden en la que versaran sobre los grandes temas de la humanidad o los graves problemas de su tiempo. La mujer debía limitarse a cantar todos aquellos temas que no la apartasen de su función en la sociedad establecida: el amor gozoso, las celebraciones familiares, la flora, etc. Es decir, podía abordar aquellos temas para los que había sido bien dotada por su natural sensibilidad. No debían emular actitudes impropias del ángel del hogar, abordando temas exclusivos del hombre como la desesperación, las ilusiones perdidas o la insatisfacción. Desde esta perspectiva, claramente moralizante y educativa, se fomentaron las revistas destinadas al público femenino que versaban sobre la más tierna poesía o sobre la más lacrimosa narrativa.

Ante estas condiciones adversas, las mujeres escritoras optaron por ayudarse y cultivar la amistad. Susan Kirkpatrick ha enunciado esta conciencia común con la idea de la «hermandad lírica»[105], señalando en ese título la preponderancia del género literario más cultivado; se ha indicado, en general, el intercambio de cartas, la dedicación de poemas entre sí y otros hechos que demuestran la amistad y la relación que hubo entre las poetisas; igualmente se ha puesto de manifies-

[104] «Influencia de las poetisas españolas en la literatura», *Revista de Madrid,* 2.ª época, tomo II, Imprenta de la Sociedad Literaria y Tipográfica, 1844, págs. 193-194.

[105] «La hermandad lírica de la década de 1840» en AA. VV., *Escritoras románticas españolas,* págs. 25-41.

to que trataron una serie de temas comunes: el doloroso destino de las mujeres, la marginación de las mujeres en el mundo de las letras (derecho a la actividad intelectual y a la creación literaria), etc. Tampoco puede negarse el apoyo que recibieron las escritoras de algunos de sus colegas masculinos que propiciaron que fueran mejor recibidas en el mundo literario.

El primer grupo de escritoras del siglo XIX realizó una protesta liberal que no sintonizaba con la propuesta de un conservadurismo a lo Deville. Las novelas de Gómez de Avellaneda o los poemas políticos y satíricos de Coronado no se ajustaban a las normas de una sociedad bienpensante. Como muy bien apunta Rosario Rexach respecto a nuestra escritora:

> en sus obras *se rebela* contra todo tipo de convención en la vida y en el arte, con que exalta a la libertad en todas sus formas, rinde culto al sentimiento y glorifica a los tipos marginales de la sociedad, como el beduino, el bandido, la aventurera, el proscrito o el esclavo. Y también a la mujer, que ella considera como otra esclava[106].

Se hallaba, pues, en la tendencia literaria más progresista y radical de la época, no sólo siguiendo las pautas esproncedianas, sino incorporando la específica protesta femenina. Sin embargo, a medida que avanzaron los años, por diversas causas, las escritoras se autocensuraron. Ya se ha aludido a la exclusión de las obras más progresistas y avanzadas de la Avellaneda de su obra completa; también Coronado desautorizó sus primeras protestas sobre la condición de la mujer. La rebeldía romántica de los primeros momentos parece que dejó paso a un cierto conformismo literario, aunque ello no detuvo el acceso de la mujer a la literatura. Hacia 1850 la producción de escritoras tan diferentes como Fernán Caballero, Carolina Coronado o Gómez de Avellaneda había conquistado un lugar en la literatura española.

---

[106] *Estudios sobre Gertrudis Gómez de Avellaneda (La reina mora del Camagüey)*, pág. 55.

Fechas de composición, de publicación y otras circunstancias

No se conoce a ciencia cierta la fecha en que la autora empezó a componer la obra, ya que da diversas y contradictorias opiniones sobre ello. En la presentación de la obra afirma que «Tres años ha dormido esta novela en el fondo de su papelera»; de ahí se deduce que la había acabado en 1838. Había empezado a escribirla a principios de su estancia en Europa; en la *Autobiografía* escribe que inicia su novela mientras se halla en Burdeos, lo cual sucede en el año 1836. Raimundo Lazo, por el contrario, afirma que el libro fue «comenzado antes de abandonar la isla por primera vez, y terminado en España»[107]. Las conjeturas de mayor peso verídico hacen pensar que debió de concebir la novela en su viaje hacia Europa y que, ya de camino hacia Sevilla, en Burdeos (junio 1836) empezó a redactarla, luego en La Coruña (casi dos años) y en Lisboa (abril 1838) recopiló materiales, terminándola en Sevilla tal vez ese mismo año 1838, aunque no se puede descartar, pese a las afirmaciones de la propia autora, que aún no la hubiera acabado y que la terminara en Madrid. Lo incuestionable es que *Sab* se publicó cuando la Avellaneda llegó a Madrid, en 1841. La propia Tula escribe en una carta de 1843, dirigida a A. Neira: «pero en ratos de ocio escribía desaliñadamente el Sab, que comencé en Lisboa, en 1838»[108]. Precisamente, en ese año Gran Bretaña declaró abolida la esclavitud en sus colonias y en el norte de los Estados Unidos comenzaba a surgir una fuerza social y política en contra de los esclavistas del sur. En España se había terminado la primera guerra carlista (1834-1838). En el mundo moderno occidental no resultaba rentable ni competitiva la esclavitud. Las nuevas máquinas requerían obreros motivados, capaces de hacerlas operativas.

---

[107] *Historia de la literatura cubana*, México, UNAM, 1974, 2.ª ed., pág. 90.
[108] Reproducida por Castro y Calvo, «Estudio preliminar. La vida y la obra», en *Obras de Gertrudis Gómez de Avellaneda*, I, pág. 121. También en *Sab*, edición de Carmen Bravo-Villasante, pág. 15.

Dedicada a su amigo Alberto Lista y publicada por la imprenta de la calle del Barco, en dos tomos en octavo (11 x 16 centímetros), la obra es una edición muy rara tanto en España como en Cuba[109]; en la edición publicada en *El Museo* se indica que:

> Se publicó en Madrid, en 1841; pero la corta edición que se hizo fue, en su mayor parte, secuestrada y retirada de la circulación por los mismos parientes de la autora, a causa de las ideas abolicionistas que encierra.
>
> Por la misma causa fue excluida de la edición completa de las obras de la Avellaneda, ya que de seguro se le habría negado la entrada en esta Isla si hubiera figurado *Sab* en ella.[110]

Por el contrario Emilio Cotarelo afirma: «No consta que la novela haya sido retirada del público por los parientes de la autora ni por nadie. En mi juventud recuerdo haberla visto en casi todos los baratillos de libros de Madrid»[111].

En Cuba la obra también, lógicamente, encontró grandes dificultades. Aunque fuese inverosímil que un esclavo negro se enamorara de una señorita blanca y que, además, otra blanca, Teresa, se ofreciese al esclavo negro, ello suponía subvertir los valores éticos y sociales establecidos. Por eso *Sab* y *Dos mujeres* se retuvieron en la Real Aduana de Santiago de Cuba y así se hace constar en septiembre de 1844:

---

[109] Se halla en la Biblioteca del Instituto de Literatura y Lingüística de la Academia de Ciencias (La Habana, Cuba). Los dos tomos están encuadernados en un volumen. Quiero agradecer al Instituto de Literatura y Lingüística de la Academia de Ciencias de La Habana que me haya concedido todo tipo de facilidades para hacerme con todos los materiales necesarios para poder reproducir el texto de esta primera edición. Igualmente a mi amigo y colega, el Dr. Gonçal López Nadal, cuya ayuda y diligencia han sido para mí de un grandísimo valor.

[110] Fragmento frecuentemente reproducido en la bibliografía sobre Avellaneda y en las ediciones de *Sab*. Por ejemplo en D. Figarola-Caneda, *Gertrudis Gómez de Avellaneda. Biografía, bibliografía e iconografía, incluyendo muchas cartas...*, pág. 77; en *Sab*, edición de Carmen Bravo-Villasante, pág. 33; y también en la de Mary Cruz, pág. 53.

[111] *La Avellaneda y sus obras*, pág. 392.

no pueden introducirse por contener las primeras doctrinas subversivas del sistema de esclavitud de esta Isla y contrarias a la moral y buenas costumbres, y la segunda por estar plagada de doctrinas inmorales...[112].

Dado que no se pagó la fianza pedida, el 14 de enero de 1845 Manuel Gómez de Avellaneda embarca hacia Cádiz; entre su equipaje se halla el baúl de los libros prohibidos por la censura, en total 84 ejemplares de *Sab* y 75 de *Dos mujeres*.

Años más tarde *Sab* no fue incluida en las *Obras literarias, dramáticas y poéticas*, de 1869-1871. Luis Vidart se pregunta: «¿por qué la Sra. Avellaneda no ha dado lugar en la colección de sus *Obras literarias* a sus novelas *Sab, Dos mujeres* y *Guatimozin*?»[113]. Algunos críticos han respondido a la pregunta sin excesiva convicción. Me parece que la respuesta de Mary Cruz tiene mayor solidez: cuando Tula reimprimió sus *Poesías*, reunidas en sus *Obras*, alteró la oda que había dedicado a la reina Isabel II en 1843, no sólo la forma sino el sentido. Para Cotarelo[114] ello supone una falsedad, como el partido que sacaron los cubanos, al asegurar que la poetisa ya en 1843 era separatista como quizás lo fuese en 1869 en que ya estaba destronada Isabel II. Para Mary Cruz no puede hablarse de engaño en el cambio introducido por la autora. Sus ideas habían variado y estaba en su derecho de albergar en aquellos momentos un sentimiento patriótico que halló expresión en la estrofa transformada[115]. Ella había afirmado, en

---

[112] «Expediente donde se decreta la rentención (y reembarque) de dos obras de Gertrudis Gómez de Avellaneda por contener doctrinas subversivas y contrarias a la moral», en *Boletín del Archivo Nacional*, La Habana, 1943, XL, ene.-dic. 1941, págs. 103 y ss. Fragmento reproducido a través de Mary Cruz, edición de *Sab*, pág. 52.

[113] «Las novelas de la Avellaneda», pág. 36.

[114] *La Avellaneda y sus obras*, pág. 85.

[115] La estrofa en cuestión dice: «(...) tienes en tu corona / la perla más valiosa y peregrina, / que allá olvidada en su distante zona, / do libre ambiente a respirar no alcanza, / con ansia aguarda que la lleve el viento / —de nuestro aplauso en el gozoso acento— / la que hoy nos luce espléndida esperanza». Se reproduce en Cotarelo, *La Avellaneda y sus obras*, pág. 85; también en Mary Cruz, edición de *Sab*, pág. 55.

el prólogo de *Sab*, titulado «Dos palabras al lector», que le repugnaba cambiar lo que había escrito con convicción; lo cual hace suponer que sólo lo escrito sin esa convicción le parecía alterable. Esto explica el cambio de la oda y la exclusión de las novelas, que prefirió olvidar antes que transformarlas en lo que no eran.

El amor imposible en una sociedad esclavista

La novela relata la historia de un amor imposible debido a la desigualdad social y étnica. En primera instancia es una novela de amor, romántica, sentimental, basada en la exaltación de las pasiones y de los sentimientos. La fuerza motriz de la obra es poseer un alma sensible, ideal romántico, ya que las pasiones enaltecen al ser humano. Una de las ideas clave de la novela surge a partir de esta reflexión de Carlota:

> Cubrió sus ojos llenos de lágrimas y gimió: porque levantándose de improviso allá en lo más íntimo de su corazón no sé qué instinto revelador y terrible, acababa de declararle una verdad, que hasta entonces no había claramente comprendido: que hay almas superiores sobre la tierra, privilegiadas para el sentimiento y desconocidas de las almas vulgares: almas ricas de afectos, ricas de emociones... para las cuales están reservadas las pasiones terribles, las grandes virtudes, los inmensos pesares... y que el alma de Enrique no era una de ellas.

En *Sab* se presenta a un ser totalmente apasionado, el protagonista que da título a la novela, y, además, todos los personajes se mueven motivados por el amor excepto Enrique, que es el antagonista de Sab. Como apunta Carmen Bravo-Villasante: «con ella nace, aunque tardíamente, la verdadera novela del sentimiento. Sab es nuestro *Atala* romántico»[116].

Rosario Rexach la considera:

---

[116] *Una vida romántica: la Avellaneda*, pág. 66.

novela francamente romántica. (...) novela en que los ideales románticos están a flor de piel. Un humanitarismo genérico vibra en toda la obra y es precisamente por esto por lo que es antiesclavista[117].

La historia amorosa se desarrolla en una sociedad esclavista. Pero no sólo se configura como un inerte telón de fondo, pues a lo largo de la obra se produce una defensa de dos grupos sociales, en aquellos momentos, oprimidos: mujeres y negros. La carta final de Sab a Teresa hace iguales el destino de las mujeres y el de los esclavos, como ya se ha apuntado.

Faltaban más de cuarenta años para que fuera abolida la esclavitud. *Sab* era la primera novela en español en la que se denunciaba esa práctica[118], y se adelantaba a *La cabaña del tío Tom,* de Ms. Beecher-Stowe, publicada en 1851. Aunque para Carmen Bravo-Villasante:

> no obstante los alegatos contra la esclavitud, no tiene sentido comparar la novela de *Sab* con *La cabaña del tío Tom,* de H. Beecher Stowe, (...) En *Sab* el elemento abolicionista es lo de menos, y lo más importante es el canto a la naturaleza americana, tropical, exuberante, desconocida, y sobre todo describir el sentimiento de un mundo primitivo y la fuerza pasional de los temperamentos sensibles[119].

----

[117] *Estudios sobre Gertrudis Gómez de Avellaneda (La reina mora del Camagüey),* pág. 56.

[118] En la historia literaria cubana existe una vieja polémica sobre cuál es la primera novela cubana de la esclavitud. Además de *Sab,* otras tres obras se disputan el mérito. Anselmo Suárez y Romero acababa en torno a 1839, es decir, en las mismas fechas en que el manuscrito de *Sab* se terminó, otra novela de carácter abolicionista: *Francisco, El ingenio o Las delicias del campo,* publicada mucho más tarde, en 1880. Félix Tanco en 1838 escribió un relato breve, «Petrona y Rosalía», que formaba parte de un conjunto, *Escenas de la vida privada en la Isla de Cuba,* pero no se publicó hasta 1925. Cirilo Valverde, en 1839, publicó la primera parte de *Cecilia Valdés,* aunque completa no apareció hasta 1882. De todo este brevísimo resumen se desprende que, en puridad, sólo la primera parte de *Cecilia Valdés* había precedido a *Sab.* Véase *Sab,* edición de Mary Cruz, págs. 38-44, quien apunta que los cuatro autores coinciden en plantear el tema de las relaciones afectivas entre hombre y mujer de razas diferentes.

[119] *Una vida romántica: la Avellaneda,* pág. 71.

50

El esclavo es un personaje al margen de la sociedad, como el bandolero, el pirata, etc. La igualdad que propugna Avellaneda es por medio de los sentimientos; así, todos los hombres pueden ser iguales por su igual capacidad de amar. Aún más, tal como apunta Bravo-Villasante:

> el señor Enrique Otway posee un alma de baja calidad pasional, y el esclavo está en la cima de la nobleza debido a sus intensas pasiones. El alegato abolicionista se reduce a un alegato pro sentimiento[120].

Sab es el esclavo que ama intensamente y no es correspondido; una concreción más del héroe romántico, por ello el personaje afirma en la Carta a Teresa:

> aunque esclavo yo he amado todo lo bello y lo grande, y he sentido que mi alma se elevaba sobre mi destino. ¡Oh! sí, yo he tenido un grande y hermoso orgullo: el esclavo ha dejado volar libre su pensamiento, y su pensamiento subía más allá de las nubes en que se forma el rayo. (...) Es que en mí hay una facultad inmensa de amar: es que vos tenéis el valor de la resistencia y yo la energía de la actividad: es que a vos os sostiene la razón y a mí me devora el sentimiento.

Sin embargo, tampoco es justo simplificar el mensaje de la novela y calificarla de simple novela sentimental. Los alegatos contra la esclavitud puestos en boca de Sab no permiten dudar del sentido de denuncia social que posee la novela:

> —Es una vida terrible a la verdad —respondió el labrador arrojando a su interlocutor una mirada de simpatía—: bajo este cielo de fuego el esclavo casi desnudo trabaja toda la mañana sin descanso, y a la hora terrible del mediodía jadeando, abrumado bajo el peso de la leña y de la caña que conduce sobre sus espaldas, y abrasado por los rayos del sol que tuesta su cutis, llega el infeliz a gozar todos los placeres que tiene para él la vida: dos horas de sueño y una escasa ración. Cuando la noche viene con sus brisas y sus sombras a consolar a la tierra abrasada, y toda la naturaleza descansa, el escla-

---

[120] *Ibidem*, pág. 72.

vo va a regar con su sudor y con sus lágrimas al recinto donde la noche no tiene sombras, ni la brisa frescura: porque allí el fuego de la leña ha sustituido al fuego del sol, y el infeliz negro girando sin cesar en torno de la máquina que arranca a la caña su dulce jugo, y de las calderas de metal en las que este jugo se convierte en miel a la acción del fuego, ve pasar horas tras horas, y el sol que torna le encuentra todavía allí... ¡Ah! sí; es un cruel espectáculo la vista de la humanidad degradada, de hombres convertidos en brutos, que llevan en su frente la marca de la esclavitud y en su alma la desesperación del infierno.

Las palabras finales del protagonista son un grito en contra de la esclavitud y de la sociedad que la permite. Kirkpatrick ve en las palabras de Sab cierto acento liberal; «se adivinan los ideales de una burguesía incipiente que señala con un dedo acusador a aquellos que refuerzan un sistema jerárquico para conservar su posición privilegiada»[121].

También en palabras de Carlota se toma una actitud clara al respecto:

>—¡Pobres infelices! —exclamó—. Se juzgan afortunados, porque no se les prodigan palos e injurias, y comen tranquilamente el pan de la esclavitud. Se juzgan afortunados y son esclavos sus hijos antes de salir del vientre de sus madres, y los ven vender luego como a bestias irracionales... ¡A sus hijos, carne y sangre suya! Cuando yo sea la esposa de Enrique —añadió después de un momento de silencio— ningún infeliz respirará a mi lado el aire emponzoñado de la esclavitud. Daremos libertad a todos nuestros negros. ¿Qué importa ser menos ricos? ¿Seremos por eso menos dichosos? Una choza con Enrique es bastante para mí, y para él no habrá riqueza preferible a mi gratitud y amor.

Pero, también es cierto que Avellaneda no recurre a los ingredientes habituales del género de la novela abolicionista, es decir, crueldad de los amos, azotes, duros trabajos. La vida material de los esclavos sólo aparece como un marco de referencia; Avellaneda no crea figuras consistentes entre la colec-

---

[121] *Las románticas. Escritoras y subjetividad en España, 1835-1850,* pág. 149.

tividad que padece la esclavitud si se exceptúa a Sab. Atiende a la condición espiritual que el ser esclavo conlleva. Y, tal vez, en ello coincide con la esclavitud femenina.

La temática social no se reduce a la esclavitud, también se encuentra en la obra una valoración sobre la leyenda negra o sobre la conquista de América:

> —Jamás he podido —dijo— leer tranquilamente la historia sangrienta de la conquista de América. ¡Dios mío, cuántos horrores! Paréceme, empero, increíble que puedan los hombres llegar a tales extremos de barbarie. Sin duda se exagera, porque la naturaleza humana no puede, es imposible, ser tan monstruosa.

El anhelo de una edad de oro situada en una Cuba prehispana se sitúa en la línea de los juicios que critican el sistema esclavista establecido:

> Aquí vivían felices e inocentes aquellos hijos de la naturaleza: este suelo virgen no necesitaba ser regado con el sudor de los esclavos para producirles: ofrecíales por todas partes sombras y frutos, aguas y flores, y sus entrañas no habían sido despedazadas para arrancarle con mano avara sus escondidos tesoros. ¡Oh, Enrique! lloro no haber nacido entonces y que tú, indio como yo, me hicieras una cabaña de palmas en donde gozásemos una vida de amor, de inocencia y de libertad.

La novela, por lo tanto, no fue meramente entendida como una novela de amor; su exclusión de las obras literarias permite otra lectura: el público lector percibió algo más que una simple novela sentimental.

Elementos autobiográficos

En *Sab* aparecen numerosas alusiones autobiográficas. Además de plasmarse en sus memorias y en las cartas, también la ficción novelesca se nutre de referencias autobiográficas. Detrás de las reflexiones generales sobre el amor se descubren los acontecimientos vividos por la Avellaneda, las propias actitudes ante el amor:

> ¿Y cuál es la mujer, aunque haya nacido bajo un cielo menos ardiente, que no busque al entrar con paso tímido en los áridos campos de la vida la creación sublime de su virginal imaginación? ¿Cuál es aquella que no ha entrevisto en sus éxtasis solitarios un ser protector, que debe sostener su debilidad, defender su inocencia, y recibir el culto de su veneración?... Ese ser no tiene nombre, no tiene casi una forma positiva, pero se le halla en todo lo que presenta grande y bello la naturaleza. Cuando la joven ve un hombre busca en él los rasgos del ángel de sus ilusiones... ¡Oh!, ¡qué difícil es encontrarlos! ¡Y desgraciada de aquella que es seducida por una engañosa semejanza!... Nada debe ser tan doloroso como ver destruido un error tan dulce, y por desgracia se destruye harto presto. Las ilusiones de un corazón ardiente son como las flores del estío: su perfume es más penetrante pero su existencia más pasajera.

Tras la figura de los personajes parece descubrirse a determinados seres reales, en especial, la propia Avellaneda en varios de ellos y Cepeda en Enrique. El mensaje final de la novela —la imposibilidad de alcanzar la felicidad— tiene un marcado sello autobiográfico. El sentido último de la obra es muy crítico con la sociedad establecida de la época. No plantea un final feliz; Carlota no es feliz con el papel que le ha deparado la sociedad, el matrimonio no le ha proporcionado la felicidad, adquiriendo una actitud desengañada que como muy bien indica Kirkpatrick:

> dota al sujeto femenino de un contenido radicalmente nuevo, ya que le atribuye el paradigma de la conciencia romántica. (...) Teresa nació fuera del matrimonio y Sab nació esclavo. Se extiende así el alcance de la crítica social, que pasa a abarcar la esclavitud y el racismo junto con el matrimonio y la opresión de la mujer[122].

En último término *Sab* es, también, un alegato en contra de la institución matrimonial.

---

[122] *Ibidem*, pág. 145.

Influencias y originalidad

Una de las obras más citadas por la crítica, como posible influencia sobre la novela de la Avellaneda, es *Pablo y Virginia* (1788). En efecto, existen algunos rasgos coincidentes, en los que tal vez nuestra autora tuvo presente la novela de Bernardino Saint-Pierre. Así, coinciden en el paisaje exótico, aunque se concreta, en una y otra obra, en lugares diferentes, una isla del Pacífico frente a una isla caribeña; también es común la presencia de los cimarrones, figuras propias de un marco literario en el que la esclavitud está presente. Probablemente, doña Gertrudis tomó el nombre del perro, Leal, de la obrita de Saint-Pierre.

Por el contrario, *Pablo y Virginia* plantea una cuestión que apenas se aborda en *Sab*, el desarrollo humano y educativo de una pareja de jóvenes, que se ofrece como un grito de rebeldía frente a la sociedad —esto último sí está presente en *Sab*. En la novela de Saint-Pierre la historia de los amores de los jóvenes tiene un sello rousseauniano, en cuanto que su tesis principal es la consideración de la bondad natural del ser humano. Carlota en algún momento plantea lo que es también una idea fundamental de *Pablo y Virginia*, que el ser humano será mejor y más feliz cuanto más se acerque al estado natural, de ahí que rechace lo que es propio de la civilización, el dinero, las riquezas, etcétera.

A pesar de todas esas características similares, las obras son muy diferentes, ya que *Pablo y Virginia* es la historia de unos amores que se buscan y se corresponden, aunque el final trágico los frustre, mientras que *Sab* es la historia de un amor imposible, de un amor en silencio; en ambas la sociedad es un obstáculo para que los amores entre Pablo y Virginia, por una parte, y entre Sab y Carlota, por otra, puedan culminarse. La diferencia reside en la imposibilidad que se traza en *Sab* y en las dificultades insalvables que surgen en *Pablo y Virginia*.

Dentro de la tendencia romántica se suelen citar otras obras que fueron tenidas en cuenta por la Avellaneda, en diversos aspectos, para crear *Sab*. Así, por ejemplo, de Chateaubriand se señala *Atala,* y en especial, *René,* aunque al respecto hay posiciones contrarias. A Mary Cruz le parece absurdo intentar la comparación entre *Sab* y *René*, en concreto porque no hay ningún sentimiento incestuoso en *Sab* y ese es el conflicto de la hermana de René[123]. Por el contrario, Alberto J. Carlos sugiere toda una serie de coincidencias y similitudes[124].

Avellaneda había leído con fruición la literatura francesa y es muy probable que tomara diferentes elementos de diversas autoras galas. No es de extrañar que la protagonista de *Corina o Italia* (1807), de Staël, le sirviera como modelo de otros personajes femeninos de sus obras. Había recurrido a la tradición francesa femenina para denunciar la tiranía del matrimonio. Algunas novelas de George Sand, *Indiana* (1832), *Valentina* (1832) y *Lélia* (1833), que había leído muy joven, aún le sirvieron de modelos para crear un tipo de obra en la que la narradora pudiera opinar sobre el amor y rechazar el matrimonio. Sin embargo, hay mucha distancia entre los personajes femeninos de Sand y los de la Avellaneda.

Bug-Jargal (1826), de Víctor Hugo, es para Mary Cruz[125] el antecedente inmediato de *Sab*. Ni en una ni en otra obra el abolicionismo es el tema central. En ambas un esclavo negro, culto, es el protagonista y está enamorado de una blanca, que a su vez está prometida a un blanco. La diferencia estriba en que Bug-Jargal comanda un grupo de esclavos sublevados en Haití y lucha por la libertad; Sab confiesa que ha pensado en ello, pero no lo realizará. El personaje de Hugo pasa a la acción revolucionaria, mientras que Sab permanece pasivo. Aunque no existe evidencia de que Tula hubiera leído la novela *Bug-Jargal*, tampoco hay hechos que demuestren lo contrario. Su conocimiento del francés, de la poesía de Hugo e, incluso, la divulgación de las obras del francés en Cuba apuntan hacia la confirmación de la hipótesis de Mary Cruz.

---

[123] *Sab,* edición de Mary Cruz, págs. 48-49.
[124] «*René, Werther* y *La Nouvelle Héloïse* en la primera novela de la Avellaneda», págs. 223-238.
[125] *Sab,* edición de Mary Cruz, págs. 44-47.

La gestación del personaje del negro protagonista no sólo procede de la contemplación de la realidad cubana, aunque el hecho de que se plasme en las obras cubanas coetáneas antes citadas, de Cirilo Villaverde, Félix Tanco y Anselmo Suárez, muestra cuán presente estaba en la realidad del país; también tiene una conformación literaria de cierta tradición, pues ya los escritores españoles del Siglo de Oro utilizaron personajes de otras razas[126]. Más cercanamente, el teatro romántico supone, con su retorno al mundo medieval, una confluencia de etnias diferentes. Por otra parte, en la carta de Sab a Teresa se alude a Otelo, el personaje de Shakespeare, autor que debió conocer la Avellaneda, pues desde su infancia había demostrado afición y devoción por el teatro.

Otras lecturas ofrecen coincidencias que no disminuyen la indiscutible originalidad de *Sab*. Se ha citado a los cronistas de Indias; a Rousseau, en concreto, en algún momento de la obra emerge la idea de la bondad natural del hombre y de su corrupción en sociedad; es muy posible que el apasionamiento de Sab se parezca y proceda del protagonista de *Werther*, de Goethe, y hay lejanas similitudes entre los caracteres de las dos Carlotas y entre Alberto y Jorge Otway.

Sin embargo, a pesar de todo lo expuesto, la novela siempre se ha valorado como ejemplo de la originalidad de la autora, pues lo que puede adeudar a otros es mucho menos de lo que aporta y de cuanto conocía de su entorno cubano. No puede encontrarse un modelo que la Avellaneda siguiera o modificara, pues las coincidencias fueron más ambientales, propias del romanticismo de la época, que particulares y concretas.

Novela de personajes

Es la novela romántica, en la que prevalecen los sentimientos sobre las acciones, una novela de personajes, ya que éstos suelen tener una rica configuración. El procedimiento más general de la obra consiste en presentarnos al personaje

---

[126] Cfr. Baltasar Fra Molinero, *La imagen de los negros en el teatro del siglo de Oro*, Madrid, Siglo Veintiuno Editores, 1955.

por medio de una prosopografía, descripción externa de un ser:

> Era su color de un blanco amarillento con cierto fondo oscuro; su ancha frente se veía medio cubierta con mechones desiguales de un pelo negro y lustroso como las alas del cuervo; su nariz era aguileña pero sus labios gruesos y amoratados denotaban su procedencia africana. Tenía la barba un poco prominente y triangular, los ojos negros, grandes, rasgados, bajo cejas horizontales, brillando en ellos el fuego de la primera juventud, no obstante que surcaban su rostro algunas ligeras arrugas.

Aunque, luego, paulatinamente va conformando el retrato (fusión de prosopografía y etopeya) del personaje, añadiendo los pertinentes rasgos etopéyicos se va construyendo a partir de las introspecciones y de las reflexiones sentimentales.

La crítica, en general, ha señalado que en la novela puede descubrirse un múltiple despliegue de tres personajes (Sab, Carlota, Teresa) que proyectan el yo de la autora. Se basa en dos triángulos amorosos entrelazados: Carlota es amada por Enrique y por Sab, y a su vez Enrique es amado por Carlota y por Teresa. Así, se estructura en un doble triángulo amoroso. Dos mujeres, Carlota, rica heredera, y Teresa, recogida por la familia de Carlota, aman a Enrique Otway; Sab, esclavo, ama a Carlota, y Enrique desea casarse con Carlota.

Los sentimientos se convierten en la materia novelesca; en este sentido se repite que existen unos seres superiores que aman apasionadamente:

> —¡Oh Sab, pobre Sab! ¡Cuánto has padecido! —exclamó conmovida Teresa—, ¡cuán digno es de mejor suerte un corazón que sabe amar como el tuyo!

y ése es el rasgo primordial en Sab, el cual puede afirmar sutilmente, contestando a Enrique Otway, sobre su posible amor por Carlota:

> —¿Y quién que la conozca podrá no amarla? La señorita de B... es a los ojos de su humilde esclavo lo que debe ser a

los de todo hombre que no sea un malvado: un objeto de veneración y de ternura.

Sab, esclavo del amor

El nombre suele indicarnos algo significativo del personaje. Sab es apodo cariñoso que la madre le daba a su hijo, Bernabé. Mary Cruz[127] desarrolla una teoría acerca del nombre propio en cuestión; concluye que el nombre indígena de los bosquimanos (singular *sab*, plural *san*) caracteriza perfectamente al personaje, para ello cita alguna descripción que, en nuestra opinión, es un tanto forzada; asimismo hace alguna conjetura con una posible experiencia de la Avellaneda un tanto novelesca, aunque siempre dentro de los límites de la verosimilitud.

El protagonista se comporta como un caballero, al servicio de su dama. Posee una fuerte personalidad, tal vez procedente de su origen noble, de madre africana, princesa, y de padre blanco. Al principio de la narración, en el capítulo I, los indicios apuntan a un parentesco con la familia de Carlota, dado que tal vez fuera engendrado por don Luis, hermano de don Carlos, con lo cual se podría afirmar que Sab y Carlota podrían ser primos:

> El extranjero sonreía con malicia desde que Sab habló de la conferencia secreta que tuviera el difunto don Luis con su hermano, y cuando el mulato cesó de hablar le dijo:
> —Es extraño que no seas libre, pues habiéndote querido tanto don Luis de B... parece natural te otorgase su padre la libertad, o te la diese posteriormente don Carlos.

Esta idea se confirma más adelante en un diálogo entre Enrique y Carlota:

> —Según cierta relación que me hizo de su nacimiento —añadió el joven sonriéndose—, sospecho que tiene ese

---

[127] Edición de *Sab*, págs. 65-67.

mozo, con algún fundamento, la lisonjera presunción de ser
de la misma sangre que sus amos.

—Así lo pienso yo también porque mi padre le ha tratado
siempre con particular distinción, y aun ha dejado traslucir a
la familia que tiene motivos poderosos para creerle hijo de su
difunto hermano don Luis. Pero, ¡silencio!..., ya llega.

Sorprende la naturalidad con que el asunto es tratado por
Carlota, si se tiene en cuenta que, por otra parte, aquella sociedad aún estaba gobernada por unas estrictas normas morales y
sociales. Sin embargo, tal vez, lo habitual que debió de ser un
hecho como aquel en la sociedad cubana de la época es lo que
puede explicar la natural y sencilla actitud de Carlota.

En una de las primeras escenas Enrique confunde a Sab
con un propietario y, en todo momento, su figura sale de lo
previsible y común no sólo respecto al papel de esclavo sino
también respecto a un *status* superior a su realidad:

> el aire de aquel labriego parecía revelar algo de grande y no-
> ble que llamaba la atención, y lo que acababa de oírle el ex-
> tranjero, en un lenguaje y con una expresión que no corres-
> pondían a la clase que denotaba su traje...

Su singularidad y desclasamiento también se marcan en la
cultura que el personaje ha adquirido:

> Con ella aprendí a leer y a escribir, porque nunca quiso re-
> cibir lección alguna sin que estuviese a su lado su pobre mu-
> lato Sab. Por ella cobré afición a la lectura, sus libros y aun
> los de su padre han estado siempre a mi disposición, han
> sido mi recreo en estos páramos, aunque también muchas
> veces han suscitado en mi alma ideas aflictivas y amargas ca-
> vilaciones.

Esa cultura adquirida le otorga una posición privilegiada
—no en balde se informa que fue criado junto a Carlota—
respecto a los otros esclavos, que se concreta en su cargo de
mayoral, hombre de confianza del amo. La educación recibida le permite ser inteligente, con capacidad para reflexionar.
La cultura o lo literario le sirve para fundamentar su amor
por Carlota:

> ¡Cuántas veces las novelas que leía Carlota referían el insensato amor que un vasallo concebía por su soberana, o un hombre oscuro por alguna ilustre y orgullosa señora!...
>
> (...) Un día Carlota leyó un drama en el cual encontré por fin a una noble doncella que amaba a un africano, y me sentí transportado de placer y orgullo cuando oí a aquel hombre decir: «No es un baldón el nombre de africano, y el color de mi rostro no paraliza mi brazo.» ¡Oh, sensible y desventurada doncella! ¡Cuánto te amaba yo! ¡Oh, Otelo!

Todo ello proporciona un modelo que no se adecua a la figura de un esclavo, ya que, además, es muy orgulloso, posee un espíritu crítico y la libertad está muy arraigada en él. Su amor por alguien prohibido para él, Carlota, es la forma de intentar romper con las normas sociales establecidas y con la sociedad esclavista que tanto desprecia. Carlota está divinizada por Sab, a través de ella estima acercarse a Dios, pues los románticos creyeron en la salvación del hombre a través del amor y de la mujer.

La singularidad del personaje también se concreta en su físico, pues no sólo se enaltece su aspecto, sino que además se aparta del modelo habitual de mulato:

> Era el recién llegado un joven de alta estatura y regulares proporciones, pero de una fisonomía particular. No parecía un criollo blanco, tampoco era negro ni podía creérsele descendiente de los primeros habitadores de las Antillas. Su rostro presentaba un compuesto singular en que se descubría el cruzamiento de dos razas diversas, y en que se amalgamaban, por decirlo así, los rasgos de la casta africana con los de la europea, sin ser no obstante un mulato perfecto.
>
> Era su color de un blanco amarillento con cierto fondo oscuro; su ancha frente se veía medio cubierta con mechones desiguales de un pelo negro y lustroso como las alas del cuervo; su nariz era aguileña pero sus labios gruesos y amoratados denotaban su procedencia africana. Tenía la barba un poco prominente y triangular, los ojos negros, grandes, rasgados, bajo cejas horizontales, brillando en ellos el fuego de la primera juventud, no obstante que surcaban su rostro algunas ligeras arrugas.

Hay un momento crucial en la trayectoria del personaje: cuando se le brinda la oportunidad de eliminar a Enrique Otway:

> Una voluntad le reduciría a la nada, y esa voluntad es la mía... ila mía, pobre esclavo de quien él no sospecha que tenga un alma superior a la suya... capaz de amar, capaz de aborrecer... un alma que supiera ser grande y virtuosa y que ahora puede ser criminal!

Finalmente opta por respetar la vida de su contrario:

> Pero una súbita e incomprensible mudanza se verifica en aquel momento en su alma, pues se queda inmóvil y sin respiración cual si lo subyugase el poder de algún misterioso conjuro. Sin duda un genio invisible, protector de Enrique, acababa de murmurar en sus oídos las últimas palabras de Carlota: —Sab, yo te recomiendo mi Enrique.

Su amor adopta la forma de renuncia; se sacrifica para que Carlota sea feliz. Para ello debe rechazar, en buenos términos, a Teresa, a la riqueza y a otras posibilidades, como por ejemplo disfrutar de una libertad acaudalada, que están en la mente de cualquier lector. Y, además, debe ser generoso con ella: así le da el billete premiado de lotería a Teresa para que lo cambie por el de Carlota, que no ha obtenido beneficio alguno, y de esta manera convertirla de nuevo en rica. Tal vez es esta renuncia lo que le impide ser una figura totalmente rebelde, aunque Sab en algunos momentos del relato pueda suponer la amenaza que sufrieron los cubanos durante el siglo, y cuyo modelo presente era la revolución haitiana; así se manifiesta en varias ocasiones protestando ante el orden social establecido, por ejemplo en el diálogo con Teresa:

> He pensado también en armar contra nuestros opresores, los brazos encadenados de sus víctimas; arrojar en medio de ellos el terrible grito de libertad y venganza; bañarme en sangre de blancos; hollar con mis pies sus cadáveres y sus leyes y perecer yo mismo entre sus ruinas.

Es una posibilidad que le hubiera convertido en una figura revolucionaria, pero que, finalmente, Sab desecha.

Su muerte, en el mismo instante en que se celebra la boda entre Carlota y Enrique, adquiere un sentido simbólico; en el momento en que su vida ya no parece tener razón de ser, fallece:

> Sab expiró a las seis de la mañana: en esa misma hora Enrique y Carlota recibían la bendición nupcial.

La muerte es la vía de libertad para Sab, ya que ha perdido toda posibilidad de amar a Carlota, de unirse al dios terrenal; por ello decide unirse al Dios celestial, que, por otra parte, le proporcionará la libertad que la sociedad jamás le concedió.

Sab, tan apasionado por la libertad del esclavo, sucumbe ante el amor, porque es un esclavo del amor. No lucha contra la esclavitud social, renunciando a un posible liderazgo de su grupo social, y se somete a los designios de una sociedad esclavista, a la que él tenía alguna posibilidad de combatir, dada su preparación humana e intelectual. El amor está por encima de la libertad y de la justicia social, aunque sin duda es lo social lo que provoca la imposibilidad amorosa:

> Un día Carlota leyó un drama en el cual encontré por fin a una noble doncella que amaba a un africano, y me sentí transportado de placer y orgullo cuando oí a aquel hombre decir: «No es un baldón el nombre de africano, y el color de mi rostro no paraliza mi brazo.» ¡Oh, sensible y desventurada doncella! ¡Cuánto te amaba yo! ¡Oh, Otelo! ¡Qué ardientes simpatías encontrabas en mi corazón! ¡Pero tú también eras libre!

Desde la perspectiva de la lógica del personaje, la visión que tiene Sab de la sociedad podría justificar cualquier intervención revolucionaria:

> Pero la sociedad de los hombres no ha imitado la equidad de la madre común, que en vano les ha dicho: «¡Sois hermanos!» ¡Imbécil sociedad, que nos ha reducido a la necesidad de aborrecerla, y fundar nuestra dicha en su total ruina!

Sin embargo hasta la propia Avellaneda debió asustarse de la propuesta de su protagonista y, así, poco después añadía:

tranquilizaos, Teresa, ningún peligro os amenaza; los esclavos arrastran pacientemente su cadena: acaso sólo necesitan para romperla, oír una voz que les grite: «¡Sois hombres!» pero esa voz no será la mía, podéis creerlo.

Sab está más preocupado por su amor que por la tarea social. Tula crea un personaje romántico, no un revolucionario en cuestiones sociales, aunque se dé cuenta de que el sistema esclavista es injusto y vergonzoso y de que es necesario abolirlo, pero esa lucha no va con él.

Carlota, la esclavitud femenina

Carlota posee un bello rostro, angelical, y un carácter apasionado; sus manifestaciones contrastan con la frialdad de Enrique. En general, se la ha asociado a su homónima de *Werther*, aunque con claros rasgos autobiográficos; por ejemplo las condiciones espiritual y social de Carlota son muy parecidas a las de la autora. Tal vez la gran diferencia estriba en que el personaje es pasivo, ya que no impulsa la acción de la novela, sólo provoca emociones y el que otros personajes actúen, mientras que Tula fue una mujer muy dinámica. Ello no quiere decir que Carlota no posea una gran actividad interior, pues es un ser enamorado, que siente, se emociona y piensa, pero se configura como un personaje estático.

La libertad que otorga como premio a Sab así como la voluntad de libertad general para sus esclavos, una vez sea la esposa de Enrique, muestran que tiene una actitud paternalista ante la esclavitud. Esta misma actitud se observa hacia la historia de la conquista española en América: «Jamás he podido leer tranquilamente la historia sangrienta de la conquista...»

En la presentación del personaje, a través de un retrato, sobresale más por su atractivo que por una belleza de modelo, aunque tampoco carece de ella:

> Su hermosa y pura frente descansaba en una de sus manos, apoyando el brazo en el antepecho de la ventana; y sus cabellos castaños divididos en dos mitades iguales, caían for

mando multitud de rizos en torno de un rostro de diez y siete años. Examinando escrupulosamente a la luz del día aquel rostro, acaso no hubiera presentado un modelo de perfección; pero el conjunto de sus delicadas facciones, y la mirada llena de alma de dos grandes y hermosos ojos pardos, daban a su fisonomía, alumbrada por la luna, un no sé qué de angélico y penetrante imposible de describir. Aumentaba lo ideal de aquella linda figura un vestido blanquísimo que señalaba los contornos de su talle esbelto y gracioso, y no obstante hallarse sentada, echábase de ver que era de elevada estatura y admirables proporciones.

Carlota representa el ideal romántico, pues elige una forma hermosa, Enrique, sobre la que forja su amor. En estos términos lo define la propia autora; pero, además, su inicial proceso amoroso tiene todo el sello romántico:

> Carlota amó a Enrique, o mejor diremos amó en Enrique el objeto ideal que la pintaba su imaginación, cuando vagando por los bosques, o a las orillas del Tínima, se embriagaba de perfumes, de luz brillante, de dulces brisas: (...) Carlota amó más desde que se le prohibió amar, y aunque no había ciertamente en su carácter una gran energía, y mucho menos una fría perseverancia, la exaltación de su amor contrariado, y el pesar de una niña que por primera vez encuentra oposición a sus deseos, eran más que suficientes para producir un efecto contrario al que se esperaba. Todos los esfuerzos empleados por la familia de B... para apartarla de Enrique fueron inútiles, y su amante desgraciado fue para ella mucho más interesante. Después de repetidas y dolorosas escenas, en que manifestó constantemente una firmeza que admiró a sus parientes, el amor y la melancolía la originaron una enfermedad peligrosa que fue la que determinó su triunfo.

Las revelaciones finales de Teresa hacen que Carlota se percate de la realidad, aunque en el momento de la boda ya se presagia lo que será su vida a partir de entonces: «—¡El día de nuestra boda! —murmuró ella—. ¡Qué triste ha sido este día!» Pero, aún más, su boda supone la pérdida de los seres queridos, de los que han formado un entorno cariñoso y protector de su persona; ya que a la muerte de Sab y de su hermano —éste en la lejanía apenas tiene significado en ese

65

entorno familiar— se añade la ida de su padre y el enclaustramiento de Teresa. Y así lo siente Carlota:

> Pero ¿no podía esperar y remitir el cumplimiento de su resolución para otro día? ¿Por qué ha tenido la crueldad de añadir un disgusto a tantos como hoy he experimentado? Me deja la ingrata el mismo día que ha partido mi padre, sola... abandonada.

El matrimonio la conduce al desengaño y a la frustración. Su destino trágico le obliga a renunciar a lo que es su propia esencia y naturaleza pues un ser nacido para el amor, la belleza y el sentimiento se va desencantando a medida que descubre la realidad que la envuelve, en concreto la verdadera personalidad de su marido.

La narradora finalmente ignora a su personaje, ya que supone que sigue resignada con su marido, y se pregunta si recordará a Sab, que murió por ella. En cierto modo también padece una esclavitud, la esclavitud de la mujer que tampoco es libre para elegir su destino.

Enrique, la esclavitud económica

Enrique se presenta como la personalidad negativa —antagonista de Sab— de la novela: aunque bello, es frío, interesado y ambicioso. Por estos rasgos recuerda a Cepeda[128]. Apunta Kirkpatrick que:

> es el objeto *a priori* del deseo femenino, invirtiéndose así el esquema de la narrativa romántica de autor masculino. Carlota y Teresa están enamoradas de él cuando comienza la novela. (...) sus emociones están determinadas por el exterior[129].

Su aspecto físico marca lo que no es propio del lugar, lo ajeno e importado:

---

[128] Helena Percas en «Sobre la Avellaneda y su novela *Sab*», en la pág. 354, establece esa comparación entre el personaje Enrique y el amor de la Avellaneda, Cepeda.

[129] *Las románticas. Escritoras y subjetividad en España, 1835-1850,* pág. 143.

un joven de hermosa presencia (...) su tez blanca y sonrosada, sus ojos azules, y su cabello de oro había venido al mundo en una región del Norte.

(...) Acaso la notable hermosura del extranjero causó cierta suspensión al campesino,

En algunas ocasiones Carlota le plantea lo felices que podrían ser sin riquezas:

¡cuán fácilmente pueden ser dichosos dos amantes tiernos y
apasionados! En esta pobre aldea, en esta miserable casa, con
una hamaca por lecho y un plantío de yucas por riqueza, yo
sería dichosa contigo, y nada vería digno de mi ambición en
lo restante del universo. Y tú ¿pudieras tampoco desear más?

Sin duda la Avellaneda utiliza estas afirmaciones para
acentuar la naturaleza de ambos personajes. El desinterés
económico de Carlota es propio de su carácter romántico y
apasionado; por el contrario, Enrique primordialmente se
mueve por su afán de ambición; le interesa el mundo material y el dinero, valores que no comparten Sab, Carlota o Teresa. Los Otway, Jorge y Enrique, representan el mundo
preocupado por la economía; y son el exponente de una clase, con sus normas y con un comportamiento específico, que
es fuertemente criticada en la novela.

La figura de Enrique carece de voluntad, su miedo a la libertad se manifiesta en sus propias reflexiones:

—Esto es un hecho —decía él hablando consigo mismo—, esa mujer me ha trastornado el juicio, y es una felicidad que mi padre sea inflexible, pues si tuviese yo libertad de
seguir mis propias inspiraciones es muy probable que cometiera la locura de casarme con la hija de un criollo arruinado.

A pesar de todo ello es justo indicar que Enrique, aunque
en primer lugar sitúa el interés, no deja de querer a su manera a Carlota. Pastor Díaz apunta su condición de que:

no es un perverso, es solamente un personaje prosaico, un
buen comerciante para quien el libro de la vida no deja de

ser un libro de caja en donde todas las partidas se asientan en guarismos, inclusa la de su matrimonio[130].

Teresa, la abnegación de la inteligencia

La infancia de Teresa está marcada por los malos tratos del padre y una madrastra; ello la sitúa prácticamente en la marginación; al igual que Sab, que nació esclavo, ella nació hija natural y, muy pronto huérfana de madre, fue recogida por los padres de Carlota.

Es la figura más compleja en cuanto que es valorada de manera muy diferente por los otros personajes. La aparente conformación contradictoria del personaje se produce desde el inicio, en el capítulo II:

> Al verla siempre seria e impasible se podía creer que su alma imprimía sobre su rostro aquella helada tranquilidad, que a veces se asemejaba a la estupidez; y, sin embargo, aquella alma no era incapaz de grandes pasiones, mejor diré, era formada para sentirlas.

Los condicionamientos que traza la Avellaneda explican su personalidad:

> Hija natural de un pariente lejano de la esposa de don Carlos, perdió a su madre al nacer, y había vivido con su padre, hombre libertino que la abandonó enteramente al orgullo y la dureza de una madrastra que la aborrecía. Así fue desde su nacimiento oprimida con el peso de la desventura, y cuando por muerte de su padre fue recogida por la señora de B... y su esposo, ni el cariño que halló en esta feliz pareja, ni la tierna amistad que la dispensó Carlota fueron ya suficientes a despojar a su carácter de la rigidez y austeridad que en la desgracia había adquirido. Su altivez natural, constantemente herida por su nacimiento, y escasa fortuna que la constituía en una eterna dependencia, habían agriado insensiblemente su alma, y a fuerza de ejercitar su sensibilidad pa-

---

[130] «De las novelas en España: *Sab*, novela original por la Señorita Doña Gertrudis Gómez de Avellaneda», pág. 15.

recía haberla agotado. (...) El destino parecía haberla colocado junto a Carlota para hacerla conocer por medio de un
triste cotejo, toda la inferioridad y desgracia de su posición.

En la narración se va desarrollando cierta complicidad entre Sab y Teresa, que a medida que avanza la historia se irá
acentuando:

> Solamente dos personas quedaron en el patio: Teresa de
> pie, inmóvil en el umbral de la puerta que acababan de atra-
> vesar sin reparar en ella los dos amantes, y Sab, de pie tam-
> bién, y también inmóvil en frente de ella, junto a su jaco ne-
> gro del cual acababa de bajarse. Ambos se miraron y ambos
> se estremecieron, porque como en un espejo había visto cada
> uno de ellos en la mirada del otro la dolorosa pasión que en
> aquel momento le dominaba. Sorprendidos mutuamente ex-
> clamaron al mismo tiempo:
> —¡Sab!
> —¡Teresa!
> Se han entendido y huye cada uno de las miradas del
> otro.

Teresa comienza siendo la antítesis de Carlota. En este sentido es el contramodelo que hace resaltar la figura de aquélla,
pero a medida que la novela avanza va descubriendo una
gran personalidad hasta convertirse en la heroína.
Sin embargo, en cualquier momento la autora vuelve a
configurarla como un ser ajeno a los sentimientos apasionados, incluso inferior a Enrique, tan mal conceptuado:

> ¿Y quién no lloraría con tan tierna escena? ¡Teresa, única-
> mente Teresa! Aquella criatura singular se había alejado fría-
> mente del cuadro patético que se presentaba a sus miradas, y
> parecía entonces ocupada en examinar de cerca la figura de-
> forme del pobre niño. Enrique, menos frío que ella...

En las afirmaciones con las que manifiesta ser consciente
de su realidad empieza a demostrar su inteligencia, que más
adelante le servirá para dirigir el destino de los otros personajes:

69

> ¡He oído sus sollozos! ¡Carlota! ¿Qué puede afligirte? ¡Eres tan dichosa! ¡Todos te aman! ¡Todos desean tu amor!... ¡Deja las lágrimas para la pobre huérfana, sin riqueza, sin hermosura, a la que nadie pide amor, ni ofrece felicidad!

Personajes que inicialmente la tratan un tanto despectivamente; así, por ejemplo, Teresa debe aguantar en silencio las arbitrarias afirmaciones de Carlota respecto a su persona:

> —He sido ciertamente muy injusta —dijo entre sonrisas y lágrimas—; pero merezco perdón. ¡Le amo tanto! Una palabra, una mirada de Enrique es para mi corazón la vida o la muerte, la felicidad o la desesperación. Tú no comprendes esto, Teresa, porque nunca has amado.
> Teresa se sonrió tristemente.

Su figura es la que tiene un mayor misterio, por las distintas valoraciones que se hacen de ella a lo largo de la novela:

> —Acaso nos hemos engañado juzgando su corazón por su semblante, querida mía.
> —No, Enrique, yo no he juzgado su corazón por su semblante: sé que su corazón es noble, bueno, capaz de los más grandes sentimientos; pero el amor, Enrique, el amor es para los corazones tiernos, apasionados... como el tuyo, como el mío.
> —Es para todos los corazones, vida mía, y Teresa tiene un corazón.

Aunque, en realidad, estas últimas palabras de Carlota y Enrique reflejan la concepción que sobre el amor tienen cada uno de estos personajes; así, la naturaleza romántica de Carlota contrasta con la visión vulgar e interesada de Enrique.

Es clave la escena en que Sab y Teresa se entrevistan. Cuando Sab le comunica su amor por Carlota, sobre todo a partir de la espléndida y apasionada exposición de sus sentimientos, Teresa siente algo nuevo y se olvida de la clase de Sab, entonces piensa que «un corazón como el de Sab era aquel que el suyo necesitaba». Luego, el mulato se lamenta ya que ninguna mujer querrá vivir su mismo destino; la respuesta de Teresa, ante el gran alma que está contemplando, no se hace esperar y le dice: «yo soy esa mujer». Es otro momento en que la autora hubiera podido cambiar el desenlace de la novela, sin embargo ello no se produce y conserva la pureza de los caracteres trazados. Así, Sab no aceptará el generoso ofrecimiento de Teresa, que, por contra, ya empieza a conocer a Enrique, aunque no pueda librarse del amor que siente por él. Por ello deberá buscar en el claustro consuelo a su pasión por Enrique.

En un acertado análisis Kirkpatrick afirma que:

> Su lucidez especial, derivada de la frialdad que ella misma se impone, le permite reconocer el amor secreto de Sab en acciones que pasan inadvertidas a los demás personajes. Cuando él le manifiesta el alcance de su pasión y su sufrimiento, ella comprende el verdadero valor de su espíritu. Es ella quien expone los valores éticos fundamentales de la novela, cuando decide defender las ilusiones de Carlota acerca de Enrique, en vez de destruirlas con la verdad: que él intenta romper su compromiso porque su dote es demasiado pequeña[131].

Teresa condiciona el desenlace de la novela, convenciendo a Sab y propiciando que utilice el premio de la lotería para enriquecer a Carlota. Además, para que ninguna falsa suposición pueda manchar el honor de Carlota, admite como verdadera la existencia de relaciones amorosas con Sab, hecho absolutamente falso. El heroísmo del personaje lo confirma Sab:

> Quiero despedirme de vos y daros gracias por vuestra amistad, y por haberme enseñado la generosidad, la abnegación y el heroísmo. Teresa, vos sois una mujer sublime, yo he querido imitaros: pero ¿puede la paloma tomar el vuelo del águila? Vos os levantáis grande y fuerte, ennoblecida por los sacrificios, y yo caigo quebrantado. Así cuando precipita el huracán su carro de fuego sobre los campos, la ceiba se queda erguida, iluminada su cabeza vencedora por la aureola

---

[131] *Las románticas. Escritoras y subjetividad en España, 1835-1850*, pág. 146.

con que la ciñe su enemigo; mientras que el arbusto, que ha querido en vano defenderse como ella, sólo queda para atestiguar el poder que le ha vencido. El sol sale y la ceiba le saluda diciéndole: «veme aquí», pero el arbusto sólo presenta sus hojas esparcidas y sus ramas destrozadas.

Y, sin embargo, vos sois una débil mujer: ¿cuál es esa fuerza que os sostiene y que yo pido en vano a mi corazón de hombre? ¿Es la virtud quien os la da?

Finalmente Teresa indica a Carlota el camino a seguir; le muestra que el amor y la compasión son la única alternativa al mundo positivista y grosero.

Si Sab representa la pasión, y una vez ya no puede conseguir el amor de Carlota, muere, Teresa representa la capacidad inteligente de dominar esa pasión; por eso acepta el matrimonio entre Enrique y Carlota y se sobrepone a él:

Teresa había alcanzado aquella felicidad tranquila y solemne que da la virtud. Su alma altiva y fuerte había dominado su destino y sus pasiones, y su elevado carácter, firme y decidido, la había permitido alcanzar esa alta resignación que es tan difícil a las almas apasionadas como a los caracteres débiles.

Otros personajes

El resto de personajes tienen menor importancia. Así, el padre de Carlota, don Carlos, representa la bondad y el prototipo de persona que confía en los otros. Jorge Otway, padre de Enrique, es un judío inglés, prototipo de persona interesada, avara y carente de modales; sirve como contrapeso de Enrique, el cual gracias a su padre no resulta tan ruin. Martina es una figura singular que no sólo da color indio, sino que ofrece otra visión sobre el tema social. Así, afirma proféticamente que:

La tierra que fue regada con sangre una vez lo será aún otra: los descendientes de los opresores serán oprimidos, y los hombres negros serán los terribles vengadores de los hombres cobrizos.

Aunque la Avellaneda pone en duda la ascendencia india de Martina, el efecto persiste. Luis, nieto de Martina, es el último representante de la raza autóctona de Cuba.

En conclusión, respecto a los personajes de *Sab*, puede afirmarse su configuración romántica, ya que Sab representa el prototipo de enamorado que no alcanza su amor y su muerte es la culminación de lo que simboliza; Carlota es la figura femenina, también romántica por excelencia, que anhela un amor eterno y, sin embargo, no se percata de la realidad y el futuro que le espera; Teresa representa la abnegación de la inteligencia, pues es el personaje que tiene una mayor y profunda visión de la realidad, pero tampoco la vida le depara grandes cosas, al menos respecto a sus iniciales sueños; por último, Enrique es el hombre débil, en manos de otras fuerzas que no son el amor y que, si consigue lo que se había propuesto, es porque en el fondo late una consideración de la autora: personaje ya en sí mismo triste pues no está capacitado para apreciar el amor.

Estructura argumental y tiempo literario

El argumento es muy sencillo: Sab, esclavo mulato, está enamorado de Carlota, hija de su amo y prometida de Enrique Otway. Con ella vivió su infancia y como igual se educó. Teresa, prima pobre, recogida por don Carlos, padre de Carlota, también está enamorada de Enrique. Cuando los Otway conocen que los asuntos económicos del futuro suegro no van bien, pretenden romper la relación con Carlota. Sab, que conoce la intención de los Otway, ofrece a Teresa el premio de lotería que ha ganado, a fin de que consiga casarse con Enrique y así desenmascarar a los Otway y mostrar la realidad a Carlota. Teresa rechaza la propuesta de Sab y le explica que sólo el amor de Enrique puede hacer feliz a Carlota. Sab acepta la reflexión de Teresa y le da el billete premiado para que lo cambie por el de Carlota, que no ha obtenido beneficio alguno, y así, otra vez rica, no sea rechazada por los Otway. En la carrera por llegar a tiempo con el mensaje a Enrique, Sab se causa un daño irreparable, del cual muere, en el mismo momento en que Carlota y Enrique se casan. Luego, la acción se reanuda transcurridos cinco años. Nos encontramos con que agoniza Teresa, en el convento en que se recluyó, y le cuenta a Carlota el amor que Sab sintió por ella y lo demuestra entregándole la carta —mientras Teresa se muere— que el mulato escribió momentos antes de fallecer. Tras la transcripción de la carta se relata el triste presente de Carlota y concluye la obra ignorándose su situación.

La obra se compone de dos partes: una primera con once capítulos y una segunda con cinco capítulos más una conclusión en la que se halla una extensa carta de Sab a Teresa. La diferencia entre las dos partes no es tan exagerada como pueda parecer, en realidad sólo hay una diferencia de 41 páginas, según el pequeño formato de la edición príncipe. Las disparidades son mayores entre los capítulos y, además, las divisiones de los capítulos no se corresponden siempre con la duración de los acontecimientos. Es decir, en *Sab*, un capítulo puede comprender un solo acontecimiento, o varios, o un acontecimiento puede ocupar capítulos diferentes, sucesivos o no. Todo ello es frecuente en el ámbito de la novela.

Cada capítulo está precedido de un lema, según la moda scottiana, que apunta o sugiere algún sentido respecto al capítulo en cuestión. Las procedencias son las siguientes: José Cañizares, tres epígrafes; Alberto Lista, a quien dedica la novela, dos; también dos de José María Heredia; uno de Juan Nicasio Gallego, de un romance anónimo, de Scott, de Shakespeare, de Vigny, de Lope de Vega, de Mariano José de Larra, de Quintana, de García Gutiérrez y de Pietro Metastasio. Las elecciones realizadas por la Avellaneda responden a sus preferencias literarias; no en balde se hallan, entre ellas, las de sus cercanos maestros, la de su admirado Heredia o la de figuras universales de gran talla.

El uso del azar o casualidad es un recurso técnico habitual en la literatura romántica, que en la narrativa posterior y actual resulta poco convincente. En *Sab* hay dos momentos vitales que condicionan el desenlace de la obra: 1º) El premio de la lotería que recibe Sab y que resuelve el problema de la dote que desean los Otway para acceder al matrimonio de Enrique con Carlota. 2º) La coincidencia temporal de la muerte de Sab con la boda de Enrique y Carlota; que, en este caso, adquiere un valor simbólico.

La estructura de los acontecimientos es la siguiente:

Primera parte

Capítulo I: Llegada de Enrique a las tierras de Bellavista.
Encuentro de Enrique y Sab. Éste se entera del compromiso entre Enrique y Carlota.

Capítulo II: Llegada de Enrique a la mansión de Bellavista.
Presentación y retratos de Carlota y de Teresa.

Capítulo III: Se pone en antecedentes de la situación presente.
Se resumen en retrospectiva los acontecimientos anteriores al inicio del relato; tanto en la familia de Carlota como en los Otway.

Capítulo IV: Relación entre Carlota y Enrique.
Evidencia para Sab de los reales intereses de Enrique.

Capítulo V: Viaje de Enrique y Sab a Puerto Príncipe.
Tormenta. Accidente de Enrique. Salvación, por parte de Sab, de Enrique. En agradecimiento, Carlota ofrece la libertad a Sab.

Capítulo VI: Situación y descripción de Bellavista.
Protagonismo de Carlota: estado anímico; paseo; reflexiones y anhelos.

Capítulo VII: Situación y planes de la familia Otway.
Reacciones ante el resultado de la lotería: desánimo en Jorge Otway; en la sonrisa de Sab se deduce que él ha obtenido el premio.

Capítulo VIII: Regreso de Enrique y Sab a Bellavista.
Teresa y Sab captan los respectivos sentimientos por Enrique y Carlota. Turbación de Enrique y canto intencionado de Carlota.

Capítulo IX: Ida y llegada a Cubitas.
Protagonismo de Sab. Tema indianista. Alabanza de Carlota por una vida primitiva y emoción de Sab.

Capítulo X: Estancia en Cubitas.
Paseo a las cuevas. Sab baja a Carlota y salva, otra vez, la vida de Enrique. Visita a Martina. Resumen en retrospectiva de los hechos heroicos de Sab. Emoción de Carlota. Don Carlos ofrece a Sab la libertad. Actitud demócrata de don Carlos: todos se sientan a la misma mesa. Teresa deja el brazalete a Luis para que se lo dé a Sab.

Capítulo XI: Regreso a Bellavista.
Ida de Enrique a Guanaja. Concierto de una cita entre Sab y Teresa.

Segunda parte

Capítulo I: Entrevista entre Sab y Carlota.
Largo parlamento donde Sab confiesa a Teresa su amor por Carlota.

Capítulo II: Continuación del diálogo entre Sab y Teresa.
Sab pone en antecedentes a Teresa de las pretensiones de los Otway. Sab ofrece el premio de lotería a Teresa para que se case con Enrique. Teresa rechaza la propuesta: sólo la boda con Enrique haría feliz a Carlota. Teresa se ofrece a Sab. Negativa agradecida de Sab y decisión de entregar el dinero a Carlota. Sab pierde el sentido y es hallado por los esclavos.

Capítulo III: Sab viaja a Guanaja con el encargo de don Carlos.
Reflexiones de Enrique sobre la renuncia a Carlota. Carrera a caballo de Sab para entregarle la carta de don Carlos.

Muere el caballo y Sab queda muy malparado física y moralmente. Entrega de la carta a Enrique: propuesta de boda; negativa de Enrique; lectura de la postdata, añadida por Sab, en la que se dice que Carlota ha obtenido el premio de lotería; aceptación. Sab es recogido por un pescador.

Capítulo IV: Muerte de Sab.
Ida de Sab a casa de Martina. Agonía de Luis y de Sab. Sab escribe la carta que dirige a Teresa. Muerte de Luis; muerte de Sab y, al mismo tiempo, boda entre Enrique y Carlota.

Capítulo V: Matrimonio de Carlota y Enrique.
Partida de don Carlos. Anuncio de la muerte de Sab y entrega de la carta y el brazalete. Malentendido, aunque Teresa consigue que Enrique le dé la carta y el brazalete y pasa por tener amores con Sab, que no niega. Enclaustramiento de Teresa. Resumen de la situación: imagen de lo que acaece cuando Carlota y Enrique afirman su amor.

Conclusión: Agonía y muerte de Teresa.

Cinco años después, en el convento, agoniza Teresa. En retrospectiva: entrevistas entre Teresa y Carlota. Viajes y prosperidad de Otway. Revelación de la infelicidad de Carlota —a causa no sólo de la muerte de don Carlos, sino también debido a la actuación de Enrique— y de la felicidad de Teresa.

Visita de Carlota a Teresa, quien le da la carta de Sab, antes de morir. Lectura de la carta por Carlota: *transcripción directa de la carta en el texto*. Carlota comprende la grandeza del amor de Sab.

Carlota se traslada a Cubitas. Visión del fantasma de Martina; y de Leal junto a la tumba de Sab. Regreso de Carlota a Puerto Príncipe; muerte de Leal y desaparición del fantasma de Martina. Alusión a la posibilidad de que Carlota resida en Londres y de que no haya olvidado a Sab.

El tiempo literario siempre supone una estilización, ya que la obra no puede reproducir totalmente toda la dimensión cronológica de los sucesos; sólo se presentan algunos momentos seleccionados. Por lo tanto, el tiempo literario es un tiempo condensado. La autora escoge algunos fragmentos de tiempo, los que considera más importantes o significativos, o bien resume extensos períodos temporales.

Se puede distinguir el tiempo de la aventura (tiempo reducido en todos los casos) y el tiempo objetivo (histórico, extratextual). En el primer caso, la novela en los capítulos I y II relata el presente, la acción se sitúa en el mes de junio: «una tarde del mes de junio», por ello la obra se inicia *in medias res*: ya que la acción se coloca en el medio de la narración, en los meses que siguen al compromiso de las relaciones entre Carlota y Enrique; luego se anticipan algunos acontecimientos (prolepsis) al final del capítulo II y, en cambio, en el capítulo III se vuelve hacia atrás narrando el comienzo; aquí se provoca la retrospección (analepsis) y luego se prosigue linealmente:

> Era a fines de febrero cuando se hizo este convenio, y desde entonces hasta principios de junio en que comienza nuestra narración...

A veces el tiempo reproduce o presagia la situación o el acontecimiento que va a suceder:

> La noche se acercaba mientras tanto, pero no serena y hermosa como la anterior, sino que todo anunciaba ser una de aquellas noches de tempestad que en el clima de Cuba ofrecen un carácter tan terrible.

Un desglose del tratamiento del tiempo de la aventura o de los acontecimientos permitiría las siguientes precisiones temporales de la novela:

Primera parte

Capítulo I: Enrique llega cuando anochece.
Capítulo II: Llega la noche.
Capítulo III: Se pone en antecedentes del asunto.
Capítulo IV: En la tarde siguiente (sólo han pasado 24 horas, el primer día).

78

Capítulo V: Noche. Al día siguiente hasta el mediodía (ya han transcurrido 2 días).

Capítulo VI: Se resume que han transcurrido el día y la noche y se pasa al día siguiente (tres días).

Capítulo VII: «Ocho días después de aquel en que partió Enrique de Bellavista.» (Es decir, se da un salto de seis días y ya han transcurrido nueve días, desde el inicio de la narración).

Capítulo VIII: En «el calor de un hermoso día». Comida.

Capítulo IX: Entre la salida, a las cinco de la tarde, y el viaje se llega a la noche: «La noche se acercaba», y más adelante indica que llegan a las nueve de la noche. (Han transcurrido diez días).

Capítulo X: Al día siguiente (es el decimoprimer día).

Capítulo XI: Llegan de noche a la estancia (sigue siendo el onceavo día). Luego «Dos días más pasaron» en Cubitas (llevamos trece días). «Enrique partió para Guanaja pasados tres días en Cubitas» (así son catorce).

Segunda parte

Capítulo I: Se inicia en la misma noche, a las doce, en que acaba el capítulo anterior.

Capítulo II: Transcurre desde las doce de la noche hasta el amanecer.

Capítulo III: Se indica que estamos en junio. Pasa un día, pues de la tarde se llega a la noche (así, otro día más, son quince).

Capítulo IV: Informa que hace cinco días Teresa le dio el brazalete con el mechón de pelo de Carlota, por ello no puede ser que lleven más de dieciocho días en total y por lo tanto se deduce que han transcurrido otros tres días.

Capítulo V: Transcurre desde el amanecer hasta las tres de la tarde (ello supone un día más, diecinueve).

Conclusión: «Era la tarde del día 16 de junio de 18...»

La autora indica que en este día se cumplen cinco años de los acontecimientos relatados, por lo tanto han transcurrido cinco años.

Transcrita la carta, escribe: «Pocos días después de la muerte de la religiosa (...) permaneció [Carlota] más de tres meses en Cubitas».

De todo ello se deduce que la acción de la novela se desarrolla en unos veinte días; si bien es cierto que con abundantes retrospecciones y alusiones a sucesos del pasado. Al final de la obra, en la conclusión, se informa que han transcurrido cinco años respecto a los acontecimientos relatados, con lo cual se produce un salto temporal importante, ya que han transcurrido cinco años después de la boda entre Enrique y Carlota. Con el fin de ponernos al día de los hechos, vuelve a producirse otra analepsis, en cuanto que se resume lo que ha pasado durante este período, y una vuelta al presente narrativo, marcado por la agonía y muerte de Teresa, por la lectura de la carta de Sab a Teresa y por el último y supuesto acontecimiento maravilloso.

En cuanto al tiempo histórico, objetivo, la acción empieza veinte años antes del presente narrativo. Se supone que, si la obra se terminó en torno a 1838, la acción empieza en 1818, año más o menos.

El ambiente cubano

El análisis del espacio de la novela revela un procedimiento descriptivo, común al tratamiento romántico del paisaje, y en el que la escenografía exótica, para un lector europeo, ocupa un destacado lugar: pájaros, plantas, montes, etc., que reflejan el ambiente y el paisaje tropical cubanos; en concreto la acción se desarrolla en el término o territorio llamado Puerto Príncipe, actualmente Camagüey. Un ejemplo de esta combinación se produce al principio del relato, en el que Avellaneda ya parece dar las claves de este procedimiento:

> El sol terrible de la zona tórrida se acercaba a su ocaso entre ondeantes nubes de púrpura y de plata, y sus últimos rayos, ya tibios y pálidos, vestían de un colorido melancólico

los campos vírgenes de aquella joven naturaleza, cuya vigorosa y lozana vegetación parecía acoger con regocijo la brisa apacible de la tarde, que comenzaba a agitar las copas frondosas de los árboles agostados por el calor del día. Bandadas de golondrinas se cruzaban en todas direcciones buscando su albergue nocturno...

Hasta aquí el paisaje es típicamente romántico, descrito a base de conceptos extremos, indicados por medio de adjetivos: *terrible, tórrida, últimos, tibios y pálidos, melancólico, vírgenes, joven, vigorosa y lozana, nocturno.* Los tópicos colores (*púrpura, de plata*) y los elementos más comunes de la escenografía paisajística del romanticismo (*sol, ocaso, nubes, rayos, golondrinas*) con una naturaleza exuberante, pero, que, al mismo tiempo, ofrece alguna nota del estado de ánimo de la narradora (*colorido, melancólico*). La naturaleza plasma el sentimiento lírico de la novelista. A continuación el elemento exótico:

y el verde papagayo con sus franjas de oro y de grana, el cao de un negro nítido y brillante, el carpintero real de férrea lengua y matizado plumaje, la alegre guacamaya, el ligero tomeguín, la tornasolada mariposa y otra infinidad de aves indígenes, posaban en las ramas del tamarindo y del mango aromático, rizando sus variadas plumas como para recoger en ellas el soplo consolador del aura.

La fauna y la flora son los componentes de este marco exótico, que parece anticipar la técnica modernista de la novela de tema americano.

En otros momentos se presenta un paisaje romántico caracterizado por la grandeza y lo monumental:

Sab les hizo ver también los paredones, cerros elevados y pedregosos por medio de los cuales se extiende un camino de doce o catorce varas de ancho. El viajero, que transita por dicho camino, no puede levantar la vista hacia la altura sin sentir vértigos y cierto espanto, al aspecto imponente de aquellas grandes moles, paralelas y de admirable igualdad, que no ha levantado ninguna mano mortal.

La tormenta, tan característica del romanticismo, también aparece como alusión simbólica a las pasiones del protagonista, aunque es fiel reflejo de las típicas tempestades cubanas.

También el espacio refleja la situación real de un determinado entorno; así, cuando el grupo que viaja a Cubitas se acerca, el paisaje tiene un aspecto que anuncia, casi simbólicamente, lo que se van a encontrar. Por una parte, una situación sombría, a la que se alude por medio de los elementos que hay en la tierra; pero, por otra, el cielo más bello, como si esa tierra necesitase de su presencia para compensar su naturaleza:

> A medida que se aproximaban a Cubitas el aspecto de la naturaleza era más sombrío: bien pronto desapareció casi del todo la vigorosa y variada vegetación de la tierra prieta, y la roja no ofreció más que esparramados yuraguanos, y algún ingrato jagüey que parecían en la noche figuras caprichosas de un mundo fantástico. El cielo, empero, era más hermoso en estos lugares: tachonábase por grados de innumerables estrellas, y cual otro ejército de estrellas errantes poblábase el aire de fúlgidos cocuyos, admirables luciérnagas de los climas tropicales.

La autora, en boca de Sab, explica el porqué de algún rasgo relevante de la tierra, por ejemplo, su color, que adquiere un claro valor simbólico:

> Camagüey tratado indignamente por los advenedizos, a quienes acogiera con generosa y franca hospitalidad, fue arrojado de la cumbre de esa gran loma y su cuerpo despedazado quedó insepulto sobre la tierra regada con su sangre. Desde entonces esta tierra tornóse roja en muchas leguas a la redonda...

La sociedad que se presenta es esclavista, es decir, con dos grandes clases o grupos sociales, los poseedores y los desposeídos o esclavos. Estos últimos, aunque bien tratados en Bellavista, no dejan de realizar una serie de trabajos pesados, de todos conocidos, y a los que alude Sab en un fragmento que ya se ha citado. No se insiste en la pobreza que padecen u otras consideraciones, a veces mitigadas por lo apacible y por la abundancia natural de la tierra. La autora se detiene en ese marco natural esplendoroso, edénico, en el que por ejemplo, destaca la flora, y también en el relato y descripción de algunas costumbres. Entre éstas destacan las leyendas sobre los antiguos pobladores de la isla.

Otros aspectos formales y el estilo

Gómez de Avellaneda narra en tercera persona, desde el punto de vista omnisciente. El narrador se halla fuera de la historia, no participa de los acontecimientos y adopta una actitud de testigo objetivo de ellos. Por ello, ante esa aparente postura de alejamiento de los personajes puede dirigirse directamente al lector, recurso habitual en la época y que muestra cierta ingenuidad y sencillez narrativa, con el fin de comunicarle su voluntad objetiva de transcribir los hechos tal cual sucedieron. La novela se fundamenta en una licencia literaria tácita entre el autor y el lector. Por ello, al final la autora afirma:

> Esa carta nosotros, los que referimos esta historia, la hemos visto: nosotros la conservamos fielmente en la memoria.

Susan Kirkpatrick afirma que:

> en el nivel de la construcción textual o narrativa, la aceptación de las escritoras de la división de sí mismas se convierte en una solución innovadora para la representación del sujeto escritor. Veíamos antes que Mary Shelley evita presentar el sujeto narrativo de su novela como punto de vista singular, unificado, dividiendo la narración en tres voces diferentes. De este modo rechaza la ficción de la autorrepresentación del artista como subjetividad dominante que crea el texto[132].

---

[132] *Ibidem*, pág. 43.

En efecto, también en *Sab* se utilizan fórmulas que generalizan, como en el ejemplo anterior, a través de un nosotros u otras formas similares: «Circulaba rápidamente la voz de un acontecimiento maravilloso», o al final del capítulo II de la primera parte: «Lo ignoramos». En esta afirmación negativa del nosotros parece como si una colectividad observara los acontecimientos y además no tuviera la potestad de conocerlo todo sino sólo de aquello que se han podido informar; por lo tanto son fórmulas que pretenden dar un sello de mayor objetividad a lo que se relata.

En los aspectos formales (vocabulario, sintaxis, técnica narrativa, etc.) se imponen, en general, las pautas románticas. En determinados momentos, la prosa poética, llena de cadencias y de ecos musicales, se embarga de lirismo, en la línea romántica, y se opone al prosaísmo vulgar. Tal vez los extensos fragmentos resulten un tanto ampulosos para el gusto actual. Por el contrario, ello repercute en la precisión expresiva y en la perfecta técnica que demuestra la Avellaneda a la hora de reflejar el estado de ánimo y las reflexiones de los personajes.

El vocabulario, de gran riqueza, se completa con la aparición de vocablos indígenas (americanismos y cubanismos) que producen un cierto efecto realista en la obra, ya que la acción se desarrolla en Cuba. En concreto abundan los que se refieren a la flora cubana: balsamina, cambutera, coaba, ceiba, curujey, mango, palma, etc. También aparecen los nombres de animales: cernícalo, guacamaya, etc. y propios del mundo campestre: bohío, cimarrón, ingenio, molienda, zafra, etc. Estos americanismos confieren al texto un colorido y un exotismo peculiar. Por otra parte, algunas voces castizas, que no eran habituales en Cuba, revelan su contacto con el mundo español.

Un pequeño defecto es el excesivo uso de los adverbios terminados en «-mente».

En cuanto a la sintaxis, la Avellaneda casi siempre es respetuosa con la normativa. En algún caso omite alguna preposición, aunque asalta la duda de si el error es suyo o del impresor. La licencia que habitualmente se permite es el hipérbaton, el cual le sirve para destacar el aspecto perseguido. Las exclamaciones, interrogaciones, reticencias se inscriben en la línea del estilo apasionado del romanticismo.

En las descripciones prevalece lo sensorial; la realidad se embellece alcanzando rasgos ideales. Una sobresaliente descripción es la de las cuevas de Cubitas:

> Deslúmbrase el viajero que al levantar los ojos, en aquel reducido y tenebroso recinto, ve brillar sobre su cabeza un rico dosel de plata sembrado de zafiros y brillantes, que tal parece en la oscuridad de la gruta el techo singular que la cubre. Empero, pocos minutos puede gozarse impunemente de aquel bello capricho de la naturaleza, pues la falta de aire obliga a los visitadores de la gruta a arrojarse fuera, temiendo ser sofocados por el calor excesivo que hay en ella. El alabastro no supera en blancura y belleza a las piedras admirables de que aquellas grutas, por decirlo así, se hallan entapizadas. El agua, filtrando por innumerables e imperceptibles grietas, ha formado bellísimas figuras al petrificarse. Aquí una larga hilera de columnas parecen decorar el peristilo de algún palacio subterráneo; allá una hermosa cabeza atrae y fija las miradas: en otra parte se ven infinitas petrificaciones sin formas determinadas, que presentan masas de deslumbrante blancura y figuras raras y caprichosas.

En los diálogos, la autora no marca cuál de los personajes habla, siempre que ello sea evidente; con lo cual el ritmo y la sensación de verosimilitud aumenta. En esta línea se circunscriben los diálogos en que los personajes intercambian frases breves y en los que destacan la naturalidad y la sencillez expresiva. Por el contrario, también se encuentran diálogos de extremada longitud y de ritmo lento, ya que los personajes desarrollan lo que pueden considerarse amplios monólogos.

Gómez de Avellaneda apenas utiliza un rebuscado lenguaje literario, no se adorna de recursos expresivos rutilantes, cultivando tópicas figuras literarias, metáforas, etc., y tampoco abusa del lenguaje estándar de los románticos, aunque sí bordea un estilo propiamente romántico, cuyo rasgo primordial sería la intensificación de los sentimientos. Ello le aparta del uso de un lenguaje popular cubano y permite definir su estilo como elegante y culto.

Esta edición

Nuestra edición de *Sab* se basa en la edición príncipe. Fue la única versión realizada por la Avellaneda. Publicada por la Imprenta de la calle del Barco, núm. 26, 1841, 2 vols. El primer tomo tiene 193 páginas, el segundo, 152, y al final hay un *ex libris* del librero anticuario Luis Bardón. Se han tenido en cuenta otras ediciones en aspectos muy puntuales, más como estudios que como versiones alternativas al texto de la edición príncipe.

La transcripción se ha regularizado según las normas del español actual.

En la primera edición no se aplica con rigor el signo que indica diálogo; en numerosas ocasiones las comas asumen el papel de los guiones; o bien no hay indicador alguno de diálogo. Tampoco hay criterios claros para el uso de las comillas. Y frecuentemente sólo utiliza el cierre de las admiraciones e interrogaciones, casi siempre si las frases son cortas, no tanto si son largas.

La puntuación es irregular y no siempre acata las pautas normativas. Ante estas irregularidades, se ha decidido unificar algunos criterios: por ejemplo, se han usado comas en expresiones como *sin embargo* y *empero* y similares. En los casos extremos, la puntuación se ha corregido, pero en ocasiones se respeta la edición príncipe, aunque no sea muy académica; por ejemplo, en el uso de los dos puntos que, salvo algunas excepciones, se ha respetado, cuando lo más correcto, por parte de la autora, hubiera sido utilizar otros signos ortográficos como el punto y coma, el punto, la coma, etcétera.

En algún caso aislado, ciertos vocablos no son utilizados con propiedad, por ejemplo *conmoción* por *emoción*. No se ha considerado conveniente corregir el generalizado uso de laísmo, con el fin de no desvirtuar una tendencia tan manifiesta en la autora.

Así, pues, sólo se han intentado enmendar, con ortografía actualizada, aquellos aspectos que se han considerado necesarios para hacer más fácil la lectura de la obra. Sólo se han introducido modificaciones cuando hemos encontrado evidentes erratas, o bien en los casos extremos apuntados. Aunque se ha tendido a la actualización, siempre se ha intentado respetar, en lo posible y dentro de lo razonable, la edición príncipe.

En ningún momento se ha pretendido abrumar al lector con referencias de una extrema erudición. Ni que decir tiene que se han comentado aquellas voces o expresiones de difícil comprensión para un lector actual no versado en el léxico hispanoamericano.

Bibliografía

Ediciones de Sab

Sab, Imprenta calle del Barco, núm. 26, 1841, 2 vols.

«*Sab*», en el periódico *La América,* publicada por Juan Ignacio de Armas, Nueva York, entre el 15 de mayo y el 15 de septiembre, 9 números, 1871.

«*Sab*», en la revista *El Museo,* vol. II, entregas de la 31 a la 50, La Habana, 1883, págs. 4-154. Director, Juan Ignacio de Armas. Imprenta Mercantil de Santiago S. Spencer, Calle de Empedrado número 10.

«*Sab*», en el vol. IV, «Novelas y leyendas», págs. 401-541 de *Obras de Gertrudis Gómez de Avellaneda,* Edición Nacional del Centenario, La Habana, Imprenta Aurelio Miranda, 1914-1918, 4 vols.

Sab, edición de Hugo D. Barbagelata, París, Biblioteca Latinoamericana, 1920.

Sab, La Habana, Editora Nacional de Cuba, Col. Biblioteca Básica de Autores Cubanos, 1963.

Sab, edición de Carmen Bravo-Villasante, Salamanca, Anaya, 1970.

Sab, edición de Mary Cruz, La Habana, Editorial Arte y Literatura, 1976.

Fuentes autobiográficas

Artículo autobiográfico, publicado en el vol. I del *Diccionario universal de Historia y de Geografía,* de Mellado, 1846, págs. 261-262. Reedición en México, 1853, I, págs. 379-380.

«Gertrudis Gómez de Avellaneda. Apuntes biográficos», *La Ilustración*, Madrid, 1850, pág. 351.

La Avellaneda. Autobiografía [1839] *y cartas de la ilustre poetisa, hasta ahora inéditas, con un prólogo y una necrología [de Cepeda] por el catedrático del Instituto Gral. y Técnico de Huelva,* ed. de Lorenzo Cruz de Fuentes, Huelva, Imprenta y Papelería de Miguel Mora y Compañía, 1907 (40 cartas).

La Avellaneda. Autobiografía y cartas, ed. de Lorenzo Cruz de Fuentes, Madrid, Imprenta Helénica, 1914, 2.ª ed. (A las cuarenta primeras cartas añade catorce más.)

Cartas inéditas y Documentos relativos a su vida en Cuba de 1859 a 1864, Matanzas, Imprenta La pluma de Oro, Ilustraciones de José Augusto Escoto, 1912.

Memorias inéditas de la Avellaneda, anotadas por Domingo Figarola-Caneda, La Habana, Imprenta de la Biblioteca Nacional, 1914.

Méndez Bejarano, Mario, *Tassara. Nueva Biografía Crítica,* Madrid, Imprenta de J. Pérez, 1925.

Gertrudis Gómez de Avellaneda. Biografía, bibliografía e iconografía, incluyendo muchas cartas, inéditas o publicadas, escritas por la gran poetisa o dirigidas a ella y sus memorias, ed. de Domingo Figarola-Caneda y ordenada por Emilia Boxhonr, Madrid, SGEL, 1929.

Epistolario inédito de doña Gertrudis Gómez de Avellaneda (1841-1871), publícalo Antonio Rodríguez-Moñino, Tipografía Moderna, Separata de la revista *Hispanófila,* 6, Valencia, 1959.

Gertrudis Gómez de Avellaneda. Cartas inéditas existentes en el Museo del Ejército, ed. de José Priego Fernández del Campo, Madrid, Fundación Universitaria Española, 1975.

ESTUDIOS

AA.VV., *Escritoras románticas españolas;* coordinación: Marina Mayoral, Madrid, Fundación Banco Exterior, 1990.

AA.VV., *Historia de la literatura española. Siglo XIX (I);* Director: Víctor García de la Concha, Madrid, Espasa-Calpe, 1996, págs. 723-725.

AA.VV., *Homenaje a Gertrudis Gómez de Avellaneda. Memorias del simposio en el centenario de su muerte,* edición de Gladys Zaldívar y Rosa Martínez de Cabrera, Miami, Florida, Ediciones Universal, 1981.

ALBORG, Juan Luis, *Historia de la literatura española. El Romanticismo,* vol. IV, Madrid, Gredos, 3.ª reimpr., 1988, págs. 690-691.

ARAMBURO Y MACHADO, Mariano, *Personalidad literaria de Doña Gertrudis Gómez de Avellaneda,* Madrid, Imprenta Teresiana, 1898.

BALLESTEROS, Mercedes, *Vida de la Avellaneda,* Madrid, Ediciones Cultura Hispánica, 1949.

BRAVO-VILLASANTE, Carmen, *Una vida romántica: la Avellaneda,* Madrid, Edhasa, 1967. Reeditada por el Instituto de Cooperación Iberoamericana y Ediciones Cultura Hispánica, Madrid, 1986.

BRAVO-VILLASANTE, Carmen; BAQUERO, Gastón, y ESCARPANTER, J. A., *Gertrudis Gómez de Avellaneda,* Madrid, Fundación Universitaria Española, 1974.

CACCIAVILLANI, Carlos Alberto, «Gertrudis Gómez de Avellaneda: el mundo de sus sentimientos y reflexiones en *Sab*», *Quaderni di Filologia e Lingue Romanze,* III, 1988, págs. 61-71.

— «La esclavitud en *Sab,* de Gertrudis Gómez de Avellaneda», *Romanticismo 3-4. Atti del IV Congresso sul Romanticismo spagnolo e ispanoamericano. La narrativa romantica,* Génova, Facoltá di Magistero dell'Universitá di Genova, Istituto di lingue e letterature straniere, Centro di studi sul romanticismo iberico, 1988, páginas 159-162.

CARLOS, Alberto J., «*René, Werther* y *La Nouvelle Héloïse* en la primera novela de la Avellaneda», *Revista Iberoamericana,* v. 31, 60, Pittsburgh, julio-diciembre, 1965, págs. 223-238.

CASTILLO DE GÓNZALEZ, Aurelia, *Biografía de Gertrudis Gómez de Avellaneda y juicio crítico de sus obras,* La Habana, Imprenta de Soler, Álvarez y Cía., 1887.

CASTRO Y CALVO, José M., «Estudio preliminar. La vida y la obra», en *Obras de Gertrudis Gómez de Avellaneda,* vol. I, págs. 7-228, BAE, Madrid, Atlas, 1981, 5 vols.; antes, en 1974, 2 vols.

CATENA, Elena, «Introducción» en *Poesías y epistolario de amor y de amistad,* Madrid, Castalia, Biblioteca de Escritoras 9, 1989, páginas 7-35.

COTARELO Y MORI, Emilio, *La Avellaneda y sus obras,* Madrid, Tipografía de Archivos, 1930.

CUEVAS, J., «Tula y Fernán en Sevilla a través de unas cartas inéditas», *Archivo Hispalense,* XX, 1954.

CHACÓN Y CALVO, José María, «Gertrudis Gómez de Avellaneda. Las influencias castellanas: examen negativo», *Ensayos de literatura cubana*, Madrid, Saturnino Calleja, 1922. Antes en separata en La Habana, Imprenta El Siglo XX de Aurelio Miranda, 1914.

DÍAZ-PLAJA, Guillermo, *Introducción al estudio del romanticismo español*, Madrid, Espasa-Calpe, Col. Austral, 5.ª edición, 1980; la 1.ª es de 1953.

FERNÁNDEZ MONTESINOS, José, *Introducción a una historia de la novela en España, en el siglo XIX*, Valencia, Castalia, 1955.

GALLEGO, J. N., «Prólogo»; PASTOR DÍAZ, N., «Noticia biográfica»; y E. G., «Adición a los anteriores apuntes» en *Obras literarias, dramáticas y poéticas*, corregidas por la autora, Madrid, Rivadeneyra, 1869-1871, 5 vols.

GIRONELLA, Gervasio, «*Sab*, novela original», *Revista de Madrid*, 3, ser. 3, febrero 1842, págs. 209-211.

GÓMEZ DE LA SERNA, Ramón, «Prólogo» a Gómez de Avellaneda, *Poesías y cartas amorosas*, Madrid, Espasa-Calpe, 1944.

— «Prólogo» en *Antología (Poesías y cartas amorosas)*, Buenos Aires, Espasa-Calpe, Austral 498, 2.ª edición, 1948, págs. 9-20. La primera edición es de 1945.

GUERRA, Lucía, «Estrategias femeninas en la elaboración del sujeto romántico en la obra de Gertrudis Gómez de Avellaneda», *Revista Iberoamericana*, 51, 132-133, Iowa, 1985, págs. 707-722.

GULLÓN, Ricardo, «Tula, la incomprendida», *Ínsula*, 62, Madrid, 1951.

JIMÉNEZ, R. S., *Gertrudis Gómez de Avellaneda*, La Habana, El Avisador Comercial, 1914.

KIRKPATRICK, Susan, *Las románticas. Escritoras y subjetividad en España, 1835-1850*, Madrid, Cátedra, Col. Feminismos, 1991.

LAZO, Raimundo, *Gertrudis Gómez de Avellaneda, la mujer y la poetisa lírica*, México, Porrúa, 1990. La primera edición es de 1972.

LLORENS, Vicente, «Gertrudis Gómez de Avellaneda», *El Romanticismo español*, Madrid, Castalia, 2.ª edición corregida, 1989, páginas 568-579.

LOYNAZ, Dulce María, «La Avellaneda», *Revista Cubana*, XXXI, 2.ª época, abril-junio, 1957, págs. 7-28.

MARQUINA, Rafael, *Gertrudis Gómez de Avellaneda. La Peregrina*, La Habana, Trópico, 1939.

— «La poesía religiosa de la Avellaneda», *Revista Cubana*, XXIII, 1948, págs. 193-221.

MELÉNDEZ, Concha, «Las novelas indias de la Avellaneda», *La novela indianista en Hispanoamérica (1832-1899)*, Madrid, Hernando, 1934.

NAVAS RUIZ, Ricardo, «Gertrudis Gómez de Avellaneda», *El romanticismo español*, Madrid, Cátedra, 1982, 3.ª ed. renovada, páginas 379-381.

P. D. [Pastor Díaz], «De las novelas en España: *Sab*, novela original por la Señorita Doña Gertrudis Gómez de Avellaneda», *El Conservador*, 19-XII-1841, págs. 11-16.

PASTOR DÍAZ, N., «Noticia biográfica de la Excma. Sra. D.ª Gertrudis Gómez de Avellaneda de Sabater» en *Poesías*, Madrid, Imprenta de Delgrás Hermanos, 1850.

PEDRAZA, Felipe, y RODRÍGUEZ, Milagros, *Manual de literatura española. VI. Época romántica*, Pamplona, Cénlit, 1982, págs. 256-260 y 577-582.

PEERS, E. Allison, *Historia del movimiento romántico español*, Madrid, Gredos, 2 vols., 1973, 2.ª edición.

PERCAS, Helena, «Sobre la Avellaneda y su novela *Sab*», *Revista Iberoamericana*, XXVIII, 1962, págs. 347-357.

PIÑEYRO, Enrique, *Gertrudis Gómez de Avellaneda*, París, 1912.

PORTUONDO, José Antonio, «El negro, héroe, bufón y persona en la literatura cubana colonial», *Unión*, VI, 4, diciembre, 1968.

REXACH, Rosario, *Estudios sobre Gertrudis Gómez de Avellaneda (La reina mora del Camagüey)*, Madrid, Verbum, 1996.

RIVAS, Mercedes, *Literatura y esclavitud en la novela cubana del siglo XIX*, Sevilla, Escuela de Estudios Hispano-americanos / CSIC, 1990.

RODRÍGUEZ GARCÍA, José A., *De la Avellaneda. Colección de artículos por...* La Habana, Impr. Cuba Intelectual, 1914.

SCHLAUB, Stacy, «Stranger in a strange land: the discourse of alienation in Gómez de Avellaneda's abolitionist novel *Sab*», *Hispania* 69, Wallingford, 1986, págs. 495-503.

SEBOLD, Russell P., «Esclavitud y sensibilidad en *Sab* de la Avellaneda», AA.VV., *De la Ilustración al Romanticismo*, Universidad de Cádiz, págs. 93-108.

SOMMER, Dorys, «Sab c'est moi», *Genders* 2, 1988, págs. 111-126.

VIDART, Luis, «Las novelas de la Avellaneda», *Revista de España*, 1871, págs. 30-43.

Sab

Dos palabras al lector

Por distraerse de momentos de ocio y melancolía han sido escritas estas páginas: La autora no tenía entonces la intención de someterlas al terrible tribunal del público.

Tres años ha dormido esta novelita casi olvidada en el fondo de su papelera: leída después por algunas personas inteligentes que la han juzgado con benevolencia y habiéndose interesado muchos amigos de la autora en poseer un ejemplar de ella, se determina a imprimirla, creyéndose dispensada de hacer una manifestación del pensamiento, plan y desempeño de la obra, al declarar que la publica sin ningún género de pretensiones.

Acaso si esta novelita se escribiese en el día, la autora, cuyas ideas han sido modificadas, haría en ella algunas variaciones: pero sea por pereza, sea por la repugnancia que sentimos en alterar lo que hemos escrito con una verdadera convicción (aun cuando ésta llegue a vacilar), la autora no ha hecho ninguna mudanza en sus borradores primitivos, y espera que si las personas sensatas encuentran algunos errores esparcidos en estas páginas, no olvidarán que han sido dictadas por los sentimientos algunas veces exagerados pero siempre generosos de la primera juventud.

Primera parte

Capítulo primero

—¿Quién eres? ¿Cuál es tu patria?
....
....
—Las influencias tiranas
de mi estrella, me formaron
monstruo de especies tan raras,
que gozo de heroica estirpe
allá en las dotes del alma
siendo el desprecio del mundo.

CAÑIZARES

Veinte años hace, poco más o menos, que al declinar una tarde del mes de junio un joven de hermosa presencia atravesaba a caballo los campos pintorescos que riega el Tínima[1], y dirigía a paso corto su brioso alazán[2] por la senda conocida en el país con el nombre de camino de Cubitas[3], por conducir a las aldeas de este nombre, llamadas también tierras rojas. Hallábase el joven de quien hablamos a distancia de cuatro leguas de Cubitas, de donde al parecer venía, y a tres de la ciudad de Puerto Príncipe[4], capital de la provincia central

---

[1] *Tínima.* Uno de los ríos que bordea, en este caso por el oeste, Puerto Príncipe, actualmente Camagüey; baja del cerro de Yucatán y se une al Jatibonico para formar el San Pedro o Santa Clara.

[2] *alazán.* Caballo o yegua de color más o menos rojo o muy parecido al de la canela.

[3] *Cubitas.* Con este nombre existen una sierra y un caserío del municipio de Camagüey. Sería, pues, un poblado en la región de la misma denominación, Cubitas, adonde irán los personajes de la novela en el IX capítulo.

[4] *Puerto Príncipe.* Nombre hispano de la región (y de su capital) que actualmente es Camagüey.

de la isla de Cuba en aquella época, como al presente, pero que hacía entonces muy pocos años había dejado su humilde dictado de villa[5].

Fuese efecto de poco conocimiento del camino que seguía, fuese por complacencia de contemplar detenidamente los paisajes que se ofrecían a su vista, el viajero acortaba cada vez más el paso de su caballo y le paraba a trechos como para examinar los sitios por donde pasaba. A la verdad, era harto probable que sus repetidas detenciones sólo tuvieran por objeto admirar más a su sabor los campos fertilísimos de aquel país privilegiado, y que debían tener mayor atractivo para él si como lo indicaban su tez blanca y sonrosada, sus ojos azules, y su cabello de oro había venido al mundo en una región del Norte.

El sol terrible de la zona tórrida se acercaba a su ocaso entre ondeantes nubes de púrpura y de plata, y sus últimos rayos, ya tibios y pálidos, vestían de un colorido melancólico los campos vírgenes de aquella joven naturaleza, cuya vigorosa y lozana vegetación parecía acoger con regocijo la brisa apacible de la tarde, que comenzaba a agitar las copas frondosas de los árboles agostados por el calor del día. Bandadas de golondrinas se cruzaban en todas direcciones buscando su albergue nocturno, y el verde papagayo con sus franjas de oro y de grana, el cao[6] de un negro nítido y brillante, el carpintero real de férrea lengua y matizado plumaje, la alegre guacamaya[7], el ligero tomeguín[8], la tornasolada mariposa[9] y otra infinidad de aves indígenas, posaban en las ramas del ta-

---

[5] El 12 de noviembre de 1817, Fernando VII concedió a Puerto Príncipe (fundada en 1514) el título de ciudad.

[6] *cao*. Nombre común que se da en Cuba a un ave de plumaje negro y pico corvo, semejante al cuervo pero de menor tamaño.

[7] *guacamaya*. Especie de papagayo, característico de la zona de Puerto Príncipe.

[8] *tomeguín*. Pequeño pájaro que anida en los arbustos, de plumaje verdoso por encima, ceniciento por debajo, blancuzco por el vientre y anaranjado con borde negro en la parte inferior de la garganta; parecido al *lubano* o *lugano* de Europa.

[9] *mariposa*. Aquí se refiere a un pequeño pájaro cantor, ave de paso de unos quince centímetros de longitud, común en Cuba, de vientre y rabadilla rojos, lomo de color verde y alas aceitunadas.

marindo[10] y del mango[11] aromático, rizando sus variadas plumas como para recoger en ellas el soplo consolador del aura.

El viajero después de haber atravesado sabanas[12] inmensas donde la vista se pierde en los dos horizontes que forman el cielo y la tierra, y prados coronados de palmas y gigantescas ceibas[13], tocaba por fin en un cercado, anuncio de propiedad. En efecto, divisábase a lo lejos la fachada blanca de una casa de campo, y al momento el joven dirigió su caballo hacia ella; pero lo detuvo repentinamente y apostándole a la vera[14] del camino pareció dispuesto a esperar a un paisano del campo, que se adelantaba a pie hacia aquel sitio, con mesurado paso, y cantando una canción del país cuya última estrofa pudo entender perfectamente el viajero.

Una morena me mata
tened de mí compasión,
pues no la tiene la ingrata
que adora mi corazón[15].

El campesino estaba ya a tres pasos del extranjero, y viéndole en actitud de aguardarle detúvose frente a él y ambos se miraron un momento antes de hablar. Acaso la notable hermosura del extranjero causó cierta suspensión[16] al campesino, el cual por su parte atrajo indudablemente las miradas de aquél.

---

[10] *tamarindo.* Del árabe, *tamr hindí,* dátil índico. Originario de Asia, pero aclimatado a Cuba.

[11] *mango.* Árbol tropical, originario de la India y muy propagado en América, de fruto aromático y sabroso.

[12] *sabana.* Llanura, en especial si es muy dilatada, sin vegetación arbórea.

[13] *ceiba.* Árbol americano que llega a alcanzar 30 metros de altura, de tronco grueso, ramas rojizas y flores rojas tintóreas.

[14] *vera.* En la edición príncipe: *vereda.* Se rectifica lo que parece una evidente errata.

[15] Sólo el que haya estado en la isla de Cuba y oído estas canciones en boca de la gente del pueblo, puede formar idea del dejo inimitable y la gracia singular con que dan alma y atractivo a las ideas más triviales y al lenguaje menos escogido. (*Nota de la autora.* En adelante, las notas puestas por la Avellaneda se indicarán con la abreviatura N. A.)

[16] *suspensión.* Admiración; interés; curiosidad.

Era el recién llegado un joven de alta estatura y regulares proporciones, pero de una fisonomía particular. No parecía un criollo blanco[17], tampoco era negro ni podía creérsele descendiente de los primeros habitadores de las Antillas[18]. Su rostro presentaba un compuesto singular en que se descubría el cruzamiento de dos razas diversas, y en que se amalgamaban, por decirlo así, los rasgos de la casta africana con los de la europea, sin ser no obstante un mulato perfecto.

Era su color de un blanco amarillento con cierto fondo oscuro; su ancha frente se veía medio cubierta con mechones desiguales de un pelo negro y lustroso como las alas del cuervo; su nariz era aguileña pero sus labios gruesos y amoratados denotaban su procedencia africana. Tenía la barba un poco prominente y triangular, los ojos negros, grandes, rasgados, bajo cejas horizontales, brillando en ellos el fuego de la primera juventud, no obstante que surcaban su rostro algunas ligeras arrugas. El conjunto de estos rasgos formaba una fisonomía característica; una de aquellas fisonomías que fijan las miradas a primera vista y que jamás se olvidan cuando se han visto una vez.

El traje de este hombre no se separaba en nada[19] del que usan generalmente los labriegos[20] en toda la provincia de Puerto Príncipe, que se reduce a un pantalón de cotín[21] de anchas rayas azules, y una camisa de hilo, también listada, ceñida a la cintura por una correa de la que pende un ancho machete, y cubierta la cabeza con un sombrero de yarey[22]

---

[17] *criollo blanco*. Dícese del hijo de padres europeos, nacido en los antiguos territorios españoles de América y en algunas colonias europeas de dicho continente.

[18] Los indios aborígenes de Cuba eran los siboneyes; había, cuando llegaron los españoles, 500.000; desaparecieron rápidamente debido a las luchas y a las enfermedades importadas por los españoles. A fines del siglo XVII aún existían restos de los aborígenes; hoy parece que sólo se hallan mestizos.

[19] La expresión *no se separaba en nada* equivale a *no era diferente* o *era igual*.

[20] *labriego* es una rara voz en Cuba; ello demuestra la doble condición del lenguaje utilizado por Tula, cubana, pero también española.

[21] *cotín*. Tela gruesa; tejido de cáñamo con trama de algodón.

[22] El *yarey* es un arbusto mediano, de la familia de los guanos, de cuyas hojas largas y lustrosas se hacen en el país tejidos bastante finos para sombreros, cestos, etc. (N. A.) Puede alcanzar los seis metros de altura.

bastante alicaído: traje demasiado ligero, pero cómodo y casi necesario en un clima abrasador.

El extranjero rompió el silencio y hablando en castellano con una pureza y facilidad que parecían desmentir su fisonomía septentrional, dijo al labriego:

—Buen amigo, ¿tendrá usted la bondad de decirme si la casa que desde aquí se divisa es la del ingenio[23] de Bellavista, perteneciente a don Carlos de B...?

El campesino hizo una reverencia y contestó:

—Sí señor, todas las tierras que se ven allá abajo, pertenecen al señor don Carlos.

—Sin duda es usted vecino de ese caballero y podrá decirme si ha llegado ya a su ingenio con su familia.

—Desde esta mañana están aquí los dueños, y puedo servir a usted de guía si quiere visitarlos.

El extranjero manifestó con un movimiento de cabeza que aceptaba el ofrecimiento, y sin aguardar otra respuesta el labriego se volvió en ademán de querer conducirle a la casa, ya vecina. Pero tal vez no deseaba llegar tan pronto el extranjero, pues haciendo andar muy despacio a su caballo volvió a entablar con su guía la conversación, mientras examinaba con miradas curiosas el sitio en que se encontraba.

—¿Dice usted que pertenecen al señor de B... todas estas tierras?

—Sí señor.

—Parecen muy feraces[24].

—Lo son en efecto.

—Esta finca debe producir mucho a su dueño[25].

—Tiempos ha habido, según he llegado a entender —dijo el labriego deteniéndose para echar una ojeada hacia las tierras objeto de la conversación—, en que este ingenio daba a

---

[23] *Ingenio* es el nombre que se da a la máquina que sirve para demoler la caña, mas también se designan comúnmente con este nombre las mismas fincas en que existen dichas máquinas (N. A.).

[24] Fértiles, copiosas de frutos.

[25] Ya en la primera intervención Enrique Otway muestra cuáles son sus intereses.

su dueño doce mil arrobas[26] de azúcar cada año, porque entonces más de cien negros trabajaban en sus cañaverales; pero los tiempos han variado y el propietario actual de Bellavista no tiene en él sino cincuenta negros, ni excede su zafra[27] de seis mil panes de azúcar[28].

— Vida muy fatigosa deben de tener los esclavos en estas fincas —observó el extranjero—, y no me admira se disminuya tan considerablemente su número.

— Es una vida terrible a la verdad —respondió el labrador arrojando a su interlocutor una mirada de simpatía—: bajo este cielo de fuego el esclavo casi desnudo trabaja toda la mañana sin descanso, y a la hora terrible del mediodía jadeando, abrumado bajo el peso de la leña y de la caña que conduce sobre sus espaldas, y abrasado por los rayos del sol que tuesta su cutis, llega el infeliz a gozar todos los placeres que tiene para él la vida: dos horas de sueño y una escasa ración. Cuando la noche viene con sus brisas y sus sombras a consolar a la tierra abrasada, y toda la naturaleza descansa, el esclavo va a regar con su sudor y con sus lágrimas al recinto donde la noche no tiene sombras, ni la brisa frescura: porque allí el fuego de la leña ha sustituido al fuego del sol, y el infeliz negro girando sin cesar en torno de la máquina que arranca a la caña su dulce jugo, y de las calderas de metal en las que este jugo se convierte en miel a la acción del fuego, ve pasar horas tras horas, y el sol que torna le encuentra todavía allí... ¡Ah! sí; es un cruel espectáculo la vista de la humanidad degradada, de hombres convertidos en brutos, que llevan en su frente la marca de la esclavitud y en su alma la desesperación del infierno.

El labriego se detuvo de repente como si echase de ver

---

[26] *arroba*, la cuarta parte del quintal; peso equivalente a 11 kilogramos y 502 gramos.

[27] *zafra:* el producto total de la molienda, que puede llamarse la cosecha de azúcar (N. A.).

[28] *pan de azúcar.* Pilón o bloque compacto de azúcar, en forma cónica. El pan de azúcar se dividía en tres partes: la superior, de color blanco, era la mejor; la del centro, denominada azúcar quebrado, tenía algunas vetas de miel; y la inferior, azúcar de cartucho, era de color pardo. El peso aproximado de un pan de azúcar era de una arroba.

que había hablado demasiado, y bajando los ojos, y dejando asomar a sus labios una sonrisa melancólica, añadió con prontitud:

—Pero no es la muerte de los esclavos causa principal de la decadencia del ingenio de Bellavista: se han vendido muchos, como también tierras, y sin embargo aún es una finca de bastante valor.

Dichas estas palabras tornó a andar con dirección a la casa, pero detúvose a pocos pasos notando que el extranjero no le seguía, y al volverse hacia él, sorprendió una mirada fija en su rostro con notable expresión de sorpresa. En efecto, el aire de aquel labriego parecía revelar algo de grande y noble que llamaba la atención, y lo que acababa de oírle el extranjero, en un lenguaje y con una expresión que no correspondían a la clase que denotaba su traje pertenecer, acrecentó su admiración y curiosidad. Habíase aproximado el joven campesino al caballo de nuestro viajero con el semblante de un hombre que espera una pregunta que adivina se le va a dirigir, y no se engañaba, pues el extranjero no pudiendo reprimir su curiosidad le dijo:

—Presumo que tengo el gusto de estar hablando con algún distinguido propietario de estas cercanías. No ignoro que los criollos cuando están en sus haciendas de campo, gustan vestirse como simples labriegos, y sentiría ignorar por más tiempo el nombre del sujeto[29] que con tanta cortesía se ha ofrecido a guiarme. Si no me engaño es usted amigo y vecino de don Carlos de B...

El rostro de aquél a quien se dirigían estas palabras no mostró al oírlas la menor extrañeza, pero fijó en el que hablaba una mirada penetrante: luego, como si la dulce y graciosa fisonomía del extranjero dejase satisfecha su mirada indagadora, respondió bajando los ojos:

—No soy propietario, señor forastero, y aunque sienta latir en mi pecho un corazón pronto siempre a sacrificarse por don Carlos, no puedo llamarme amigo suyo. Pertenezco

---

[29] *sujeto*. En la época de Avellaneda este uso no era despectivo, tal como lo es actualmente.

—prosiguió con sonrisa amarga— a aquella, raza desventurada sin derechos de hombres... soy mulato y esclavo.

—¿Conque eres mulato? —dijo el extranjero tomando oída la declaración de su interlocutor, el tono de despreciativa familiaridad que se usa con los esclavos—. Bien lo sospeché al principio; pero tienes un aire tan poco común en tu clase, que luego mudé de pensamiento.

El esclavo continuaba sonriéndose; pero su sonrisa era cada vez más melancólica y en aquel momento tenía también algo de desdeñosa.

—Es —dijo volviendo a fijar los ojos en el extranjero— que a veces es libre y noble el alma, aunque el cuerpo sea esclavo y villano. Pero ya es de noche y voy a conducir a su merced[30] al ingenio ya próximo.

La observación del mulato era exacta. El sol como arrancado violentamente del hermoso cielo de Cuba, había cesado de alumbrar aquel país que ama, aunque sus altares estén ya destruidos[31], y la luna pálida y melancólica se acercaba lentamente a tomar posesión de sus dominios.

El extranjero siguió a su guía sin interrumpir la conversación.

—¿Conque eres esclavo de don Carlos?

—Tengo el honor de ser su mayoral[32] en este ingenio.

—¿Cómo te llamas?

—Mi nombre de bautismo es Bernabé, mi madre me llamó siempre Sab, y así me han llamado luego mis amos.

---

[30] Los esclavos de la isla de Cuba dan a los blancos el tratamiento de su merced (N. A.).

También los propios hijos se dirigían así a sus padres. Era muestra de respeto.

[31] Bravo-Villasante, en la edición de *Sab*, considera que en este fragmento hay una alusión al culto pagano al sol. Mary Cruz, en su edición de *Sab*, comenta que la Avellaneda suponía erróneamente que los indocubanos habían adorado al sol como otros pueblos primitivos; Mary Cruz piensa que se trata de una simple imagen: los altares del sol eran los campos de los cuales venía a tomar posesión la luna.

[32] *Mayoral* se llama al director o capataz que manda y preside el trabajo de los esclavos. Rarísima vez se confiere a otro esclavo semejante cargo: cuando acontece, lo reputa éste como el mayor honor que puede dispensársele (N. A.).

En general, siempre era un blanco, encargado de las cuadrillas de esclavos.

—¿Tu madre era negra, o mulata como tú?

—Mi madre vino al mundo en un país donde su color no era un signo de esclavitud: mi madre —repitió con cierto orgullo— nació libre y princesa. Bien lo saben todos aquellos que fueron como ella conducidos aquí de las costas del Congo por los traficantes de carne humana. Pero princesa en su país fue vendida en éste como esclava.

El caballero sonrió con disimulo al oír el título de princesa que Sab daba a su madre, pero como al parecer le interesase la conversación de aquel esclavo, quiso prolongarla.

—Tu padre sería blanco indudablemente.

—¡Mi padre!... yo no lo he conocido jamás. Salía mi madre apenas de la infancia cuando fue vendida al señor don Félix de B..., padre de mi amo actual, y de otros cuatro hijos. Dos años gimió inconsolable la infeliz sin poder resignarse a la horrible mudanza de su suerte; pero un trastorno repentino se verificó en ella pasado este tiempo, y de nuevo cobró amor a la vida porque mi madre amó. Una pasión absoluta se encendió con toda su actividad en aquel corazón africano. A pesar de su color era mi madre hermosa, y sin duda tuvo correspondencia su pasión pues salí al mundo por entonces. El nombre de mi padre fue un secreto que jamás quiso revelar.

—Tu suerte, Sab, será menos digna de lástima que la de los otros esclavos, pues el cargo que desempeñas en Bellavista, prueba la estimación y afecto que te dispensa tu amo[33].

—Sí, señor, jamás he sufrido el trato duro que se da generalmente a los negros, ni he sido condenado a largos y fatigosos trabajos. Tenía solamente tres años cuando murió mi protector don Luis, el más joven de los hijos del difunto don Félix de B... pero dos horas antes de dejar este mundo aquel excelente joven tuvo una larga y secreta conferencia con su hermano don Carlos, y según se conoció después, me dejó recomendado a su bondad. Así hallé en mi amo actual el corazón bueno y piadoso del amable protector que había perdido. Casóse algún tiempo después con

---

[33] Hasta en un Otway, la Avellaneda puso juicios que implicaban una crítica a la esclavitud.

una mujer... ¡un ángel! y me llevó consigo. Seis años tenía yo cuando mecía la cuna de la señorita Carlota, fruto primero de aquel feliz matrimonio. Más tarde fui el compañero de sus juegos y estudios, porque hija única por espacio de cinco años, su inocente corazón no medía la distancia que nos separaba y me concedía el cariño de un hermano. Con ella aprendí a leer y a escribir, porque nunca quiso recibir lección alguna sin que estuviese a su lado su pobre mulato Sab. Por ella cobré afición a la lectura, sus libros y aun los de su padre han estado siempre a mi disposición, han sido mi recreo en estos páramos, aunque también muchas veces han suscitado en mi alma ideas aflictivas y amargas cavilaciones.

Interrumpíase el esclavo no pudiendo ocultar la profunda emoción que a pesar suyo revelaba su voz. Mas hízose al momento señor de sí mismo; pasóse la mano por la frente, sacudió ligeramente la cabeza, y añadió con más serenidad:

—Por mi propia elección fui algunos años calesero[34], luego quise dedicarme al campo, y hace dos que asisto en este ingenio.

El extranjero sonreía con malicia desde que Sab habló de la conferencia secreta que tuviera el difunto don Luis con su hermano, y cuando el mulato cesó de hablar le dijo:

—Es extraño que no seas libre, pues habiéndote querido tanto don Luis de B... parece natural te otorgase su padre la libertad, o te la diese posteriormente don Carlos.

—¡Mi libertad!... sin duda es cosa muy dulce la libertad... pero yo nací esclavo: era esclavo desde el vientre de mi madre, y ya...

—Estás acostumbrado a la esclavitud —interrumpió el extranjero, muy satisfecho con acabar de expresar el pensamiento que suponía al mulato. No le contradijo éste; pero se sonrió con amargura, y añadió a media voz y como si se recrease con las palabras que profería lentamente:

---

[34] *calesero*. El que tiene por oficio conducir calesas, carruaje de cuatro y, más comúnmente, de dos ruedas, con la caja abierta por delante, dos o cuatro asientos y capota.

—Desde mi infancia fui escriturado[35] a la señorita Carlota: soy esclavo suyo, y quiero vivir y morir en su servicio.

El extranjero picó un poco con la espuela a su caballo; Sab andaba delante apresurando el paso a proporción que caminaba más de prisa el hermoso alazán de raza normanda en que iba su interlocutor.

—Ese afecto y buena ley te honran mucho, Sab, pero Carlota de B... va a casarse y acaso la dependencia de un amo no te será tan grata como la de tu joven señorita.

El esclavo se paró de repente, y volvió sus ojos negros y penetrantes hacia el extranjero que prosiguió, deteniendo también un momento su caballo:

—Siendo un sirviente que gozas la confianza de tus dueños, no ignorarás que Carlota tiene tratado su casamiento con Enrique Otway, hijo único de uno de los más ricos comerciantes de Puerto Príncipe.

Siguióse a estas palabras un momento de silencio, durante el cual es indudable que se verificó en el alma del esclavo un incomprensible trastorno. Cubrióse su frente de arrugas verticales, lanzaron sus ojos un resplandor siniestro, como la luz del relámpago que brilla entre nubes oscuras, y como si una idea repentina aclarase sus dudas, exclamó después de un instante de reflexión:

—¡Enrique Otway! Ese nombre lo mismo que vuestra fisonomía indican un origen extranjero... Vos[36] sois, pues, sin duda, el futuro esposo de la señorita de B...!

—No te engañas, joven, yo soy en efecto Enrique Otway, futuro esposo de Carlota, y el mismo que procurará no sea un mal para ti su unión con tu señorita: lo mismo que ella,

---

[35] *escriturado*, de *escriturar*, hacer constar con escritura pública y en forma legal un otorgamiento o un hecho. Cedido por medio de escritura legal.

[36] El tratamiento de vos no ha sido abolido enteramente en Puerto Príncipe hasta hace muy pocos años. Usábase muy comúnmente en vez de usted, y aún le empleaban algunas veces en sus conversaciones personas que se tuteaban. No tenía uso de inferior a superior y sólo lo permito a Sab por disculparle la exaltación con que hablaba en aquel momento que no daba lugar a la reflexión (N. A.).

Poco a poco el *voseo* se ha ido perdiendo; sin embargo, aún en la actualidad hay pequeños vestigios en zonas de la parte oriental de Cuba.

te prometo hacer menos dura tu triste condición de esclavo. Pero he aquí la taranquela[37]: ya no necesito guía. Adiós, Sab, puedes continuar tu camino.

Enrique metió espuelas a su caballo, que atravesando la taranquela partió a galope. El esclavo le siguió con la vista hasta que le vio llegar delante de la puerta de la casa blanca. Entonces clavó los ojos en el cielo, dio un profundo gemido, y se dejó caer sobre un ribazo.

---

[37] *taranquela*. Son unos maderos gruesos colocados a cierta distancia, con travesaños para impedir la salida del ganado, etc. (N. A.).

La autora cometió un error, pues el vocablo correcto es *talanquera*. Según apunta Mary Cruz (*op. cit.*, pág. 94): «es un americanismo familiarmente usado en Cuba desde antiguo. Al parecer la transposición era usual en Camagüey (...) En un comunicado sobre "El lenguaje" publicado en la *Gaceta de Puerto Príncipe* el sábado 10 de julio de 1841, páginas 1-2, y firmado por "El Antillano", aparecen voces incorrectamente escritas y pronunciadas de las que el autor ofrece las formas correctas. En esa lista se halla el vocablo *taranquela* —como parece haber sido usado por el pueblo— y su corrección *tranquera*, no *talanquera*. En realidad son dos cosas distintas: *tranquera* (...) es una estacada, y *talanquera*, puerta rústica en una tranquera».

Capítulo II

Diré que su frente brilla
más que nieve en valle oscuro:
diré su bondad sencilla,
y el carmín de su mejilla
como su inocencia puro.

GALLEGO

—¡Qué hermosa noche! Acércate Teresa, ¿no te encanta respirar una brisa tan refrigerante?

—Para ti debe ser más hermosa la noche y las brisas más puras: para ti que eres feliz. Desde esta ventana ves a tu buen padre adornar por sí mismo con ramas y flores las ventanas de esta casa: este día en que tanto has llorado debe ser para ti de placer y regocijo. Hija adorada, ama querida, esposa futura del amante[38] de tu elección, ¿qué puede afligirte, Carlota? Tú ves en esta noche tan bella la precursora de un día más bello aún: del día en que verás aquí a tu Enrique. ¿Cómo lloras, pues?... Hermosa, rica, querida... no eres tú la que debes llorar.

—Es cierto que soy dichosa, amiga mía, pero ¿cómo pudiera volver a ver sin profunda melancolía estos sitios que encierran para mí tantos recuerdos? La última vez que habitamos en este ingenio gozaba yo la compañía de la más tierna de las madres. También era madre tuya, Teresa, pues como

---

[38] *amante*. Persona que ama. En la actualidad amantes son los que tienen relaciones amorosas ilícitas. En aquella época no tenía la significación actual.

113

tal te amaba: ¡aquella alma era toda ternura!... Cuatro años han corrido después de que habitó con nosotras esta casa. Aquí lucieron para ella los últimos días de felicidad y de vida. Pocos transcurrieron desde que dejamos esta hacienda y volvimos a la ciudad, cuando la atacó la mortal dolencia que la condujo prematuramente al sepulcro. ¿Cómo fuera posible que al volver a estos sitios, que no había visto desde entonces, no sintiese el influjo de memorias tan caras?

—Tienes razón, Carlota, ambas debemos llorar eternamente una pérdida que nos privó, a ti de la mejor de las madres, a mí, pobre huérfana desvalida, de mi única protectora.

Un largo intervalo de silencio sucedió a este corto diálogo, y nos aprovecharemos de él para dar a conocer a nuestros lectores las dos señoritas cuya conversación acabamos de referir con escrupulosa exactitud, y el local en que se verificara la mencionada conversación.

Era una pequeña sala baja y cuadrada, que se comunicaba por una puerta de madera pintada de verde oscuro, con la sala principal de la casa. Tenía además una ventana rasgada casi desde el nivel del suelo, que se elevaba hasta la altura de un hombre, con antepecho de madera formando una media luna hacia fuera, y compuertas también de madera, pero que a la sazón estaban abiertas para que refrescase la estancia la brisa apacible de la noche.

Los muebles que adornaban esta habitación eran muy sencillos pero elegantes, y veíanse hacia el fondo, uno junto a otro, dos catres de lienzo de los que se usan comúnmente en todos los pueblos de la isla de Cuba durante los meses más calorosos[39]. Una especie de lecho flotante, conocido con el nombre de hamaca, pendía oblicuamente de una esquina a la otra de la estancia, convidando con sus blandas ondulaciones al adormecimiento que produce el calor excesivo.

Ninguna luz artificial se veía en la habitación alumbrada únicamente por la claridad de la luna que penetraba por la ventana. Junto a ésta y frente una de otra estaban las dos señoritas sentadas en dos anchas poltronas, conocidas con el

---

[39] *calorosos.* Calurosos.

nombre de butacas. Nuestros lectores hubieran conocido desde luego a la tierna Carlota en las dulces lágrimas que tributaba todavía a la memoria de su madre muerta hacía cuatro años. Su hermosa y pura frente descansaba en una de sus manos, apoyando el brazo en el antepecho de la ventana; y sus cabellos castaños divididos en dos mitades iguales, caían formando multitud de rizos en torno de un rostro de diez y siete años. Examinando escrupulosamente a la luz del día aquel rostro, acaso no hubiera presentado un modelo de perfección; pero el conjunto de sus delicadas facciones, y la mirada llena de alma de dos grandes y hermosos ojos pardos, daban a su fisonomía, alumbrada por la luna, un no sé qué de angélico y penetrante imposible de describir. Aumentaba lo ideal de aquella linda figura un vestido blanquísimo que señalaba los contornos de su talle esbelto y gracioso, y no obstante hallarse sentada, echábase de ver que era de elevada estatura y admirables proporciones.

La figura que se notaba frente a ella presentaba un cierto contraste. Joven todavía, pero privada de las gracias de la juventud, Teresa tenía una de aquellas fisonomías insignificantes que nada dicen al corazón. Sus facciones nada ofrecían de repugnante, pero tampoco nada de atractivo. Nadie la llamaría fea después de examinarla; nadie, empero, la creería hermosa al verla por primera vez, y aquel rostro sin expresión, parecía tan impropio para inspirar el odio como el amor. Sus ojos de un verde oscuro bajo dos cejas rectas y compactas, tenían un mirar frío y seco que carecía igualmente del encanto de la tristeza y de la gracia de la alegría. Bien riese Teresa, bien llorase, aquellos ojos eran siempre los mismos. Su risa y su llanto parecían un efecto del arte en una máquina, y ninguna de sus facciones participaba de aquella conmoción. Sin embargo, tal vez cuando una gran pasión o un fuerte sacudimiento hacía salir de su letargo a aquella alma apática, entonces era pasmosa la expresión repentina de los ojos de Teresa. Rápida era su mirada, fugitiva su expresión pero viva, enérgica, elocuente: y cuando volvían aquellos ojos a su habitual nulidad, admirábase el que los veía de que fuesen capaces de un lenguaje tan terrible.

Hija natural de un pariente lejano de la esposa de don

Carlos, perdió a su madre al nacer, y había vivido con su padre, hombre libertino que la abandonó enteramente al orgullo y la dureza de una madrastra que la aborrecía. Así fue desde su nacimiento oprimida con el peso de la desventura, y cuando por muerte de su padre fue recogida por la señora de B... y su esposo, ni el cariño que halló en esta feliz pareja, ni la tierna amistad que la dispensó Carlota fueron ya suficientes a despojar a su carácter de la rigidez y austeridad que en la desgracia había adquirido. Su altivez natural, constantemente herida por su nacimiento, y escasa fortuna que la constituía en una eterna dependencia, habían agriado insensiblemente su alma, y a fuerza de ejercitar su sensibilidad parecía haberla agotado. Ocho años hacía, en la época en que comienza nuestra historia, que se hallaba Teresa bajo la protección del señor de B..., único pariente en quien había encontrado afecto y compasión, y aunque fuese este tiempo el que pudiera señalar por el más dichoso de su vida, no había estado exento para ella de grandes mortificaciones. El destino parecía haberla colocado junto a Carlota para hacerla conocer por medio de un triste cotejo, toda la inferioridad y desgracia de su posición. Al lado de una joven bella, rica, feliz, que gozaba el cariño de unos padres idólatras, que era el orgullo de toda una familia, y que se veía sin cesar rodeada de obsequios y alabanzas, Teresa humillada, y devorando en silencio su mortificación, había aprendido a disimular, haciéndose cada vez más fría y reservada. Al verla siempre seria e impasible se podía creer que su alma imprimía sobre su rostro aquella helada tranquilidad, que a veces se asemejaba a la estupidez; y, sin embargo, aquella alma no era incapaz de grandes pasiones, mejor diré, era formada para sentirlas. Pero, ¿cuáles son los ojos bastante perspicaces para leer en un alma, cubierta con la dura corteza que forman las largas desventuras? En un rostro frío y severo muchas veces descubrimos la señal de la insensibilidad, y casi nunca adivinamos que es la máscara que cubre al infortunio.

Carlota amaba a Teresa como a una hermana, y acostumbrada ya a la sequedad y reserva de su carácter, no se ofendió nunca de no ver correspondida dignamente su afectuosa amistad. Viva, ingenua e impresionable apenas podía comprender aquel carácter triste y profundo de Teresa, su energía en el sufrimiento y su constancia en la apatía. Carlota aunque dotada de maravilloso talento había concluido por creer, como todos, que su amiga era uno de aquellos seres buenos y pacíficos, fríos y apáticos, incapaces de crímenes como de grandes virtudes, y a los cuales no debe pedírseles más de aquello que dan, porque es escaso el tesoro de su corazón.

Inmóvil Teresa enfrente de su amiga estremecióse de repente con un movimiento convulsivo.

—Oigo —dijo— el galope de un caballo: sin duda es tu Enrique.

Levantó su linda cabeza Carlota de B... y un leve matiz de rosa se extendió por sus mejillas.

—En efecto —dijo— oigo galopar; pero Enrique no debe llegar hasta mañana: mañana fue el día señalado para su vuelta de Guanaja[40]. Sin embargo, puede haber querido anticiparlo... ¡Ah! ¡Sí, él es!... ya oigo su voz que saluda a papá. Teresa, tienes razón —añadió echando su brazo izquierdo al cuello de su prima mientras enjugaba con la otra la última lágrima que se deslizaba por su mejilla—, tienes razón en decirlo... ¡Soy muy dichosa!

Teresa que se había puesto en pie y miraba atentamente por la ventana, volvió a sentarse con lentitud: su rostro recobró su helada y casi estúpida inmovilidad, y pronunció entre dientes:

—Sí, ¡eres muy dichosa!

No lloraba ya Carlota: los penetrantes recuerdos de una madre querida se desvanecieron a la presencia de un amante adorado. Junto a Enrique nada ve más que a él. El universo entero es para ella aquel reducido espacio donde mira a su amante: porque ama Carlota con todas las ilusiones de un primer amor, con la confianza y abandono de la primera juventud y con la vehemencia de un corazón formado bajo el cielo de los Trópicos.

---

[40] *Guanaja.* Barrio de la provincia y municipio de Camagüey, situado a unos 42 kilómetros de Camagüey capital. También existe con ese nombre una ensenada de la costa norte de Cuba, correspondiente a la provincia de Camagüey.

Tres meses habían corrido desde que se trató su casamiento con Enrique Otway, y en ellos diariamente habían sido pronunciados los juramentos de un eterno cariño: juramentos que eran para su corazón tierno y virginal tan santos e inviolables como si hubiesen sido consagrados por las más augustas ceremonias. Ninguna duda, ningún asomo de desconfianza había emponzoñado un afecto tan puro, porque cuando amamos por primera vez hacemos un Dios del objeto que nos cautiva. La imaginación le prodiga ideales perfecciones, el corazón se entrega sin temor y no sospechamos ni remotamente que el ídolo que adoramos puede convertirse en el ser real y positivo que la experiencia y el desengaño nos presenta, con harta prontitud, desnudo del brillante ropaje de nuestras ilusiones.

Aún no había llegado para la sensible isleña esta época dolorosa de una primera desilusión: aún veía a su amante por el encantado prisma de la inocencia y el amor, y todo en él era bello, grande y sublime.

¿Merecía Enrique Otway una pasión tan hermosa? ¿Participaba de aquel divino entusiasmo que hace soñar un cielo en la tierra? ¿Comprendía su alma a aquella alma apasionada de la que era señor?... Lo ignoramos: los acontecimientos nos lo dirán en breve y fijarán en este punto la opinión de nuestros lectores. No queriendo anticiparles nada nos limitaremos por ahora a darles algún conocimiento de las personas que figuran en esta historia, y de los acontecimientos que precedieron a la época en que comenzamos a referirla.

118

Capítulo III

historia de Otway,   Mujer quiero con caudal.
implicaciones políticas

Cañizares

Sabido es que las riquezas de Cuba atraen en todo tiempo innumerables extranjeros, que con mediana industria y actividad no tardan en enriquecerse de una manera asombrosa para los indolentes isleños, que satisfechos con la fertilidad de su suelo, y con la facilidad con que se vive en un país de abundancia, se adormecen, por decirlo así, bajo un sol de fuego, y abandonan a la codicia y actividad de los europeos todos los ramos de agricultura, comercio e industria, con los cuales se levantan en corto número de años innumerables familias.

Jorge Otway fue uno de los muchos hombres que se elevan de la nada en poco tiempo a favor de las riquezas en aquel país nuevo y fecundo. Era inglés: había sido buhonero[41] algunos años en los Estados Unidos de América del Norte, después en la ciudad de la Habana, y últimamente llegó a Puerto Príncipe traficando con lienzos, cuando contaba más de treinta años, trayendo consigo un hijo de seis, único fruto que le quedara de su matrimonio.

Cinco años después de su llegada a Puerto Príncipe Jorge

---

[41] *buhonero,* el que lleva o vende cosas de buhonería; *buhonería,* chucherías y baratijas de poca monta —botones, agujas, cintas, peines, etc.— que, en tienda portátil o colgada de los hombros, lleva su dueño a vender por las calles.

Otway en compañía de dos catalanes tenía ya una tienda de lienzos, y su hijo despachaba con él detrás del mostrador. Pasaron cinco años más y el inglés y sus socios abrieron un soberbio almacén de toda clase de lencería. Pero ya no eran ellos los que se presentaban detrás del mostrador: tenían dependientes y comisionistas, y Enrique, de edad de diez y seis años, se hallaba en Londres enviado por su padre con el objeto de perfeccionar su educación, según decía. Otros cinco años transcurrieron y Jorge Otway poseía ya una hermosa casa en una de las mejores calles de la ciudad, y seguía por sí solo un vasto y lucrativo comercio. Entonces volvió su hijo de Europa, adornado de una hermosa figura y de modales dulces y agradables, con lo cual y el crédito que comenzaba a adquirir su casa no fue desechado en las reuniones más distinguidas del país. Puede el lector dejar transcurrir aún otros cinco años y verá a Jorge Otway, rico negociante, alternando con la clase más pudiente, servido de esclavos, dueño de magníficos carruajes y con todos los prestigios de la opulencia.

Enrique no era ya únicamente uno de los más gallardos jóvenes del país, era también considerado como uno de los más ventajosos partidos. Sin embargo, en esta misma época, en que llegaba a su apogeo la rápida fortuna del buhonero inglés, algunas pérdidas considerables dieron un golpe mortal a su vanidad y a su codicia. Habíase comprometido en empresas de comercio demasiado peligrosas y para disimular el mal éxito de ellas, y sostener el crédito de su casa, cometió la nueva imprudencia de tomar gruesas sumas de plata a un rédito crecido. El que antes fue usurero, vióse compelido a castigarse a sí mismo siendo a su vez víctima de la usura de otros. Conoció harto presto que el edificio de su fortuna, con tanta prontitud levantado, amenazaba una ruidosa caída, y pensó entonces que le convendría casar a su hijo antes que su decadencia fuese evidente para el público.

Echó la vista a las más ricas herederas del país y creyó ver en Carlota de B... la mujer que convenía a sus cálculos. Don Carlos, padre de la joven, había heredado como sus hermanos un caudal considerable, y aunque se casó con una mujer de escasos bienes la suerte había favorecido a ésta últimamente, recayendo en ella una herencia cuantiosa e inesperada, con la cual la casa ya algo decaída de don Carlos se hizo nuevamente una de las opulentas de Puerto Príncipe. Verdad es que gozó poco tiempo en paz del aumento de su fortuna pues con derechos quiméricos, o justos, suscitóle un litigio cierto pariente del testador que había favorecido a su esposa, tratando nada menos que anular dicho testamento. Pero esta empresa pareció tan absurda, y el litigio se presentó con aspecto tan favorable para don Carlos que no se dudaba de su completo triunfo. Todo esto tuvo presente Jorge Otway cuando eligió a Carlota para esposa de su hijo. Había muerto ya la señora de B... dejando a su esposo seis hijos: Carlota, primer fruto de su unión, era la más querida según la opinión general, y debía esperar de su padre considerables mejoras. Eugenio, hijo segundo y único varón, que se educaba en un colegio de la Habana, había nacido con una constitución débil y enfermiza y acaso Jorge no dejó de especular con ella, presagiando de la delicada salud del niño un heredero menos a don Carlos. Además, don Agustín su hermano mayor era un célibe poderoso y Carlota su sobrina predilecta. No vaciló, pues, Jorge Otway y manifestó a su hijo su determinación. Dotado el joven de un carácter flexible, y acostumbrado a ceder siempre ante la enérgica voluntad de su padre, prestóse fácilmente a sus deseos, y no con repugnancia esta vez, pues, además de los atractivos personales de Carlota, no era Enrique indiferente a las riquezas, y estaba demasiado adoctrinado en el espíritu mercantil y especulador de su padre.

Declaróse, pues, amante de la señorita de B... y no tardó en ser amado. Se hallaba Carlota en aquella edad peligrosa en que el corazón siente con mayor viveza la necesidad de amar, y era además naturalmente tierna e impresionable. Mucha sensibilidad, una imaginación muy viva, y gran actividad de espíritu, eran dotes, que, unidas a un carácter más entusiasta que prudente debían hacer temer en ella los efectos de una primera pasión. Era fácil prever que aquella alma poética no amaría largo tiempo a un hombre vulgar, pero se adivinaba también que tenía tesoros en su imaginación bastantes a enriquecer cualquier objeto a quien quisiera prodigarlos. El sueño presentaba, hacía algún tiempo, a Carlota la imagen de un ser noble y bello formado expresamente para unirse a ella y poetizar la vida en un deliquio de amor. ¿Y cuál es la mujer, aunque haya nacido bajo un cielo menos ardiente, que no busque al entrar con paso tímido en los áridos campos de la vida la creación sublime de su virginal imaginación? ¿Cuál es aquella que no ha entrevisto en sus éxtasis solitarios un ser protector, que debe sostener su debilidad, defender su inocencia, y recibir el culto de su veneración?... Ese ser no tiene nombre, no tiene casi una forma positiva, pero se le halla en todo lo que presenta grande y bello la naturaleza. Cuando la joven ve un hombre busca en él los rasgos del ángel de sus ilusiones... ¡Oh!, ¡qué difícil es encontrarlos! ¡Y desgraciada de aquella que es seducida por una engañosa semejanza!... Nada debe ser tan doloroso como ver destruido un error tan dulce, y por desgracia se destruye harto presto. Las ilusiones de un corazón ardiente son como las flores del estío: su perfume es más penetrante pero su existencia más pasajera.

Carlota amó a Enrique, o mejor diremos amó en Enrique el objeto ideal que la pintaba su imaginación, cuando vagando por los bosques, o a las orillas del Tínima, se embriagaba de perfumes, de luz brillante, de dulces brisas: de todos aquellos bienes reales, tan próximos al idealismo, que la naturaleza joven, y superabundante de vida, prodiga al hombre bajo aquel ardiente cielo. Enrique era hermoso e insinuante: Carlota descendió a su alma para adornarla con los más brillantes colores de su fantasía: ¿qué más necesitaba?

Noticioso Jorge del feliz éxito de las pretensiones de su hijo pidió osadamente la mano de Carlota, pero su vanidad y la de Enrique sufrieron la humillación de una repulsa. La familia de B... era de las más nobles del país y no pudo recibir sin indignación la demanda del rico negociante, porque aún se acordaba del buhonero. Por otra parte, aunque el viejo Otway se hubiese declarado desde su establecimiento en Puerto Príncipe un verdadero católico, apostólico, romano, y educado a su hijo en los ritos de la misma iglesia, su apostasía no le había salvado del nombre de hereje con que solían designarle las viejas del país; y si toda la familia de B... no conservaba en este punto las mismas preocupaciones, no faltaban en ella individuos que oponiéndose al enlace de Carlota con Enrique fuesen menos inspirados por el desprecio al buhonero que por el horror al hereje. La mano de la señorita de B... fue, pues, rehusada al joven inglés y se la ordenó severamente no pensar más en su amante. ¡Es tan fácil dar estas órdenes! La experiencia parece que no ha probado bastante todavía su inutilidad. Carlota amó más desde que se le prohibió amar, y aunque no había ciertamente en su carácter una gran energía, y mucho menos una fría perseverancia, la exaltación de su amor contrariado, y el pesar de una niña que por primera vez encuentra oposición a sus deseos, eran más que suficientes para producir un efecto contrario al que se esperaba. Todos los esfuerzos empleados por la familia de B... para apartarla de Enrique fueron inútiles, y su amante desgraciado fue para ella mucho más interesante. Después de repetidas y dolorosas escenas, en que manifestó constantemente una firmeza que admiró a sus parientes, el amor y la melancolía la originaron una enfermedad peligrosa que fue la que determinó su triunfo. Un padre idólatra no pudo sostener por más tiempo los sufrimientos de tan hermosa criatura, y cedió a pesar de toda su parentela.

Don Carlos era uno de aquellos hombres apacibles y perezosos que no saben hacer mal, ni tomarse grandes fatigas para ejecutar el bien. Había seguido los consejos de su familia al oponerse a la unión de Carlota con Enrique, pues él por su parte era indiferente, en cierto modo, a las preocupaciones del nacimiento, y acostumbrado a los goces de la abundancia, sin conocer su precio, tampoco tenía ambición ni de poder ni de riquezas. Jamás había ambicionado para su hija un marido de alta posición social o de inmensos caudales: limitábase a desearle uno que la hiciese feliz, y no se ocupó mucho, sin embargo, en estudiar a Enrique para conocer si era capaz de lograrlo.

Inactivo por temperamento, dócil por carácter y por el convencimiento de su inercia, se opuso al amor de su hija sólo por contemporizar con sus hermanos, y cedió luego a los deseos de aquélla, menos por la persuasión de que tal enlace labraría su dicha que por falta de fuerzas para sostener por más tiempo el papel de que se había encargado. Carlota, empero, supo aprovechar aquella debilidad en su favor, y antes de que su familia tuviese tiempo de influir nuevamente en el ánimo de don Carlos, su casamiento fue convenido por ambos padres y fijado para el día primero de septiembre de aquel año, por cumplir en él la joven los diez y ocho de su edad.

Era a fines de febrero cuando se hizo este convenio, y desde entonces hasta principios de junio en que comienza nuestra narración, los dos amantes habían tenido para verse y hablarse toda la lícita libertad que podían desear. Pero la fortuna, burlándose de los cálculos del codicioso inglés, había trastornado en este corto tiempo todas sus esperanzas y especulaciones. La familia del señor de B..., altamente ofendida con la resolución de éste, y no haciendo misterio del desprecio con que miraba al futuro esposo de Carlota, había roto públicamente toda relación amistosa con don Carlos, y su hermano don Agustín hizo un testamento a favor de los hijos de otro hermano para quitar a Carlota toda esperanza de su sucesión. Mas esto era poco: otro golpe más sensible se siguió a éste y acabó de desesperar a Jorge. Contra todas las probabilidades y esperanzas fallóse el pleito por fin en contra de don Carlos. El testamento que constituía heredera a su esposa fue anulado justa o injustamente, y el desgraciado caballero hubo de entregar al nuevo poseedor las grandes fincas que mirara como suyas hacía seis años. No faltaron personas que, juzgando parcial e injusta esta sentencia, invitasen al agraviado a apelar al tribunal supremo de la nación: mas el carácter de don Carlos no era a propósito para ello, y sometiéndose a su suerte casi pareció indiferente a una desgracia que le despojaba de una parte considerable de sus bienes. Un estoicismo de esta clase, tan noble desprendimiento de las riquezas debían merecerle al parecer generales elogios, mas no fue así. Su indiferencia se creyó más bien efecto de egoísmo que de desinterés.

—Es bastante rico aún —decían en el pueblo— para poder gozar mientras viva de todas las comodidades imaginables, y no le importa nada una pérdida que sólo perjudicará a sus hijos.

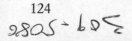

Engañábanse, empero, los que juzgaban de este modo a don Carlos. Ciertamente la pereza de su carácter, y el desaliento que en él producía cualquier golpe inesperado influían no poco en la aparente fortaleza con que se sometía desde luego[42] a la desgracia, sin hacer un enérgico esfuerzo para contrarrestrarla, pero amaba a sus hijos y había amado a su esposa con todo el calor y la ternura de una alma[43] sensible aunque apática. Hubiera dado su vida por cada uno de aquellos objetos queridos, pero por la utilidad de estos mismos no hubiera podido imponerse el deber de una vida activa y agitada: oponíanse a ella su temperamento, su carácter y sus hábitos invencibles. Desprendiéndose con resignación y filosofía de un caudal, con el cual contaba para asegurar a sus hijos una fortuna brillante, no fue, sin embargo, insensible a este golpe. No se quejó a nadie, acaso por pereza, acaso por cierto orgullo compatible con la más perfecta bondad; pero el golpe hirió de lleno su corazón paternal. Alegróse entonces interiormente de tener asegurada la suerte de Carlota, y no vio en Enrique al hijo del buhonero sino al único heredero de una casa fuerte del país.

Todo lo contrario sucedió a Jorge. Carlota, privada de la herencia de su tío, y de los bienes de su madre que la pérdida del pleito le había quitado, Carlota con cinco hermanos que debían partir con ella el desmembrado caudal que pudiera heredar de su padre (joven todavía y prometiendo una larga vida), no era ya la mujer que deseaba Jorge para su hijo. El codicioso inglés hubiera muerto de dolor y rabia si las desgracias de la casa B... hubieran sido posteriores al casamiento de Enrique, mas por fortuna suya aún no se había verificado, y Jorge estaba resuelto a que no se verificara jamás. Demasiado bajo para tener vergüenza de su conducta, acaso hubiera roto inmediatamente, sin ningún pudor ni cortesía, un compromiso que ya detestaba, si su hijo a fuerza de dulzura y de pa-

---

[42] *desde luego*. Aquí tiene el significado de *de inmediato, sin tardanza;* acepción poco común en Cuba, donde suele referirse a *sin duda, de conformidad*.

[43] *una alma*. Se conserva el femenino de la edición príncipe en el artículo que acompaña al sustantivo *alma;* aunque, en general, sea más frecuente el masculino, en la novela aparecen las dos formas.

ciencia no hubiese logrado hacerle adoptar un sistema más racional y menos grosero.

Lo que pasó en el alma de Enrique cuando vio destruidas en un momento las brillantes esperanzas de fortuna que fundaba en su novia, fue un secreto para todos, pues aunque fuese el joven tan codicioso como su padre, era por lo menos mucho más disimulado. Su conducta no varió en lo más mínimo, ni se advirtió la más leve frialdad en sus amores. El público, si bien persuadido de que sólo la conveniencia le había impulsado a solicitar la mano de Carlota, creyó entonces que un sentimiento más noble y generoso le decidía a no renunciarla. Carlota era acaso la única persona que ni agradecía ni notaba el aparente desinterés de su amante. No sospechando que al solicitar su mano tuviese un motivo ajeno del amor, apenas pensaba en la mudanza desventajosa de su propia fortuna, ni podía admirarse de que no influyese en la conducta de Enrique. ¡Ay de mí! Solamente la fría y aterradora experiencia enseña a conocer a las almas nobles y generosas el mérito de las virtudes que ellas mismas poseen... ¡Feliz aquel que muere sin haberlo conocido!

Capítulo IV

No hay mal para el amor correspondido,
no hay bien que no sea mal para el ausente.

LISTA

A la conclusión de una larga calle de naranjos y tamarindos, sentados muellemente en un tronco de palma estaban Carlota y su amante la tarde siguiente a aquella en que llegó éste a Bellavista, y se entretenían en una conversación al parecer muy viva.

—Te repito —decía el joven— que negocios indispensables de mi comercio me precisan a dejarte tan pronto, bien a pesar mío.

—¿Con que veinticuatro horas solamente has querido permanecer en Bellavista? —contestó la doncella con cierto aire de impaciencia—. Yo esperaba que fuesen más largas tus visitas: de otro modo no hubiera consentido en venir. Pero no te marcharás hoy, eso no puede ser. Cuatro días más, dos por lo menos.

—Ya sabes que te dejé hace ocho para ir al puerto de Guanaja, al cual acababa de llegar un buque consignado a mi casa. El cargamento debe ser transportado a Puerto Príncipe y es indispensable hallarme yo allí: mi padre con su edad y sus dolencias es ya poco a propósito para atender a tantos negocios con la actividad necesaria. Pero escucha, Carlota, te ofrezco volver dentro de quince días.

—¡Quince días! —exclamó Carlota con infantil impaciencia—. ¡Ah! no, papá tiene proyectado un paseo a Cubitas, con el doble objeto de visitar las estancias[44] que tiene allí, y que veamos Teresa y yo las famosas cuevas[45] que tú tampoco has visto. Este viaje está señalado para dentro de ocho días y es preciso que vengas para acompañarnos.

Iba Enrique a contestar cuando vieron venir hacia ellos al mulato que hemos presentado al lector en el primer capítulo de esta historia.

—Es hora de la merienda —dijo Carlota— y sin duda papá envía a Sab para advertírnoslo.

—¿Sabes que me agrada ese esclavo? —repuso Enrique aprovechando con gusto la ocasión que se le presentaba de dar otro giro a la conversación—. No tiene nada de la abyección y grosería que es común en gentes de su especie; por el contrario, tiene aire y modales muy finos y aun me atrevería a decir nobles.

—Sab no ha estado nunca confundido con los otros esclavos —contestó Carlota—, se ha criado conmigo como un hermano, tiene suma afición a la lectura y su talento natural es admirable.

—Todo eso no es un bien para él —repuso el inglés—, porque, ¿para qué necesita del talento y la educación un hombre destinado a ser esclavo?

—Sab no lo será largo tiempo, Enrique: Creo que mi padre espera solamente a que cumpla veinticinco años para darle libertad.

—Según cierta relación que me hizo de su nacimiento —añadió el joven sonriéndose—, sospecho que tiene ese mozo, con algún fundamento, la lisonjera presunción de ser de la misma sangre que sus amos.

---

[44] Se da el nombre de estancias a las posesiones pequeñas de labranza, pero en Cubitas se llaman así particularmente los plantíos de yucas, raíz blanca y dura, de la que se hace una especie de pan llamado casabe. En cada una de estas estancias hay regularmente una choza en la que habita el mayoral, y estas chozas forman el caserío de las aldeas de Cubitas (N. A.).

[45] Las cuevas de Cubitas son una obra admirable de la naturaleza, y dignas de ser visitadas. Más delante hablaremos de ellas con alguna más extensión (N. A.).

En la última frase hubiera sido más correcto escribir: *alguna mayor extensión*.

128

—Así lo pienso yo también porque mi padre le ha tratado siempre con particular distinción, y aun ha dejado traslucir a la familia que tiene motivos poderosos para creerle hijo de su difunto hermano don Luis. Pero, ¡silencio!..., ya llega.

El mulato se inclinó profundamente delante de su joven señora y avisó que la aguardaban para la merienda.

—Además —añadió—, el cielo se va oscureciendo demasiado y parece amenazar una tempestad.

Carlota levantó los ojos y viendo la exactitud de esta observación mandó retirarse al esclavo diciéndole que no tardarían en volver a la casa. Mientras Sab regresaba a ella, internándose entre los árboles que formaban el paseo, volvióse hacia su amante y fijando en él una mirada suplicatoria:

—Y bien —le dijo—, ¿vendrás pues para acompañarme a Cubitas?

—Vendré dentro de quince días: ¿no son lo mismo quince que ocho?

—¡Lo mismo! —repitió ella dando a sus bellos ojos una notable expresión de sorpresa—. ¡Pues qué! ¿No hay siete días de diferencia? ¡Siete días, Enrique! Otros tantos he estado sin verte en esta primera separación y me han parecido una eternidad. ¿No has experimentado tú cuán triste cosa es ver salir el sol, un día y otro, y otro... sin que pueda disipar las tinieblas del corazón, sin traernos un rayo de esperanza... porque sabemos que no veremos con su luz el semblante adorado? Y luego, cuando llega la noche, cuando la naturaleza se adormece en medio de las sombras y las brisas, ¿no has sentido tu corazón inundarse de una ternura dulce, indefinible como el aroma de las flores?... ¿No has experimentado una necesidad de oír la voz querida en el silencio de la noche? ¿No te ha agobiado la ausencia, ese malestar continuo, ese vacío inmenso, esa agonía de un dolor que se reproduce bajo mil formas diversas, pero siempre punzante, inagotable, insufrible?

Una lágrima empañó los ojos de la apasionada criolla, y levantándose del tronco en que se hallaba sentada, entróse por entre los naranjos que formaban un bosquecillo hacia la derecha, como si sintiese la necesidad de dominar un exceso de sensibilidad que tanto le hacía sufrir. Siguióla Enrique paso a paso, como si temiese dejar de verla sin desear alcanzarla, y pintábase en su blanca frente y en sus ojos azules una expresión particular de duda e indecisión. Hubiérase dicho que dos opuestos sentimientos, dos poderes enemigos dividían su corazón. De repente detúvose, quedóse inmóvil mirando de lejos a Carlota, y escapóse de sus labios una palabra... pero una palabra que revelaba un pensamiento cuidadosamente disimulado hasta entonces. Espantado de su imprudencia, tendió la vista en derredor para cerciorarse de que estaba solo, y agitó al mismo tiempo su cuerpo un ligero estremecimiento. Era que dos ojos, como ascuas de fuego, habían brillado entre el verde oscuro de las hojas, flechando en él una mirada espantosa. Precipitóse hacia aquel paraje porque le importaba conocer al espía misterioso que acababa de sorprender su secreto, y era preciso castigarle u obligarle al silencio. Pero nada encontró. El espía sin duda se deslizó por entre los árboles, aprovechando el primer momento de sorpresa y turbación que su vista produjera.

Enrique se apresuró entonces y logró reunirse a su querida[46], a tiempo que ésta atravesaba el umbral de la casa, en donde les esperaba don Carlos servida ya la merienda.

La noche se acercaba mientras tanto, pero no serena y hermosa como la anterior, sino que todo anunciaba ser una de aquellas noches de tempestad que en el clima de Cuba ofrecen un carácter tan terrible.

Hacía un calor sofocante que ninguna brisa temperaba; la atmósfera cargada de electricidad pesaba sobre los cuerpos como una capa de plomo: las nubes, tan bajas que se confundían con las sombras de los bosques, eran de un pardo oscuro con anchas bandas de color de fuego. Ninguna hoja se estremecía, ningún sonido interrumpía el silencio pavoroso de la naturaleza. Bandadas de auras[47] poblaban el aire, oscu-

---

[46] *querida* aquí es sinónimo de amada; en la actualidad tiene el significado de *amante*.

[47] El *aura* es ave algo parecida al cuervo, pero más grande. Cuando amenaza la tempestad innumerables bandadas de estas aves pueblan el aire, y por lo bajo de su vuelo conocen los del país la densidad de la atmósfera (N. A.).
Especie de buitre americano.

reciendo la luz rojiza del sol poniente; y los perros, baja y espeluznada la cola, abierta la boca y la lengua seca y encendida, se pegaban contra la tierra; adivinando por instinto el sacudimiento espantoso que iba a sufrir la naturaleza.

Estos síntomas de tempestad, conocidos de todos los cubanos, fueron un motivo más para instar a Otway dilatase[48] su partida hasta el día siguiente por lo menos. Pero todo fue inútil y se manifestó resuelto a partir en el momento, antes que se declarase la tempestad. Dos esclavos recibieron la orden de traer su caballo, y don Carlos le ofreció a Sab para que le acompañase. Estaba determinado con anterioridad que el mulato partiese al día siguiente a la ciudad a ciertos asuntos de su amo, y haciéndole anticipar algunas horas su salida proporcionaba éste a su futuro yerno un compañero práctico en aquellos caminos. Agradeció Enrique esta atención y levantándose de la mesa, en la que acababan de servirles la merienda, según costumbre del país en aquella época, se acercó a Carlota que con los ojos fijos en el cielo parecía examinar con inquietud desde una ventana, los anuncios de la tempestad cada vez más próxima.

—Adiós, Carlota —le dijo tomando con cariño una de sus manos—, no serán quince los días de nuestra separación, vendré para acompañarte a Cubitas.

—Sí —contestó ella—, te espero, Enrique... pero, ¡Dios mío! —añadió estremeciéndose y volviendo a dirigir al cielo los hermosos ojos, que por un momento fijara en su amante—. Enrique, la noche será horrorosa..., la tempestad no tardará en estallar..., ¿por qué te obstinas en partir? Si tú no temes, hazlo por mí, por compasión de tu Carlota... Enrique, no te vayas.

El inglés observó un instante el firmamento y repitió la orden de traerle su caballo. No dejaba de conocer la proximidad de la tormenta, pero convenía a sus intereses comerciales hallarse aquella noche en Puerto Príncipe, y cuando mediaban consideraciones de esta clase ni los rayos del cielo, ni

---

[48] *instar a Otway dilatase*. Lo correcto sería añadir un *que*, *instar a Otway que dilatase*.

los ruegos de su amada podían hacerle vacilar: porque educado según las reglas de codicia y especulación, rodeado desde su infancia por una atmósfera mercantil, por decirlo así, era exacto y rígido en el cumplimiento de aquellos deberes que el interés de su comercio le imponía.

Dos relámpagos brillaron con cortísimo intervalo seguidos por la detonación de dos truenos espantosos, y una palidez mortal se extendió sobre el rostro de Carlota que miró a su amante con indecible ansiedad. Don Carlos se acercó a ellos haciendo al joven mayores instancias para que difiriese su partida, y aun las niñas hermanas de Carlota se agruparon en torno suyo y abrazaban cariñosamente sus rodillas rogándole que no partiese. Un solo individuo de los que en aquel momento encerraba la sala permanecía indiferente a la tempestad, y a cuanto le rodeaba. Este individuo era Teresa que apoyada en el antepecho de una ventana, inmóvil e impasible, parecía sumergida en profunda distracción.

Cuando Enrique, sustrayéndose a las instancias del dueño de la casa, a las importunidades de las niñas y a las mudas súplicas de su querida, se acercó a Teresa para decirla adiós, volvióse con un movimiento convulsivo hacia él, asustada con el sonido de su voz.

Enrique al tomarla[49] la mano notó que estaba fría y temblorosa, y aun creyó percibir un leve suspiro ahogado con esfuerzo entre sus labios. Fijó en ella los ojos con alguna sorpresa, pero había vuelto a colocarse en su primera postura, y su rostro frío, y su mirada fija y seca, como la de un cadáver, no revelaban nada de cuanto entonces ocupaba su pensamiento y agitaba su alma.

Enrique montó a caballo: sólo aguardaba a Sab para partir, pero Sab estaba detenido por Carlota que llena de inquietud le recomendaba su amante.

—Sab —le decía con penetrante acento—, si la tempestad es tan terrible como presagian estas negras nubes y esta calma espantosa, tú, que conoces a palmo este país, sabrás en dónde refugiarte con Enrique. Porque por solitarios que sean

---

[49] No se han corregido los frecuentes casos de laísmo, pero aquí no puedo dejar de señalar el intenso efecto cacofónico: *al tomarla la mano*.

estos campos no faltará un bohío[50] en que poneros al abrigo de la tormenta. ¡Sab! Yo te recomiendo mi Enrique.

Un relámpago más vivo que los anteriores, y casi al mismo tiempo el estampido de un trueno, arrancaron un débil grito a la tímida doncella, que por un movimiento involuntario cubrió sus ojos con ambas manos[51]. Cuando los descubrió y tendió una mirada en derredor vio cerca de sí a sus hermanitas, agrupadas en silencio unas contra otras y temblando de miedo, mientras que Teresa permanecía de pie, tranquila y silenciosa en la misma ventana en que había recibido la despedida de Enrique. Sab no estaba ya en la sala. Carlota se levantó de la butaca en que se había arrojado casi desmayada al estampido del trueno, e intentó correr al patio en que había visto a Enrique montar a caballo un momento antes, y en el cual le suponía aún: pero en el mismo instante oyó la voz de su padre que deseaba a los que partían un buen viaje, y el galope acompasado de dos caballos que se alejaban. Entonces volvió a sentarse lentamente y exclamó con dolorido acento.

—¡Dios mío! ¿Se padece tanto siempre que se ama? ¿Aman y padecen del mismo modo todos los corazones o has depositado en el mío un germen más fecundo de afectos y dolores?... ¡Ah!, si no es general esta terrible facultad de amar y padecer, ¡cuán cruel privilegio me has concedido!... Porque es una desgracia, es una gran desgracia sentir de esta manera.

Cubrió sus ojos llenos de lágrimas y gimió: porque levantándose de improviso allá en lo más íntimo de su corazón no sé qué instinto revelador y terrible, acababa de declararle una verdad, que hasta entonces no había claramente comprendido: que hay almas superiores sobre la tierra, privilegiadas para el sentimiento y desconocidas de las almas vulgares: almas ricas de afectos, ricas de emociones... para las cuales están reservadas las pasiones terribles, las grandes virtudes, los inmensos pesares... y que el alma de Enrique no era una de ellas.

---

[50] *Bohío*: choza o cabaña (N. A.).
Vocablo indígena equivalente a casa.
[51] Los presagios tienen toda una larga tradición en la narrativa y en la épica.

Capítulo V

... La tormenta umbría
en los aires revuelve un Océano
que todo lo sepulta...

HEREDIA

La noche más profunda enlutaba ya el suelo. Aún no caía una gota de lluvia, ni la más ligera corriente de aire refrigeraba a la tierra abrasada. Reinaba un silencio temeroso en la naturaleza, que parecía contemplar con profundo desaliento la cólera del cielo, y esperar con triste resignación el cumplimiento de sus amenazas.

Sin embargo, en tan horrible noche dos hombres atrevidos atravesaban a galope aquellas sabanas abrasadas, sin el menor indicio de temor. Estos dos hombres ya los conoce el lector: eran Enrique y Sab, montando el uno en su fogoso alazán, y el otro en un jaco[52] negro como el ébano, más ligero que vigoroso. El inglés llevaba ceñido un sable corto de puño de plata cincelada, y dos pistolas en el arzón delantero de su silla; el mulato no llevaba más arma que su machete.

Ni uno ni otro proferían una palabra ni parecía que echasen de ver los relámpagos, más frecuentes por momentos, porque cada uno de ellos estaba dominado por un pensamiento que absorbía cualquier otro. Es indudable que Enrique Otway amaba a Carlota de B... y ¿cómo no amar a una

---

[52] *jaco:* caballo pequeño.

134

criatura tan bella y apasionada? Cualesquiera que fuesen las facultades del alma del inglés, la altura o bajeza de sus sentimientos, y el mayor o menor grado de su sensibilidad, no cabe duda en que su amor a la hija de don Carlos era una de las pasiones más fuertes que había experimentado en su vida. Pero esta pasión no siendo única era contrastada evidentemente por otra pasión rival y a veces victoriosa: la codicia.

Pensaba, pues, alejándose de su querida, en la felicidad de poseerla, y pesaba[53] esta dicha con la de ser más rico, casándose con una mujer menos bella acaso, menos tierna, pero cuya dote pudiera restablecer el crédito de su casa decaída, y satisfacer la codicia de su padre. Agitado e indeciso en esta elección se reconvenía a sí mismo de no ser bastante codicioso para sacrificar su amor a su interés, o bastante generoso para posponer su conveniencia a su amor.

Diversos pensamientos más sombríos, más terribles, eran sin duda los que ocupaban el alma del esclavo. ¿Pero quién se atrevería a querer penetrarlos? A la luz repercutida de los relámpagos veíanse sus ojos fijos, siempre fijos en su compañero, como si quisiera registrar con ellos los senos más recónditos de su corazón; y por un inconcebible prodigio pareció por fin haberlo conseguido pues desvió de repente su mirada, y una sonrisa amarga, desdeñosa, inexplicable, contrajo momentáneamente sus labios.

—¡Miserable! —murmuró con voz inteligible; pero esta exclamación fue sofocada por la detonación del rayo.

La tempestad estalla por fin súbitamente. Al soplo impetuoso de los vientos desencadenados el polvo de los campos se levanta en sofocantes torbellinos: el cielo se abre vomitando fuego por innumerables bocas: el relámpago describe mil ángulos encendidos: el rayo troncha los más corpulentos árboles y la atmósfera encendida semeja una vasta hoguera.

El joven inglés se vuelve con un movimiento de terror hacia su compañero.

—Es imposible continuar —le dice—, absolutamente imposible.

---

[53] En la edición príncipe, *pesada*. La errata es evidente.

—No lejos de aquí —responde tranquilamente el esclavo—, está la estancia de un conocido mío.

—Vamos a ella al momento —dijo Enrique que conocía la imposibilidad de tomar otro partido.

Pero apenas había pronunciado estas palabras una nube se rasgó sobre su cabeza: el árbol bajo el cual se hallaba cayó abrasado por el rayo, y su caballo lanzándose por entre los árboles, que el viento sacudía y desgajaba, rompió el freno con que el aturdido jinete se esforzaba en vano a contenerle. Chocando su cabeza contra las ramas y vigorosamente sacudido por el espantado animal, Enrique perdió la silla y fue a caer ensangrentado y sin sentido en lo más espeso del bosque.

Un gemido doliente y largo designó[54] al mulato el paraje en que había caído, y bajándose de su caballo se adelantó presuroso y con admirable tino, a pesar de la profunda oscuridad. Encontró al pobre Otway pálido, sin sentido, magullado el rostro y cubierto de sangre, y quedóse de pie delante de él, inmóvil y como petrificado. Sin embargo, sombrío y siniestro, como los fuegos de la tempestad, era el brillo que despedían en aquel momento sus pupilas de azabache, y sin el ruido de los vientos y de los truenos hubiéranse oído los latidos de su corazón.

—¡Aquí está! —exclamó por fin con horrible sonrisa—. ¡Aquí está! —repitió con acento sordo y profundo, que armonizaba de un modo horrendo con los bramidos del huracán—. ¡Sin sentido! ¡Moribundo!... Mañana llorarían a Enrique Otway muerto de una caída, víctima de su imprudencia... Nadie podría decir si esta cabeza había sido despedazada por el golpe o si una mano enemiga había terminado la obra. Nadie adivinaría si el decreto del cielo había sido auxiliado por la mano de un mortal... la oscuridad es profunda y estamos solos... ¡solos él y yo en medio de la noche y de la tempestad!... Helo aquí a mis pies, sin voz, sin conocimiento, a este hombre aborrecido. Una voluntad le reduciría a la nada, y

---

[54] Parece que la Avellaneda usaba este verbo en su acepción de *indicar, señalar*. Así lo anota Mary Cruz, edición de *Sab*, pág. 293.

esa voluntad es la mía... ¡la mía, pobre esclavo de quien él no sospecha que tenga una alma superior a la suya... capaz de amar, capaz de aborrecer... una alma que supiera ser grande y virtuosa y que ahora puede ser criminal! ¡He aquí tendido a ese hombre que no debe levantarse más!

Crujieron sus dientes y con brazo vigoroso levantó en el aire, como a una ligera paja, el cuerpo esbelto y delicado del joven inglés.

Pero una súbita e incomprensible mudanza se verifica en aquel momento en su alma, pues se queda inmóvil y sin respiración cual si lo subyugase el poder de algún misterioso conjuro. Sin duda un genio invisible, protector de Enrique, acababa de murmurar en sus oídos las últimas palabras de Carlota: «Sab, yo te recomiendo mi Enrique.»

—¡Su Enrique! —exclamó con triste y sardónica sonrisa—: ¡Él! ¡Este hombre sin corazón! ¡Y ella llorará su muerte! ¡Y él se llevará al sepulcro sus amores y sus ilusiones!... Porque muriendo él no conocerá nunca Carlota cuán indigno era de su amor entusiasta, de su amor de mujer y de virgen... muriendo vivirá por más tiempo en su memoria, porque le animará el alma de Carlota, aquella alma que el miserable no podrá comprender jamás. Pero ¿debo yo dejarle la vida? ¿Le permitiré que profane a ese ángel de inocencia y de amor? ¿Le arrancaré de los brazos de la muerte para ponerle en los suyos?

Un débil gemido que exhaló Otway hizo estremecer al esclavo. Dejó caer su cabeza que sostenía, retrocedió algunos pasos, cruzó los brazos sobre su pecho, agitado de una tempestad más horrible que la de la naturaleza; miró al cielo que semejaba un mar de fuego, miró a Otway en silencio y sacudió con violencia su cabeza empapada por la lluvia, rechinando unos contra otros sus dientes de marfil. Luego se acercó precipitadamente al herido y era evidente que terminaban sus vacilaciones y que había tomado una resolución decidida.

Al día siguiente hacía una mañana hermosa como lo es por lo regular en las Antillas la que sucede a una noche de tormenta. La atmósfera purificada, el cielo azul y espléndido, el sol vertiendo torrentes de luz sobre la naturaleza regocijada. Solamente algunos árboles desgajados atestiguaban todavía la reciente tempestad.

Carlota de B... veía comenzar aquel deseado día apoyada en la ventana de su dormitorio, la misma en que la hemos presentado por primera vez a nuestros lectores. El encarnado de sus ojos, y la palidez de sus mejillas, revelaban las agitaciones y el llanto de la noche, y sus miradas se tendían por el camino de la ciudad con una expresión de melancolía y fatiga.

Repentinamente en su fisonomía se pintó un espanto indescribible[55] y sus ojos, sin variar de dirección, tomaron una expresión más notable de zozobra y agonía. Lanzó un grito y hubiera caído en tierra si acudiendo Teresa no la recibiera en sus brazos. Pero como si fuese tocada de una conmoción eléctrica, Teresa, en el momento de llegar a la fatal ventana, quedó tan pálida y demudada como la misma Carlota. Sus rodillas se doblaron bajo el peso de su cuerpo, y un grito igual al que la había atraído a aquel sitio se exhaló de su oprimido pecho.

Pero nadie acude a socorrerlas: la alarma es general en la casa, y el señor de B... está demasiado aturdido para poder atender a su hija.

El objeto que causa tal consternación no es más que un caballo con silla inglesa, y las bridas despedazadas, que acaba de llegar conducido por su instinto al sitio de que partiera la noche anterior. ¡Es el caballo de Enrique! Carlota, vuelta en su acuerdo, prorrumpe en gritos desesperados. En vano Teresa la aprieta entre sus brazos con no usada ternura, conjurándola a que se tranquilice y esforzándose a darle esperanzas: en vano su excelente padre pone en movimiento a todos sus esclavos para que salgan en busca de Enrique. Carlota a nada atiende, nada oye, nada ve sino a aquel fatal caballo mensajero de la muerte de su amante. A él interroga con agudos gritos y en un rapto de desesperación precipítase fuera de la casa y corre desatinada hacia los campos, diciendo con enajenamiento de dolor:

—Yo misma, yo le buscaré..., yo quiero descubrir su cadáver y expirar sobre él.

---

[55] Correctamente, *indescriptible*.

Parte veloz como una flecha y al atravesar la taranquela se encuentra frente a frente con el mulato. Sus vestidos y sus cabellos aún están empapados por el agua de la noche, mientras que corren de su frente ardientes gotas de sudor que prueban la fatiga de una marcha precipitada.

Carlota al verle arroja un grito y tiene que apoyarse en la taranquela para no caer. Sin fuerzas para interrogarle, fija en él los ojos con indecible ansiedad, y el mulato la entiende pues saca de su cinturón un papel que le presenta. Igualmente tiemblan la mano que le da y la que le recibe... Carlota devora ya aquel escrito con sus ansiosas miradas, pero el exceso de su conmoción no le permite terminarlo, y alargándoselo a su padre, que con Teresa llegaba a aquel sitio, cae en tierra desmayada.

Mientras don Carlos la toma en sus brazos cubriéndola de besos y lágrimas, Teresa lee en alta voz la carta: Decía así:

«Amada Carlota: salgo para la ciudad en un carruaje que me envía mi padre, y estoy libre al presente de todo riesgo. Una caída del caballo me ha obligado a detenerme en la estancia de un labrador conocido de Sab, de la cual te escribo para tranquilizarte y prevenir el susto que podrá causarte el ver llegar mi caballo, si como Sab presume lo hace así. He debido a este joven los más activos cuidados. Él es quien andando cuatro leguas de ida y vuelta, en menos de dos horas, acaba de traerme el carruaje en el que pienso llegar con comodidad a Puerto Príncipe. Adiós, etc.»

Carlota, vuelta apenas en su conocimiento, hizo acercar al esclavo y, en un exabrupto de alegría y agradecimiento, ciñó su cuello con sus hermosos brazos.

—¡Amigo mío! ¡Mi ángel de consolación! —exclamaba—: ¡bendígate el cielo!... ya eres libre, yo lo quiero.

Sab se inclinó profundamente a los pies de la doncella y besó la delicada mano que se había colocado voluntariamente junto a sus labios. Pero la mano huyó al momento y Carlota sintió un ligero estremecimiento: porque los labios del esclavo habían caído en su mano como una ascua de fuego.

—Eres libre —repitió ella fijando en él su mirada sorprendida como si quisiera leer en su rostro la causa de una emoción que no podía atribuir al gozo de una libertad largo tiem-

139

po ofrecida y repetidas veces rehusada; pero Sab se había dominado y su mirada era triste y tranquila, y serio y melancólico su aspecto.

Interrogado por su amo refirió en pocas palabras los pormenores de la noche, y acabó asegurando a Carlota que no corría ningún peligro su amante y que la herida que recibiera en la cabeza era tan leve que no debía causar la menor inquietud. Quiso en seguida volver a marchar a la ciudad a desempeñar los encargos de su amo, pero éste considerándole fatigado le ordenó descansar aquel día y partir al siguiente con el fresco de la madrugada. El esclavo obedeció retirándose inmediatamente.

Las diversas y vivas emociones que Carlota había experimentado en pocas horas, agitáronla de tal modo que se sintió indispuesta y tuvo necesidad de recogerse en su estancia[56]. Teresa la hizo acostar y colocóse ella a la cabecera del lecho mientras el señor de B... fumando cigarros y columpiándose en su hamaca, pensaba en la extremada sensibilidad de su hija, tratando de tranquilizar su corazón paternal de la inquietud que esta sensibilidad tan viva le causaba, repitiéndose a sí mismo:

—Pronto será la esposa del hombre que ama: Enrique es bueno y cariñoso, y la hará feliz. Feliz como yo hice a su madre cuya hermosura y ternura ha heredado.

Mientras él discurría así sus cuatro hijas pequeñas jugaban alrededor de la hamaca. De rato en rato, llegábanse a columpiarle y don Carlos las besaba reteniéndolas en sus brazos.

—Hechizos de mi vida —las decía—, un sentimiento más vivo que el afecto filial domina ya el corazón de Carlota, pero vosotras nada conocéis todavía más dulce que las caricias paternales. Cuando un esposo reclame toda su ternura y sus cuidados, vosotras consagraréis los vuestros a hermosear los últimos días de vuestro anciano padre.

Carlota, reclinada su linda cabeza en el seno de Teresa, hablábale también de los objetos de su cariño: de su excelente padre, de Enrique a quien amaba más en aquel momento: porque ¿quién ignora cuánto más caro se hace el ob-

---

[56] Aquí se refiere al dormitorio.

jeto amado, cuando le recobramos después de haber temido perderle?

Teresa la escuchaba en silencio: disipados los temores había recobrado su glacial continente, y en los cuidados que prodigaba a su amiga había más bondad que ternura.

Rendida por último a tantas agitaciones como sufriera desde el día anterior, durmióse Carlota sobre el pecho de Teresa, cerca del mediodía y cuando el calor era más sensible. Teresa contempló largo rato aquella cabeza tan hermosa, y aquellos soberbios ojos dulcemente cerrados, cuyas largas pestañas sombreaban las más puras mejillas. Luego colocó suavemente sobre la almohada la cabeza de la bella dormida y brotó de sus párpados una lágrima largo tiempo comprimida.

—¡Cuán hermosa es! —murmuró entre dientes—. ¿Cómo pudiera dejar de ser amada?

Luego miróse en un espejo que estaba al frente y una sonrisa amarga osciló sobre sus labios.

Capítulo VI

> Y mirando enternecido
> al generoso animal
> le repite: — Mientras viva
> mi fiel amigo serás.
>
> *Romance anónimo*

Habiendo descansado una gran parte del día y toda la noche, despertóse Carlota al amanecer del siguiente, y observando que aún todos dormían echóse fuera del lecho queriendo salir a respirar en el campo el aire puro de la madrugada. Su indisposición, producida únicamente por la fatiga de una noche de insomnio, y las agitaciones que experimentara en las primeras horas del otro día, había desaparecido enteramente después de un sueño largo y tranquilo, y encontrábase contenta y dichosa cuando al despertar, a la primera lumbre del sol, se dijo a sí misma: «Enrique vive y está libre de todo riesgo: dentro de ocho días le veré junto a mí, apasionado y feliz: dentro de algunos meses estaré unida a él con lazos indisolubles.»

Vistióse ligeramente y salió sin hacer ruido para no despertar a Teresa. La madrugada era fresca y hermosa y el campo no había parecido nunca a Carlota tan pintoresco y florido.

Al salir de casa llevando en su pañuelo muchos granos de maíz rodeáronla innumerables aves domésticas. Las palomas berberiscas[57] sus favoritas, y las gallinas america-

---

[57] *palomas berberiscas:* especie de palomas procedentes de Berbería, región del norte de África. *Berberí* es voz africana que se aplicaba a los primeros negros que llegaron a Cuba.

nas[58], pequeñas y pintadas, llegaban a coger el maíz a su falda y posaban aleteando sobre sus hombros.

Más lejos el pavo real rizaba las cinéreas[59] y azules plumas de su cuello, presentando con orgullo a los primeros rayos del sol su tornasolada y magnífica cola; mientras el pacífico ganso se acercaba pausadamente a recibir su ración. La joven sentíase en aquel momento feliz como un niño que encuentra sus juguetes al levantarse del seno de su madre, saliendo de su sueño de inocencia.

El temor de una desgracia superior hace menos sensible a los pesares ligeros. Carlota después de haber creído perder a su amante sentía mucho menos su ausencia. Su alma fatigada de sentimientos vehementes reposaba con delicia sobre los objetos que la rodeaban, y aquel día naciente, tan puro, asemejábase a los ojos de la doncella a los días apacibles de su primera edad.

No había en Puerto Príncipe en la época de nuestra historia, grande afición a los jardines[60]: apenas se conocían: acaso por ser todo el país un vasto y magnífico vergel formado por la naturaleza y al que no osaba el arte competir. Sin embargo, Sab, que sabía cuánto amaba las flores su joven señora, había cultivado vecino a la casa de Bellavista un pequeño y gracioso jardín hacia el cual se dirigió la doncella, luego que dio de comer a sus aves favoritas.

No dominaba el gusto inglés ni el francés en aquel lindo jardinillo: Sab no había consultado sino sus caprichos al formarle.

Era un recinto de poca extensión defendido del ardiente viento del sur por triples hileras de altas cañas de hermoso

---

[58] *las gallinas americanas* son el resultado del cruzamiento de la gallina española y del gallo de pelea.

[59] *cinéreas.* Cenicientas, del color de la ceniza.

[60] Cirlot: «El jardín es el ámbito en que la naturaleza aparece sometida, ordenada, seleccionada, cercada. Por esto constituye un símbolo de la conciencia frente a la selva (inconsciente), como la isla ante el océano.» (*Diccionario de símbolos,* Barcelona, Labor, 1969, pág. 270). Al ser Sab quien lo ha formado es expresión de la personalidad del mulato, de ahí que no se atiene a unas pautas, sino que lo forma según su voluntad; es una muestra del anhelo de libertad del esclavo.

verde oscuro, conocidas en el país con el nombre de pitos[61], que batidas ligeramente por la brisa formaban un murmullo dulce y melancólico, como el de la ligera corriente del arroyo. Era el jardín un cuadro perfecto, y los otros tres frentes los formaban arcos de juncos cubiertos por vistosos festones de cambutera[62] y balsamina[63], cuyas flores carmíneas y doradas libaban zumbando los colibríes[64] brillantes como esmeraldas y topacios. Sab había reunido en aquel pequeño recinto todas las flores que más amaba Carlota. Allí lucía la astronomía[65], de pomposos ramilletes morados, la azucena y la rosa, la clavellina[66] y el jazmín, la modesta violeta y el orgulloso girasol enamorado del rey de los astros, la variable malvarrosa[67], la aleluya[68] con sus flores nacaradas, y la pasionaria[69] ofreciendo en su cáliz maravilloso las sagradas insignias de la pasión del Redentor. En medio del jardín había un pequeño estanque en el que Sab había reunido varios pececitos

---

[61] *pitos*. Planta que recibe el nombre de *caña brava* o *caña bambú* en Cuba.

[62] *cambutera*. Planta trepadora silvestre con flores rojas que tienen forma de estrella. Se cultiva en los jardines.

[63] *balsamina*. Planta cucurbitácea, trepadora, de flores parecidas al jazmín. También llamada cundeamor.

[64] El colibrí es un pájaro muy pequeño conocido únicamente en las tierras más cálidas de América. Su plumaje es hermosísimo por el matiz y brillo de sus colores. Liba las flores como la abeja haciendo oír un zumbido parecido al de los mosquitos, por lo cual en algunos países le llaman rezumbador, y en otros pica flores (N. A.).

[65] *astronomía*. Planta trepadora.

[66] La clavellina cubana, llamada también lirio en algunos pueblos de la isla, es una planta que no tiene analogía con la del clavel: su flor, que despide un aroma suavísimo, es blanca al nacer y después rosada (N. A.).

[67] La malvarrosa es blanca por la mañana y encarnada por la tarde (N. A.). En la edición príncipe, tanto en el texto como en la nota a pie de página: *malva-rosa*.

[68] *aleluya* o acederilla florece en primavera, llamada por este motivo también *aleluya* o *hierba de pascua*; crece en los linderos de los bosques.

[69] Esta flor extraordinaria la produce una planta parecida a la vid silvestre blanca. Antes de abrirse es de color de jacinto claro, y abierta descubre otras hojas más blancas formando un círculo que imita una corona. Del centro de la flor se eleva un tallo cilíndrico a manera de una columna que remata en una especie de cáliz del cual nacen tres clavos. Presenta además lo interior del cáliz la figura de un martillo, y por todos estos signos se la llama flor de pasión o pasionaria (N. A.).

144

de vistosos colores, rodeándole de un banco de verdura sombreado por las anchas hojas de los plátanos.

Carlota recorría el jardín llenando de flores su blanco pañuelo de batista[70]; de rato en rato interrumpía esta ocupación para perseguir las mariposas pintadas que revoloteaban sobre las flores. Luego sentábase fatigada a orillas del estanque, sus bellos ojos tomaban gradualmente una expresión pensativa, y distraídamente deshojaba las flores que con tanto placer había escogido, y las iba arrojando en el estanque.

Una vez sacóla de su distracción un leve rumor que le pareció producido por las pisadas de alguno que se acercaba. Creyó que despertando Teresa y advirtiendo su ausencia vendría buscándola[71], y la llamó repetidas veces. Nadie respondió y Carlota volvió a caer insensiblemente en su distracción. No fue larga sin embargo; la más linda y blanca de las mariposas que había visto hasta entonces, llegó atrevidamente a posarse en su falda, alejándose después con provocativo vuelo. Carlota sacudió la cabeza como para lanzar de ella un pensamiento importuno, siguió con la vista la mariposa y viola posar sobre un jazmín cuya blancura superaba. Entonces se levantó la joven y se precipitó sobre ella, pero el ligero insecto burló su diestro ataque, saliéndose por entre sus hermosos dedos: y alejándose veloz y parándose a trechos, provocó largo tiempo a su perseguidora, cuyos deseos burlaba en el momento de creerlos realizados. Sintiéndose fatigada redobla Carlota sus esfuerzos, acosa a su ligera enemiga, persíguela con tenacidad, y arrojando sobre ella su pañuelo logra por fin cogerla. Su rostro se embellece con la expresión del triunfo, y mira a la prisionera por una abertura del pañuelo con la alegría de un niño: pero inconstante como él cesa de repente de complacerse en la desgracia de su cautiva: abre el pañuelo y se regocija con verla volar libre, tanto como un minuto antes se gozara en aprisionarla.

Al verla tan joven, tan pueril, tan hermosa, no sospecha-

---

[70] *batista*. De *Baptiste* Cambray, nombre del primer fabricante de esta tela. Tejido de algodón estampado con el revés blanco. Lienzo fino muy delgado.

[71] Tal vez fuera más correcto: *vendría a buscarla*. Pero conservamos el texto de la edición príncipe.

rían los hombres irreflexivos que el corazón que palpitaba de placer en aquel pecho por la prisión y la libertad de una mariposa, fuese capaz de pasiones tan vehementes como profundas. ¡Ah!, ignoran ellos que conviene a las almas superiores descender de tiempo en tiempo de su elevada región: que necesitan pequeñeces aquellos espíritus inmensos a quienes no satisface todo lo más grande que el mundo y la vida pueden presentarles. Si se hacen frívolos y ligeros por intervalos, es porque sienten la necesidad de respetar sus grandes facultades y temen ser devorados por ellas.

Así el torrente tiende mansamente sus aguas sobre las hierbas del prado, y acaricia las flores que en su impetuosa creciente puede destruir y arrasar en un momento.

Carlota fue interrumpida en sus inocentes distracciones por el bullicio de los esclavos que iban a sus trabajos. Llamóles a todos, preguntándoles sus nombres uno por uno, e informándose con hechicera[72] bondad de su situación particular, oficio y estado. Encantados los negros respondían colmándola de bendiciones y celebrando la humanidad de don Carlos y el celo y benignidad de su mayoral Sab. Carlota se complacía escuchándoles, y repartió entre ellos todo el dinero que llevaba en sus bolsillos con expresiones de compasión y afecto. Los esclavos se alejaron bendiciéndola y ella les siguió algún tiempo con los ojos llenos de lágrimas.

—¡Pobres infelices! —exclamó—. Se juzgan afortunados, porque no se les prodigan palos e injurias, y comen tranquilamente el pan de la esclavitud. Se juzgan afortunados y son esclavos sus hijos antes de salir del vientre[73] de sus madres, y los ven vender luego como a bestias irracionales... ¡A sus hijos, carne y sangre suya! Cuando yo sea la esposa de Enrique —añadió después de un momento de silencio— ningún infeliz respirará a mi lado el aire emponzoñado de la esclavitud. Daremos libertad a todos nuestros negros. ¿Qué importa ser menos ricos? ¿Seremos por eso menos dichosos? Una

---

[72] *hechicera* : que por su hermosura, gracias o buenas prendas atrae y cautiva la voluntad y cariño de las gentes.

[73] La «ley del vientre» establecía que el hijo de esclava era propiedad del amo de ésta, desde su concepción.

choza con Enrique es bastante para mí, y para él no habrá riqueza preferible a mi gratitud y amor.

Al concluir estas palabras estremeciéronse los pitos, como si una mano robusta los hubiese sacudido y Carlota asustada salió del jardín y se encaminó precipitadamente hacia la casa.

Tocaba ya en el umbral de ella cuando oyó a su espalda una voz conocida que la daba los buenos días: volvióse y vio a Sab.

—Te suponía ya andando para la ciudad —le dijo ella.

—Me ha parecido —respondió el joven con alguna turbación— que debía aguardar a[74] que se levantase su merced para preguntarla si tenía algo que ordenarme.

—Yo te lo agradezco Sab, y voy ahora mismo a escribir a Enrique: vendré a darte mi carta dentro de un instante.

Entróse Carlota en la casa, en la que dormían profundamente su padre, sus hermanitas y Teresa, y Sab la vio ocultarse a su vista exclamando con hondo y melancólico acento:

—¡Por qué no puedes realizar tus sueños de inocencia y de entusiasmo, ángel del cielo!... ¿Por qué el que te puso sobre esta tierra de miseria y crimen no dio a ese hermoso extranjero el alma del mulato?

Inclinó su frente con profundo dolor y permaneció un rato abismado en triste meditación. Luego se dirigió a la cuadra en que estaban su jaco negro y el hermoso alazán de Enrique. Puso su mano sobre el lomo del primero mirándole con ojos enternecidos.

—Leal y pacífico animal —le dijo—, tú soportas con mansedumbre el peso de este cuerpo miserable. Ni las tempestades del cielo te asustan y te impulsan a sacudirle contra las peñas. Tú respetas tu inútil carga mientras ese hermoso animal sacude la suya, y arroja y pisotea al hombre feliz, cuya vida es querida, cuya muerte sería llorada. ¡Pobre jaco mío! Si fueses capaz de comprensión como lo eres de afecto, conocerías cuánto bien me hubieras hecho estrellándome contra las peñas al bramido de la tempestad. Mi muerte no costaría lágrimas... ningún vacío dejaría en la tierra el pobre mu-

---

[74] En la edición príncipe debe faltar una *a*, pues lo correcto es: *aguardar a que se levantase*.

lato, y correrías libre por los campos o llevarías una carga más noble.

El caballo levantaba la cabeza y le miraba como si quisiera comprenderle. Luego le lamía las manos y parecía decirle con aquellas caricias: «Te amo mucho para poder complacerte: de ninguna otra mano que la tuya recibo con gusto el sustento.»

Sab recibía sus caricias con visible conmoción y comenzó a enjaezarlo diciéndole con voz por instantes más triste:

—Tú eres el único ser en la tierra que quiera acariciar estas manos tostadas y ásperas: tú el único que no se avergüenza de amarme: lo mismo que yo naciste condenado a la servidumbre..., pero ¡ay! tu suerte es más dichosa que la mía, pobre animal; menos cruel contigo el destino no te ha dado[75] el funesto privilegio del pensamiento. Nada te grita en tu interior que merecías más noble suerte, y sufres la tuya con resignación.

La dulce voz de Carlota le arrancó de sus sombrías ideas. Recibió la carta que le presentó la doncella, despidióse de ella respetuosamente y partió en su jaco llevando del cabestro el alazán de Enrique.

Ya se había levantado toda la familia y Carlota se presentó para el desayuno. Nunca había estado tan hermosa y amable: su alegría puso de buen humor a todos, y la misma Teresa parecía menos fría y displicente que de costumbre. Así se pasó aquel día en agradables conversaciones y cortos paseos, y así transcurrieron otros que duró la ausencia de Enrique.

Carlota empleaba una gran parte de ellos gozando anticipadamente con el pensamiento la satisfacción de hacer una divertida viajata[76] con su amante. ¡Tal es el amor! Anhela un ilimitado porvenir pero no desprecia ni el momento más corto. Esperaba Carlota toda una vida de amor, y se embelesaba a la proximidad de algunos días, como si fuesen los únicos en que debiera gozar la presencia de su amante.

Presentía el placer de viajar por un país pintoresco y magnífico con el objeto de su elección, y a la verdad nada es más

---

[75] En la edición príncipe en vez de *dado* aparece la voz *sido,* errata obvia.
[76] *viajata.* Aquí caminata, paseo que se hace por diversión.

148

grato a un corazón que sabe amar que el viajar de este modo. La naturaleza se embellece con la presencia del objeto que se ama y éste se embellece con la naturaleza. Hay no sé qué mágica armonía entre la voz querida, el susurro de los árboles, la corriente de los arroyos y el murmullo de la brisa. En la agitación del viaje todo pasa por delante de nuestra vista como los paisajes de un panorama, pero el objeto amado está siempre allí, y en sus miradas y en su sonrisa volvemos a hallar las emociones deliciosas que produjeran en nuestro corazón los cuadros variados que van desapareciendo.

Aquel que quiera experimentar, en toda su plenitud, estas emociones indescriptibles, viaje por los campos de Cuba con la persona querida. Atraviese con ella sus montes gigantescos, sus inmensas sabanas, sus pintorescas praderías: suba en sus empinados cerros, cubiertos de rica e inmarchitable verdura: escuche en la soledad de sus bosques el ruido de sus arroyos y el canto de sus sinsontes[77]. Entonces sentirá aquella vida poderosa, inmensa, que no conocieron jamás los que habitan bajo el nebuloso cielo del norte: entonces habrá gozado en algunas horas toda una existencia de emociones... pero que no intente encontrarlas después en el cielo y en la tierra de otros países. No serán ya para él ni cielo ni tierra[78].

---

[77] *sinsontes.* Más correctamente *cenzontle,* pájaro americano de plumaje pardo y con las extremidades de las alas y de la cola, el pecho y el vientre blancos. Su canto es muy variado y melodioso.

[78] Evocación de carácter autobiográfico. La Avellaneda conocía bien estos parajes y debió de vivir momentos como los que ahora relata.

Capítulo VII

... Lo que quiero
son talegos y no trastos.

....

lo primero los doblones.

Cañizares

Ocho días después de aquel en que partió Enrique de Bellavista, a las diez de la mañana de un día caloroso se desayunaban amigablemente en un aposento bajo de una gran casa, situada en una de las mejores calles de Puerto Príncipe, Enrique Otway y su padre.

El joven tenía aún en el rostro varias manchas moradas de las contusiones que recibiera en la caída, y en la frente la señal reciente de una herida apenas cerrada. Sin embargo, en la negligencia y desaliño a que le obligaba el calor, su figura parecía más bella e interesante. Una camisa de trasparente batista velaba apenas su blanquísima espalda, y dejaba enteramente descubierta una garganta que parecía vaciada en un bello molde griego, en torno de la cual flotaban los bucles de su cabeza, rubios como el oro.

Frente por frente de tan graciosa figura veíase la grosera y repugnante del viejo buhonero; la cabeza calva sembrada a trechos hacia atrás por algunos mechones de cabellos rojos matizados de blanco, las mejillas de un encarnado subido, los ojos hundidos, la frente surcada de arrugas, los labios sutiles y apretados, la barba puntiaguda y envuelto su cuerpo alto y enjuto en una bata blanca y almidonada.

Mientras Enrique desocupaba con buen apetito un ancho pocillo[79] de chocolate, el viejo tenía fijos en él los cavernosos ojos, y con voz hueca y cascarrona[80] le decía:

—No me queda duda, Carlota de B... aun después de heredar a su padre, no poseerá más que una módica fortuna: y luego en fincas deterioradas, ¡perdidas!... ¡Bah! ¡Bah! estos malditos isleños saben mejor aparentar riquezas que adquirirlas o conservarlas. Pero en fin, no faltan en el país buenos caudales; y no, no te casarás con Carlota de B... mientras haya otras varias en que escoger, tan buenas y más ricas que ella. ¿Dudas tú que cualquiera de estas criollas, la más encopetada, se dará por muy contenta contigo? Ja, ja, de eso respondo yo. Gracias al cielo y a mi prudencia nuestro mal estado no es generalmente conocido, y en este país nuevo la llamada nobleza no conoce todavía las rancias preocupaciones de nuestra vieja aristocracia europea. Si don Carlos de B... hizo algunos melindres[81] ya ves que tuvo a bien tomar luego otra marcha. Yo te fío[82] que te casarás con quien se te antoje.

El viejo hizo una mueca que parodiaba una sonrisa y añadió en seguida frotándose las manos, y abriendo cuanto le era posible sus ojos brillantes con la avaricia.

—¡Oh! ¡Y si se realizase mi sueño de anoche!... Tú, Enrique, te burlas de los sueños, pero el mío es notable, verosímil, profético... ¡Soñar que era mía la gran lotería![83] ¡Cuarenta mil duros en oro y plata! ¿Sabes tú que es una fortuna? ¡Cuarenta mil duros a un comerciante decaído!... Es un bocado sin hueso[84], como dicen en el país. El correo de la Habana debía llegar anoche, pero ese maldito correo parece que

---

[79] *pocillo.* Vaso cilíndrico de loza para tomar sus bebidas la gente pobre.

[80] *cascarrona.* Procede de *cascar.* Adjetivo que significa bronca, áspera y desapacible.

[81] *melindres.* Delicadeza afectada y excesiva en palabras, acciones y ademanes.

[82] *yo te fío.* Aquí tiene el sentido de: *yo te aseguro.*

[83] En Cuba la lotería se creó en 1812. El 25 % de la venta de los billetes era para el Estado.

[84] *un bocado sin hueso.* Provecho sin desperdicio; también, de mucha utilidad y poco trabajo.

se retarda de intento, para prolongar la agonía de esta perspectiva.

Y en efecto pintábase en el semblante del viejo una extremada ansiedad.

—Si habéis de ver burlada vuestra esperanza —dijo el joven—, cuanto más tarde será mejor. Pero en fin, si sacabais el lote bastaría a restablecer nuestra casa y yo podría casarme con Carlota.

—¡Casarte con Carlota! —exclamó Jorge poniendo sobre la mesa un pocillo de chocolate que acercaba a sus labios, y que dejara sin probarle al oír la conclusión desagradable del discurso de su hijo—. ¡Casarte con Carlota cuando tuvieras cuarenta mil duros más! ¡Cuando fueras partido para la más rica del país! ¿Has podido pensarlo, insensato? ¿Qué hechizos te ha dado esa mujer para trastornar así tu juicio?

—¡Es tan bella! —repuso el joven, no sin alguna timidez—. ¡Es tan buena! ¡Su corazón tan tierno! ¡Su talento tan seductor!...

—¡Bah! ¡Bah! —interrumpió Jorge con impaciencia—, ¿y qué hace de todo eso un marido? Un comerciante, Enrique, ya te lo he dicho cien veces, se casa con una mujer lo mismo que se asocia con un compañero, por especulación, por conveniencia. La hermosura, el talento que un hombre de nuestra clase busca en la mujer con quien ha de casarse son la riqueza y la economía. ¡Qué linda adquisición ibas a hacer en tu bella melindrosa, arruinada y acostumbrada al lujo de la opulencia! El matrimonio, Enrique, es...

El viejo iba a continuar desenvolviendo sus teorías mercantiles sobre el matrimonio cuando fue interrumpido por un fuerte golpe dado con el aldabón de la puerta; y la voz conocida de uno de sus esclavos gritó por dos veces:

—El correo: están aquí las cartas del correo.

Jorge Otway se levantó, con tal ímpetu que vertió el chocolate sobre la mesa y echó a rodar la silla, corriendo a abrir la puerta y arrebatando con mano trémula las cartas que el negro le presentaba haciendo reverencias. Tres abrió sucesivamente y las arrojó con enfado diciendo entre dientes:

—Son de negocios.

Por último rompe un sobre y ve lo que busca: el diario de

152

la Habana que contiene la relación de los números premiados. Pero el exceso de su agitación no le permite leer aquellas líneas que deben realizar o destruir sus esperanzas, y alargando el papel a su hijo:

—Toma —le dice— léele tú: mis billetes son tres: número 1750, 3908 y 8004. Lee pronto, el premio mayor es el que quiero saber: los cuarenta mil duros: acaba.

—El premio mayor ha caído en Puerto Príncipe —exclamó el joven con alegría.

—¡En Puerto Príncipe! ¡Veamos!... ¡El número, Enrique, el número! —y el viejo apenas respiraba.

Pero la puerta, que había dejado abierta, da paso en el mismo momento a la figura de un mulato, harto conocido ya de nuestros lectores, y Sab que no sospecha lo intempestivo de su llegada, se adelanta con el sombrero en la mano.

—¡Maldición sobre ti! —grita furioso Jorge Otway—, ¿qué diablos quieres aquí, pícaro mulato, y cómo te atreves a entrar sin mi permiso? ¿Y ese imbécil negro que hace? ¿Dónde está que no te ha echado a palos?

Sab se detiene atónito a tan brusco recibimiento, fijando en el inglés los ojos mientras se cubría su frente de ligeras arrugas, y temblaban convulsivamente sus labios, como acontece con el frío que precede a una calentura. Diríase que estaba intimidado al aspecto colérico de Jorge si el encarnado que matizó en un momento el blanco amarillento de sus ojos, y el fuego que despedían sus pupilas de azabache, no diesen a su silencio el aire de la amenaza más bien que el del respeto.

Enrique vivamente sentido del grosero lenguaje empleado por su padre con un mozo al cual miraba con afecto desde la noche de su caída, procuró hacerle menos sensible con su amabilidad la desagradable acogida de Jorge, al cual manifestó que siendo aquella su habitación particular, y habiendo concedido a Sab el permiso de entrar en ella a cualquier hora, sin preceder aviso, no era culpable del atrevimiento que se le reprendía[85].

---

[85] En la edición príncipe, *reprehendía*, forma arcaica que se actualiza.

Pero el viejo no atendía a estas disculpas, porque habiendo arrancado de manos de Enrique el pliego deseado, lo devoraba con sus ojos; y Sab satisfecho al parecer con la benevolencia del joven y repuesto de la primera impresión que la brutalidad de Jorge le causara, abría ya los labios para manifestar el objeto de su visita, cuando un nuevo arrebato de éste fijó en él la atención de los dos jóvenes. Jorge acababa de despedazar entre sus manos el pliego impreso que leía, en un ímpetu de rabia y desesperación.

—¡Maldición! —repitió por dos veces—. ¡El 8014! ¡El 8014 y yo tengo el 8004!... ¡Por la diferencia de un guarismo! ¡Por sólo un guarismo!... ¡Maldición!... — Y se dejó caer con furor sobre una silla.

Enrique no pudo menos que participar del disgusto de su padre, pronunciando entre dientes las palabras fatalidad y mala suerte, y volviéndose a Sab le ordenó seguirle a un gabinete inmediato, deseando dejar a Jorge desahogar con libertad el mal humor que siempre produce una esperanza burlada.

Pero quedó admirado y resentido cuando al mirar al mulato vio brillar sus ojos con la expresión de una viva alegría, creyendo desde luego que Sab se gozaba en el disgusto de su padre. Echóle en consecuencia una mirada de reproche, que el mulato no notó, o fingió no notar, pues sin pretender justificarse dijo en el momento:

—Vengo a avisar a su merced, que me marcho dentro de una hora a Bellavista.

—¡Dentro de una hora! El calor es grande y la hora incómoda —dijo Enrique—, de otro modo iría contigo, pues tengo ofrecido a Carlota acompañarla en el paseo que piensa hacer tu amo por Cubitas.

—A buen paso —repuso Sab— dentro de dos horas estaríamos en el ingenio y esta tarde podríamos partir para Cubitas.

Enrique reflexionó un momento.

—Pues bien —dijo luego—, da orden a un esclavo de que disponga mi caballo y espérame en el patio: partiremos.

Sab se inclinó en señal de obediencia y salióse a ejecutar las órdenes de Enrique, mientras éste volvía al lado de su padre, al que encontró echado en un sofá con semblante de profundo desaliento.

—Padre mío —dijo el joven dando a su voz una inflexión afectuosa, que armonizaba perfectamente con su dulce fisonomía—, si lo permitís partiré ahora mismo para Guanaja. Anoche me dijisteis que debía llegar de un momento a otro a aquel puerto otro buque que os está consignado, y mi presencia allá puede ser necesaria. De paso iré a Cubitas y procuraré informarme de las tierras que don Carlos posee allí, de su valor y productos; en fin, a mi regreso podré daros una noticia exacta de todo. Así —añadió bajando la voz— podréis pesar con pleno conocimiento las ventajas, o desventajas, que resultarían a nuestra casa de mi unión con Carlota, si llega a verificarse.

Jorge guardó silencio como si consultase la respuesta consigo mismo y volviéndose luego a su hijo:

—Está bien —le dijo—, ve con Dios, pero no olvides que necesitamos oro, oro o plata más que tierras, ya sean rojas o negras, y que si Carlota de B... no te trae una dote de cuarenta o cincuenta mil duros, por lo menos, en dinero contante, tu unión con ella no puede realizarse.

Enrique saludó a su padre sin contestar y salió a reunirse con Sab, que le aguardaba.

El viejo al verle salir exhaló un triste suspiro y murmuró en voz baja:

—¡Insensata juventud! ¡Tan sereno está ese loco como si no hubiese visto deshacérsele entre las manos una esperanza de cuarenta mil duros!

Capítulo VIII

Cantó, y amorosa
venció su voz blanda
la voz de las aves
que anuncian el alba.

LISTA

Los dos viajeros atravesaron juntos por segunda vez aquellos campos: pero en lugar de una noche tempestuosa molestábales entonces el calor de un hermoso día. Enrique para distraerse del fastidio del camino, en hora tan molesta, dirigía a su compañero preguntas insidiosas sobre el estado actual de las posesiones de don Carlos, a las que respondía Sab con muestras de sencillez e ingenuidad. Sin embargo, a veces la fijaba miradas tan penetrantes, que el joven extranjero bajaba las suyas como temeroso de que leyese en ellas el motivo de sus preguntas.

—La fortuna de mi amo —díjole una vez— está bastante decaída y sin duda es una felicidad para él casar a su hija mayor con un sujeto rico, que no repare en la dote que puede llevar la señorita.

Sab no miraba a Otway al decir estas palabras y no pudo notar el encarnado que tiñó sus mejillas al oírlas; tardó un momento en responder y dijo al fin con voz mal segura:

—Carlota tiene una dote más rica y apreciable en sus gracias y virtudes.

Sab le miró entonces fijamente: parecía preguntarle con su mirada si él sabría apreciar aquella dote. Enrique no pudo

156

sostener su muda interpelación y desvió el rostro con algún enfado. El mulato murmuró entre dientes:

—¡No, no eres capaz de ello!

—¿Qué hablas, Sab? —preguntó Enrique, que si bien no había podido entender distintamente sus palabras, oyó el murmullo de su voz—. ¿Estás por ventura rezando?

—Pensaba, señor, que este sitio en que ahora nos hallamos es el mismo en que vi a su merced sin sentido, en medio de los horrores de la tempestad. Hacia la derecha está la cabaña a la que os conduje sobre mis espaldas.

—Sí, Sab, y no necesito ver estos sitios para acordarme que te debo la vida. Carlota te ha concedido ya la libertad, pero eso no basta y Enrique premiará con mayor generosidad el servicio que le has hecho.

—Ninguna recompensa merezco —respondió con voz alterada el mulato—, la señorita me había recomendado vuestra persona y era un deber mío obedecerla.

—Parece que amas mucho a Carlota —repuso Enrique parando su caballo para coger una naranja de un árbol que doblegaban sus frutos.

El mulato lanzó sobre él su mirada de águila, pero la expresión del rostro de su interlocutor le aseguró que ningún designio secreto de sondearle encerraban aquellas palabras. Entonces contestó con serenidad, mientras Enrique mondaba con una navaja la naranja que había cogido:

—¿Y quién que la conozca podrá no amarla? La señorita de B... es a los ojos de su humilde esclavo lo que debe ser a los de todo hombre que no sea un malvado: un objeto de veneración y de ternura.

Enrique arrojó la naranja con impaciencia y continuó andando sin mirar a Sab. Acaso la voz secreta de su conciencia le decía en aquel momento que trocando su corazón por el corazón de aquel ser degradado sería más digno del amor entusiasta de Carlota.

Al ruido que formaba el galope de los caballos la familia de B... conociendo que eran los de Enrique y Sab corrieron a recibirlos, y Carlota se precipitó palpitante de amor y de alegría en los brazos de su amante. El señor de B... y las niñas le prodigaban al mismo tiempo las más tiernas caricias, y

157

le introdujeron en la casa con demostraciones del más vivo placer.

Solamente dos personas quedaron en el patio: Teresa de pie, inmóvil en el umbral de la puerta que acababan de atravesar sin reparar en ella los dos amantes, y Sab, de pie también, y también inmóvil en frente de ella, junto a su jaco negro del cual acababa de bajarse. Ambos se miraron y ambos se estremecieron, porque como en un espejo había visto cada uno de ellos en la mirada del otro la dolorosa pasión que en aquel momento le dominaba. Sorprendidos mutuamente exclamaron al mismo tiempo:

—¡Sab!

—¡Teresa!

Se han entendido y huye cada uno de las miradas del otro. Sab se interna por los cañaverales, corriendo como el venado herido que huye del cazador llevando ya clavado el hierro en lo más sensible de sus entrañas. Teresa se encierra en su habitación.

Mientras tanto el júbilo reinaba en la casa y Carlota no había gozado jamás felicidad mayor que la que experimentaba al ver junto a sí a su amante, después de haber temido perderle. Miraba la cicatriz de su frente y vertía lágrimas de enternecimiento. Referíale todos sus temores, todas sus pasadas angustias para gozarse después en su dicha presente; y era tan viva y elocuente su ternura que Enrique, subyugado por ella, a pesar suyo, sentía palpitar su corazón con una emoción desconocida.

—¡Carlota! —la dijo una vez—, un amor como el tuyo es un bien tan alto que temo no merecerlo. Mi alma acaso no es bastante grande para encerrar el amor que te debo —y apretaba la mano de la joven sobre su corazón, que latía con un sentimiento tan vivo y tan puro que acaso aquel momento en que se decía indigno de su dicha, fue uno de los pocos de su vida en que supo merecerla.

Hay en los afectos de las almas ardientes y apasionadas como una fuerza magnética, que conmueve y domina todo cuanto se les acerca. Así una alma vulgar se siente a veces elevada sobre sí misma, a la altura de aquella con quien está en contacto, por decirlo así, y sólo cuando vuelve a caer, cuando se halla sola y en su propio lugar, puede conocer que era extraño el impulso que la movía y prestada la fuerza que la animaba.

El señor de B... llegó a interrumpir a los dos amantes.

—Creo —dijo sentándose junto a ellos— que no habréis olvidado nuestro proyectado paseo a Cubitas. ¿Cuándo queréis que partamos?

—Lo más pronto posible —dijo Otway.

—Esta misma tarde será —repuso don Carlos—, y voy a prevenir a Teresa y a Sab para que se disponga todo lo necesario a la partida, pues veo —añadió besando en la frente a su hija— que mi Carlota está demasiado preocupada para atender a ello.

Marchóse en seguida y las niñas, regocijadas con la proximidad de la viajata, le siguieron saltando.

—Estaré contigo dos o tres días en Cubitas —dijo Enrique a su amada—, me es forzoso marchar luego a Guanaja.

—Apenas gozo el placer de verte —respondió ella con dulcísima voz— cuando ya me anuncias otra nueva ausencia. Sin embargo, Enrique, soy tan feliz en este instante que no puedo quejarme.

—Pronto llegará el día —repuso él— en que nos uniremos para no separarnos más.

Y al decirlo preguntábase interiormente si llegaría en efecto aquel día, y si le sería imposible renunciar a la dicha de poseer a Carlota. Miróla y nunca le había parecido tan hermosa. Agitado, y descontento de sí mismo, levantóse y comenzó a pasearse por la sala, procurando disimular su turbación. No dejó, sin embargo, de notarla Carlota y preguntábale la causa con tímidas miradas. ¡Oh, si la hubiera penetrado en aquel momento!... Era preciso que muriese o que cesase de amarle.

Enrique evitaba encontrar los ojos de la doncella, y se había reclinado lejos de ella en el antepecho de una ventana. Carlota se sintió herida de aquella repentina mudanza, y su orgullo de mujer sugirióle en el instante aparentar indiferencia a una conducta tan extraña. Estaba junto a ella su guitarra, tomóla y ensayó cantar. La agitación hacía flaquear su voz, pero hízose por un momento superior a ella y sin elec-

ción, a la casualidad, cantó estas estrofas, que estaba muy lejos
de sospechar pudiesen ser aplicables a la situación de ambos:

Es Nice joven y amable
y su tierno corazón
un afecto inalterable
consagra al bello Damón.
Otro tiempo su ternura
pagaba ufano el pastor;
mas ¡ay! que nueva hermosura
le ofrece otro nuevo amor.
Y es Nice pobre zagala
y es Laura rica beldad
que si en amor no la iguala
la supera en calidad.
Satisface Laura de oro
de su amante la ambición:
Nice le da por tesoro
su sensible corazón.
Cede el zagal fascinado
de la riqueza al poder,
y ante Laura prosternado
le mira Nice caer.
Al verse sacrificada,
por el ingrato pastor
la doncella desgraciada
maldice al infausto amor.
No ve que dura venganza
toma del amante infiel,
y en su cáliz de esperanza
mezcla del dolor la hiel.
Tardío arrepentimiento
ya envenena su existir,
y cual señor opulento
comienza el tedio a sentir.
Entre pesares y enojos
vive rico y sin solaz:
huye el sueño de sus ojos
y pierde su alma la paz.

160

Recuerda su Nice amada
y suspira de dolor;
y en voz profunda y airada
así le dice el amor:
«Los agravios que me hacen
los hombres lloran un día,
y así sólo satisfacen,
Damón, la venganza mía:
Que yo doy mayor contento,
en pobre y humilde hogar,
que con tesoros sin cuento,
puedes ¡insano! gozar.»

Terminó la joven su canción, y aún pensaba escucharla Enrique. Carlota acababa de responder en alta voz a sus secretas dudas, a sus ocultos pensamientos. ¿Habíalos por ventura adivinado? ¿Era tal vez el cielo mismo quien le hablaba por la boca de aquella tierna hermosura?

Un impulso involuntario y poderoso le hizo caer a sus pies y ya abría los labios, acaso para jurarla que sería preferida a todos los tesoros de la tierra, cuando apareció nuevamente don Carlos: seguíale Sab mas se detuvo por respeto en el umbral de la puerta, mientras Enrique se levantaba confuso de las plantas de su querida, avergonzado ya del impulso desconocido de generosa ternura que por un momento le había subyugado. También las mejillas de Carlota se tiñeron de púrpura, pero traslucíase al través de su embarazo la secreta satisfacción de su alma; pues si bien Enrique no había hablado una sola palabra al arrojarse a sus pies, ella había leído en sus ojos, con la admirable perspicacia de su sexo, que nunca había sido tan amada como en aquel momento.

Don Carlos dirigió algunas chanzas a los dos amantes, mas notando que aumentaba su turbación apresuróse a variar de objeto.

—Aquí tenéis a Sab —les dijo—, señalad la hora de la partida pues él es el encargado de todas las disposiciones del viaje, y como práctico en estos caminos será nuestro guía.

El mulato se acercó entonces, y don Carlos sentándose entre Carlota y Enrique prosiguió dirigiéndose a éste:

—Hace diez años que no he estado en Cubitas y aun antes de esta época visité muy pocas veces las estancias que tengo allí. Estaban casi abandonadas, pero desde que Sab vino a Bellavista sus frecuentes visitas a Cubitas les han sido de mucha utilidad, según estoy informado; y creo que las hallaré en mejor estado que cuando las vi la última vez.

Sab manifestó que dichas estancias estaban todavía muy distantes del grado de mejora y utilidad a que podían llegar con más esmerado cultivo, y preguntó la hora de la partida.

Carlota señaló las cinco de la tarde, hora en que la brisa comienza a refrescar la atmósfera y hace menos sensible el calor de la estación, y Sab se retiró.

—Es un excelente mozo —dijo don Carlos— y su celo y actividad han sido muy útiles a esta finca. Su talento natural es despejadísimo y tiene para todo aquello a que se dedica admirables disposiciones: le quiero mucho y ya hace tiempo que fuera libre si lo hubiere deseado. Pero ahora es fuerza que lo sea y que anticipe yo mis resoluciones, pues así lo quiere mi Carlota. Ya he escrito con este objeto a mi apoderado en Puerto Príncipe y tú mismo, Enrique, a tu regreso te verás con él y entregarás con tus manos a nuestro buen Sab su carta de libertad.

Enrique hizo con la cabeza un movimiento de aprobación, y Carlota besando la mano de su padre exclamó con vehemencia:

—¡Sí, que sea libre!... Ha sido el compañero de mi infancia y mi primer amigo... Él[86] —añadió con mayor ternura— es el que te prodigó sus cuidados la noche de tu caída, Enrique, y quien como un ángel de consuelo vino a volver la paz a mi corazón sobresaltado.

Teresa entró en la sala en aquel momento: la comida se sirvió inmediatamente y ya no se trató más que de la partida.

---

[86] En la edición príncipe: *es, añadió con mayor ternura, es el que te prodigó...* Parece una errata ya que Carlota no está titubeando en sus palabras, única posibilidad de considerar que se repitiera el *es*.

Capítulo IX[87]

> ¿Do fue la raza candorosa y pura
> que las Antillas habitó? — La hiere
> del vencedor el hierro furibundo,
> tiembla, gime, perece,
> y como niebla al sol desaparece.

HEREDIA

Un viaje es en la infancia origen del más inquieto placer y de la más exaltada alegría. El movimiento y la variedad son necesidades imperiosas en aquella edad en la que libre todavía el alma de pasiones agitadoras, pero sintiendo el desarrollo de su actividad naciente sin un objeto en que emplearla, lánzala, por decirlo así, a lo exterior; buscando en la novedad y en el bullicio un desahogo a la febril vivacidad que le agita.

Las cuatro hermosas niñas, hermanas de Carlota, apenas apareció Sab con los carruajes y caballerías dispuestas para la partida, le rodearon haciéndole mil caricias con las que manifestaban su regocijo. El mulato correspondía a sus infantiles halagos con melancólica sonrisa.

Así, pensaba él, así saltaba a mi cuello Carlota hace diez años cuando me veía después de una corta ausencia. Así sus labios de rosa estampaban alguna vez en mi frente un beso fraternal, y su lindo rostro de alabastro se inclinaba sobre mi rostro moreno; como la blanca clavellina que se dobla sobre la parda peña del arroyo.

---

[87] En la edición príncipe: Capítulo VII, errata evidente.

Y abrazaba Sab a las niñas, y una lágrima, deslizándose lentamente por su mejilla, cayó sobre la cabeza de ángel de la más joven y más linda de las cuatro hermanas.

Carlota se presentó en aquel momento: un traje de montar a la inglesa daba cierta majestad a un airoso talle, y se escapaban del sombrerillo de castor que cubría su cabeza algunos rizos ligeros, que sombreaban su rostro, embellecido con la expresión de una apacible alegría. Subió al semblante de Sab un fuego que secó en su mejilla la huella reciente de su llanto, y presentó temblando a Carlota el hermoso caballo blanco dispuesto para ella.

Todos los viajeros se reunieron en torno de la linda criolla, y Sab les manifestó entonces su plan de marcha. Iba, dijo, a conducirlos a Cubitas no por el camino real sino por una senda poco conocida, que aunque algo más dilatada les ofrecería puntos de vistas más agradables. Aprobada por unanimidad la proposición sólo se trató de partir.

Había dos volantes[88] (nombre que se daba a la especie de carruajes más usados en Cuba en aquella época), y el señor de B... ocupó una de ellas con las dos niñas mayores, tomando la otra Teresa con las más pequeñas. Carlota, Enrique y Sab montaron a caballo. Así partió la caravana entre los alegres gritos de las niñas y el relincho de los caballos.

Sin reglas de equitación, las damas principeñas[89] son generalmente admirables jinetes; pero Carlota sobresalía entre todas por la gracia y nobleza de su aire cuando montaba. Galopaba aquella tarde junto a su amante con notable seguridad y elegancia, y la brisa naciente hinchando y batiendo alternativamente el blanco velo que pendía del sombrero en torno de su esbelto talle, presentábala como una de aquellas sílfidas[90] misteriosas, hijas del aire y soberanas de la tierra.

Eran hermosos los campos que atravesaban: Enrique se acercó al estribo del carruaje en que iba don Carlos y entabló conversación con éste respecto a la prodigiosa fertilidad de

---

[88] *volante.* Más común *volanta.*
[89] *principeñas.* De Puerto Príncipe.
[90] *sílfidas.* Sílfides, ninfas.

aquella tierra privilegiada, y el grado de utilidad que podía sacarse de ella. Sab seguía de cerca a Carlota y contemplaba alternativamente al campo y a la doncella, como si los comparase: había en efecto cierta armonía entre aquella naturaleza y aquella mujer, ambas tan jóvenes y tan hermosas.

En tanto costaba esfuerzos a Teresa contener a sus dos tiernas compañeras. Una campanilla[91], un pájaro que revolotease sobre ella, cualquier objeto excitaba sus infantiles deseos y querían bajar del carruaje para posesionarse de él.

La noche se acercaba mientras tanto, y sus pardas sombras robaban progresivamente a los viajeros los paisajes campestres que les rodeaban. La rica vegetación no ofrecía ya sus variadas tintas de verdura y las colinas lejanas presentábanse a la vista como grandes masas de sombras.

A medida que se aproximaban a Cubitas el aspecto de la naturaleza era más sombrío: bien pronto desapareció casi del todo la vigorosa y variada vegetación de la tierra prieta[92], y la roja no ofreció más que esparramados[93] yuraguanos[94], y algún ingrato jagüey[95] que parecían en la noche figuras caprichosas de un mundo fantástico. El cielo, empero, era más hermoso en estos lugares: tachonábase por grados de innumerables estrellas, y cual otro ejército de estrellas errantes po-

---

[91] *campanilla:* es una flor silvestre de la figura de una campana: la produce un bejuco muy común en aquellos campos (N. A.).

[92] *prieta:* aquí, color muy oscuro que apenas se distingue del negro.

[93] Forma vulgar del verbo *desparramar.*

[94] El *yuraguano* es un arbusto de la familia de los guanos con muchas hojas parecidas algún tanto a las de la palma: aquellos a que se hace referencia en esta historia, y que abundan en las inmediaciones de Cubitas, son más altos que los yuraguanos comunes. No crece este arbusto recto y airoso como la palma, antes por el contrario su tronco se tuerce por lo regular, y a veces se tiende casi horizontalmente (N. A.).

[95] El *jagüey* al principio no es más que un bejuco que se enreda a un árbol. Crece prodigiosamente; cubre y oprime con sus ramas el tronco que le ha sostenido y acaba por secarle. Entonces conviértese él en árbol corpulento; y la multitud de sus ramas que tiende de una manera caprichosa, sus raíces gruesas y visibles sobre la superficie de la tierra y las desigualdades de su tronco le dan un aspecto particular (N. A.).
Mary Cruz afirma que en Cuba es el símbolo de la perfidia (edición de *Sab*, pág. 296).

blábase el aire de fúlgidos cocuyos, admirables luciérnagas de los climas tropicales[96].

Carlota detuvo de repente su caballo e hizo observar al mulato una luz vacilante y pálida que oscilaba a lo lejos en lo más alto de una empinada loma.

—¿Está allí Cubitas? —preguntó—. ¿Será esa luz, que a distancia parece tan pequeña, algún fanal que se coloque en esa altura para que sirva de dirección a los viajeros?

Antes que Sab hubiese podido contestar, el señor de B... cuyo carruaje emparejaba ya con el caballo de Carlota, dejó oír una estrepitosa carcajada, mas Enrique, que no había andado nunca de noche aquel camino, participaba de la admiración y curiosidad de su amada y preguntó como ella el origen de aquella luz singular. Pero la luz desapareció en el mismo instante y la vista no pudo ya distinguir sino la gran masa de aquella eminencia, que como un gigante del aire proyectaba su enorme sombra en el lejano horizonte.

—Parece —dijo riendo don Carlos— que os deja mohínos la ausencia de la linda lucecita, pero esperad... voy a evocar al genio de estos campos y volverá a lucir el misterioso fanal.

Apenas había concluido estas palabras la luz apareció con un resplandor más vivo, y Enrique y las dos señoritas manifestaron una sorpresa igual a la de las niñas. El señor de B... testigo ya muchas veces de este fenómeno[97] se divertía con la admiración de sus jóvenes compañeros.

---

[96] Los *cocuyos* son en clase de luciérnagas las más raras y vistosas, como también las más grandes. Su alimento es el jugo de la caña de azúcar y por eso abundan en los cañaverales. Tienen cuatro alas, dos depósitos de luz en el cuerpo y dos en la cabeza (N. A.).

Los indios se servían de su luz colocándolos en jícaras o cocuyeras que consistían en güiros secos y agujereados para facilitar la entrada del aire y la salida de la luz.

[97] Los cubiteros han forjado en otros tiempos extraños cuentos relativos a una luz que decían aparecer todas las noches en aquel paraje, y que era visible para todos los que transitaban por el camino de la ciudad de Puerto Príncipe y Cubitas. Desde que dicha aldea fue más visitada y adquirió cierta importancia en el país, no ha vuelto a hablarse de este fenómeno cuyas causas jamás han sido satisfactoriamente explicadas. Un sujeto de talento, en un artículo que ha publicado recientemente en un periódico con el título de «Adi-

—Los naturalistas —les dijo— os darían del fenómeno que estáis mirando una explicación menos divertida que la que os puede dar Sab, que frecuenta este camino y trata a todos los cubiteros. Él sin duda les habrá oído relaciones muy curiosas respecto a la luz que tanto os ha llamado la atención.

Las niñas gritaron de alegría regocijadas con la esperanza de oír un cuento maravilloso, y Enrique y Carlota colocaron sus caballos a los dos lados del de Sab para oírle mejor. El mulato volvió la cabeza hacia el carruaje de su amo y le dijo:

—Su merced no habrá olvidado a la vieja Martina, madre de uno de sus mayorales de Cubitas, que murió dejándola el legado de su mujer y tres hijos en extrema pobreza. La generosa compasión de su merced la socorrió entonces por mi mano, hace cuatro años, pues habiéndole informado de la miserable situación en que se encontraba esta pobre familia me dio una bolsa llena de plata con la que fue socorrida.

—Me acuerdo de la vieja Martina —respondió el caballero—, su difunto hijo era un excelente sujeto, ella si mal no me acuerdo tiene sus puntos de loca: ¿no pretende ser descendiente de la raza india y aparenta un aire ridículamente majestuoso?

—Sí, señor —repuso Sab—, y ha logrado inspirar cierta consideración a los estancieros[98] de Cubitas, ya porque la crean realmente descendiente de aquella raza desventurada, casi extinguida en esta Isla, ya porque su grande experiencia, sus conocimientos en medicina de los que sacan tanta utilidad, y el placer que gozan oyéndola referir sus sempiternos cuentos de vampiros y aparecidos la den entre estas gentes una importancia real. A esa vieja pues, a Martina es a quien

---

ción a los apuntes para la historia de Puerto Príncipe» hablando sobre este objeto dice que eran fuegos fatuos, que la ignorancia calificó de aparición sobrenatural. Añade el mismo que las quemazones que se hacen todos los años en los campos pueden haber consumido las materias que producían el fenómeno.

Sin pararnos a examinar si es o no fundada esta conjetura, y dejando a nuestros lectores la libertad de formar juicios más exactos, adoptamos por ahora la opinión de los cubiteros, y explicaremos el fenómeno, en la continuación de la historia, tal cual nos ha sido referido y explicado más de una vez (N. A.).

[98] El dueño de una estancia, casa de campo, o el que cuida de ella.

he oído, repetidas veces, referir misteriosamente e interrumpiéndose por momentos con exclamación de dolor y pronósticos siniestros de venganza divina, la muerte horrible y bárbara que, según ella, dieron los españoles al cacique Camagüey[99], señor de esta provincia; y del cual pretende descender nuestra pobre Martina. Camagüey tratado indignamente por los advenedizos, a quienes acogiera con generosa y franca hospitalidad, fue arrojado de la cumbre de esa gran loma y su cuerpo despedazado quedó insepulto sobre la tierra regada con su sangre. Desde entonces esta tierra tornóse roja en muchas leguas a la redonda, y el alma del desventurado cacique viene todas las noches a la loma fatal, en forma de luz, a anunciar a los descendientes de sus bárbaros asesinos la venganza del cielo que tarde o temprano caerá sobre ellos. Arrebatada Martina en ciertos momentos por este furor de venganza, delira de un modo espantoso y osa pronunciar terribles vaticinios.

—¿Y cuáles son? —preguntó don Carlos con cierta curiosidad inquieta, que mostraba haber sospechado ya lo que preguntaba.

Sab se turbó algún tanto pero dijo al fin con voz baja y trémula:

—En sus momentos de exaltación, señor, he oído gritar a la vieja india: «La tierra que fue regada con sangre una vez lo será aún otra: los descendientes de los opresores serán oprimidos, y los hombres negros serán los terribles vengadores de los hombres cobrizos.»

—Basta, Sab, basta —interrumpió don Carlos con cierto disgusto; porque siempre alarmados los cubanos, después del espantoso y reciente ejemplo de una isla vecina[100], no oían sin terror en la boca de un hombre del desgraciado color cualquiera palabra que manifestase el sentimiento de sus

---

[99] *Camagüey.* El legendario cacique puede ser el Camagüebax que regía el cacicazgo de Camagüey, figura entre la ficción y la realidad.

[100] Alude a los hechos ocurridos en Haití a principios de siglo. Los independentistas lograron la victoria sobre los colonialistas franceses. La isla quedó dividia en dos mitades y no se unificó hasta 1820, luego en 1822 se incorporó a sus estados la parte española de la isla. La percepción de los blancos cubanos de aquellos hechos debió ser la apuntada por Tula.

168

degradados derechos y la posibilidad de reconquistarlos. Pero Carlota que había atendido menos a los pronósticos de la vieja que a la relación lamentable de la muerte del cacique volvió hacia Enrique sus bellos ojos llenos de lágrimas.

—Jamás he podido —dijo— leer tranquilamente la historia sangrienta de la conquista de América. ¡Dios mío, cuántos horrores! Paréceme, empero, increíble que puedan los hombres llegar a tales extremos de barbarie. Sin duda se exagera, porque la naturaleza humana no puede, es imposible, ser tan monstruosa.

El mulato la miraba con indescribible[101] expresión; Enrique se burló de sus lágrimas.

—Eres una niña, querida mía —la dijo—, ¿lloras ahora, por la relación de una vieja loca, la muerte de un ser que acaso no existió nunca sino en la imaginación de Martina?

—No, Enrique —respondió con tristeza la doncella—, no lloro por Camagüey ni sé si existió realmente, lloro sí al recordar una raza desventurada que habitó la tierra que habitamos, que vio por primera vez el mismo sol que alumbró nuestra cuna, y que ha desaparecido de esta tierra de la que fue pacífica poseedora. Aquí vivían felices e inocentes aquellos hijos de la naturaleza: este suelo virgen no necesitaba ser regado con el sudor de los esclavos para producirles: ofrecíales por todas partes sombras y frutos, aguas y flores, y sus entrañas no habían sido despedazadas para arrancarle con mano avara sus escondidos tesoros[102]. ¡Oh, Enrique! Lloro no haber nacido entonces y que tú, indio como yo, me hicieses una cabaña de palmas en donde gozásemos una vida de amor, de inocencia y de libertad.

Enrique se sonrió del entusiasmo de su querida haciéndola una caricia: el mulato apartó de ella sus ojos preñados de lágrimas.

«¡Ah, sí! —pensó él—; no serías menos hermosa si tuvieras la tez negra o cobriza. ¿Por qué no lo ha querido el cielo, Carlota? Tú, que comprendes la vida y la felicidad de los sal-

---

[101] *indescribible.* Véase nota 55.

[102] Alude a la explotación minera. Primero fueron utilizados los aborígenes de la isla, luego los esclavos negros.

vajes, ¿por qué no naciste conmigo en los abrasados desiertos del África o en un confín desconocido de la América?»

El señor de B... le arrancó de estos pensamientos dirigiéndole algunas preguntas respecto a Martina.

—¿Vive todavía? —le dijo.

—Sí, señor, vive a pesar de haber experimentado en estos últimos años dolorosos infortunios.

—¿Qué le ha sucedido, pues? —replicó con interés el caballero.

—Su nuera murió hace tres años, y diez meses después dos de sus nietecillos. Un incendio consumió su casa, hace un año, y la dejó reducida a mayor miseria que aquélla de que la sacara la bondad de su merced. Hoy día vive en una pequeña choza, cerca de las cuevas, con el único nieto que le queda, que es un niño de seis años al cual ama tanto más cuanto que el pobre chico está enfermo, y no promete una larga vida.

—La veremos —dijo don Carlos— y la dejaremos instalada en una de mis estancias. ¡Pobre mujer! aunque extravagante es muy buena.

—¡Ah! ¡Sí... muy buena! —exclamó con emoción el mulato, y animando con un grito a su caballo se adelantó a prevenir la llegada de sus amos al mayoral de la estancia donde iban a desmontar.

Eran las nueve de la noche cuando los viajeros entraron en Cubitas. La casa elegida para su domicilio, si bien de mezquina apariencia, era grande en lo interior y el mayoral y su mujer procuraron a los recién llegados todas las comodidades posibles. La cena que se les sirvió fue parca y frugal, pero la alegría y el apetito la hicieron parecer deliciosa. Nunca don Carlos había estado tan jovial, ni Carlota tan risueña ni amable. La misma Teresa parecía menos displicente que de costumbre, y Enrique estaba encantado.

Cuando llegó la hora de recogerse a descansar:

—Amigo mío —le dijo Carlota, deteniéndose en el umbral del cuartito señalado para su dormitorio, y al cual él la conducía por la mano—, ¡cuán fácilmente pueden ser dichosos dos amantes tiernos y apasionados! En esta pobre aldea, en esta miserable casa, con una hamaca por lecho y un plan-

170

tío de yucas[103] por riqueza, yo sería dichosa contigo, y nada vería digno de mi ambición en lo restante del universo. Y tú ¿pudieras tampoco desear más?

Enrique por única contestación besó con ardor su hermosa mano, y ella atravesó el umbral sonriéndole con ternura. Dióle las buenas noches y cerró lentamente la puerta, que tornó a abrir para repetirle:

—Buenas noches —con una mirada inefable.

Por fin la puerta se cerró enteramente y Enrique inmóvil y pensativo quedó un momento como si aguardase que volviese a abrirse aún otra vez. Luego sacudió la cabeza y murmuró en voz baja:

—¡No hay remedio! Esta mujer será capaz de volverme loco y hacerme creer que no son necesarias las riquezas para ser feliz.

—Señor, aguardo a su mereced para conducirle a su dormitorio —dijo una voz conocida, a la espalda de Enrique. Volvióse éste y vio a Sab.

—¿Cuál es, pues, mi cuarto? —preguntó con cierta turbación.

—Ese de la izquierda.

Enrique se entró en él precipitadamente y Sab le siguió hasta la puerta, a la cual se detuvo dándole las buenas noches.

Una hora después todos dormían en la casa: sólo se veía un bulto inmóvil junto a la puerta de la habitación de la señorita de B... pero al menor ruido que en el silencio de la noche se percibía en la casa, aquel bulto se movía, se elevaba y salía de él una respiración agitada y fuerte: entonces podía conocerse que aquel bulto era un hombre.

Una vez, hacia la madrugada, oyóse un ligero rumor acompasado, que parecía producido por las pisadas cautelosas de alguno que se acercaba. El bulto se estremeció profundamente y brilló en la oscuridad la hoja de un ancho machete. Los pasos parecían cada vez más próximos. El bulto habló en voz baja, pero terrible:

---

[103] *yucas.* Planta de América tropical de tallo arborescente coronado por un penacho de hojas largas, con flores blancas.

—¡Miserable! No lograrás tus inicuos deseos.

Un prolongado ladrido respondió a esta amenaza. Los pasos que se habían oído eran los de un perro de la casa.

El machete cesó de brillar y el bulto volvió a quedar inmóvil en su sitio: solamente el perro repitió por dos veces su ladrido, pero como acercándose más hubo de conocer olfateando a aquel cuya voz le había alarmado, calló también luego y todo quedó sumergido en profundo silencio.

Capítulo X

... La mezcla de extravagancia y de entusiasmo que reinaba en sus discursos rara vez dejaba de producir la más viva impresión en aquellos que la escuchaban. Sus palabras con frecuencia entrecortadas eran, empero, demasiado claras e inteligibles para que pudiese sospechársele en un verdadero estado de locura.

WALTER SCOTT. *Guy Mannering*

Las cuevas de Cubitas[104] son ciertamente una obra admirable de la naturaleza, que muchos viajeros han visitado con curiosidad e interés y que los naturales del país admiran con una especie de fanatismo. Tres son las principales, conocidas con los nombres de Cueva grande o de los negros cimarrones[105], María Teresa, y Cayetano. La primera está bajo la gran loma de Toabaquei[106] y consta de varias salas, cada una de las cuales se distingue con su denominación particular, y comunicadas todas entre sí por pasadizos estrechos y escabrosos. Son notables entre estas salas la de La Bóveda por su capacidad y la del Horno cuya entrada es una tronera a flor de tierra por la que no se puede pasar sino muy trabajosamente y

---

[104] *Cubitas*. Se encuentran en la sierra del mismo nombre, en la parte norte de la actual provincia de Camagüey. Véase nota 45.

[105] *cimarrones*. Americanismo: esclavos que se han escapado. También como sinónimo de *salvaje:* persona o animal que huye al campo y se hace montaraz.

[106] Mejor, Tuabaquey.

casi arrastrándose contra el suelo. Sin embargo, es de las más notables salas de aquel vasto subterráneo y las incomodidades que se experimentan, al penetrar en ella, son ventajosamente compensadas con el placer de admirar las bellezas que contiene. Deslúmbrase el viajero que al levantar los ojos, en aquel reducido y tenebroso recinto, ve brillar sobre su cabeza un rico dosel de plata sembrado de zafiros y brillantes, que tal parece en la oscuridad de la gruta el techo singular que la cubre. Empero, pocos minutos puede gozarse impunemente de aquel bello capricho de la naturaleza, pues la falta de aire obliga a los visitadores de la gruta a arrojarse fuera, temiendo ser sofocados por el calor excesivo que hay en ella. El alabastro no supera en blancura y belleza a las piedras admirables de que aquellas grutas, por decirlo así, se hallan entapizadas. El agua, filtrando por innumerables e imperceptibles grietas, ha formado bellísimas figuras al petrificarse. Aquí una larga hilera de columnas parecen decorar el peristilo de algún palacio subterráneo; allá una hermosa cabeza atrae y fija las miradas: en otra parte se ven infinitas petrificaciones sin formas determinadas, que presentan masas de deslumbrante blancura y figuras raras y caprichosas.

Los naturales hacen notar en la cueva llamada de María Teresa pinturas bizarras designadas[107] en las paredes con tintas de vivísimos e imborrables colores, que aseguran ser obra de los indios, y mil tradiciones maravillosas prestan cierto encanto a aquellos subterráneos desconocidos; que realizando las fabulosas descripciones de los poetas recuerdan los misteriosos placeres de las hadas.

Nadie ha osado todavía penetrar más allá de la undécima sala. Se dice, empero, vulgarmente que un río de sangre demarca su término visible, y que los abismos que le siguen son las enormes bocas del infierno. La ardiente imaginación de aquel pueblo ha adoptado con tal convicción esta extravagante opinión que, por cuanto hay en el mundo, no se atreverían a penetrar más allá de los límites a que se han concre-

---

[107] *designadas.* No parece un vocablo muy apropiado, pues significa *señalar, destinar, indicar.* Mary Cruz propone *diseñadas* (edición de *Sab,* pág. 297)

tado hasta el presente los visitadores de las cuevas, y lo estrecha y peligrosa que se va haciendo la senda subterránea, a medida que se interna, parece justificar sus temores.

Don Carlos de B... y su familia, llevando a Sab por *cicerone*, emprendieron, al día siguiente a su llegada a Cubitas, la visita de estas grutas. En la bajada, que es peligrosa, Carlota tuvo miedo, y el mulato, más diestro y vigoroso que Otway, fue esta vez también más dichoso, pues bajó casi en sus brazos a la doncella.

Teresa apenas necesitó ayuda: ágil y valiente descendió sin palidecer un momento, y con aquella fría serenidad que formaba su carácter. Sab bajó luego una a una con el mayor esmero a las niñas, y ayudó al señor de B... siendo Enrique el último que verificó aquel descenso, con más animosidad que destreza. A pesar del auxilio de una gruesa cuerda, y de la robusta mano de un negro, fallóle un pie en la mitad del declive y hubiera indudablemente caído, arrastrando consigo al esclavo, si Sab, que bajaba detrás de él, conduciendo una gran tea de madera resinosa, que en el país llaman coaba[108], no le hubiese socorrido con tanta oportunidad como osadía.

—Sab —díjole el inglés cuando todos juntos empezaban a recorrer las salas subterráneas— te soy segunda vez deudor de la vida y casi me persuado que eres en la tierra mi ángel protector.

Sab no respondió nada pero sus ojos se fijaron en Carlota, cuyas miradas le expresaban con mayor elocuencia cuánto sabía agradecer aquel nuevo servicio prestado a su amante.

Sab que buscaba aquella gratitud no pudo, sin embargo, soportarla; apartó la vista de ella, suspiró profundamente y se dirigió hacia su amo, al cual entretuvo con la relación de algunas tradiciones populares, relativas a los sitios que recorrían.

Las paredes estaban llenas con los nombres de los visitadores de las grutas, pero la compañía no pudo dejar de manifes-

---

[108] *Coaba* o *cuaba*, forma más común, es voz de origen cubano; se refiere a un árbol silvestre que alcanza unos cinco metros de altura. Su madera se utiliza para antorchas.

tar la mayor sorpresa al ver el nombre de Carlota entre ellos, no habiendo ésta visitado hasta entonces aquellos sitios[109]. En fin, después de emplear una gran parte del día en recorrer diferentes salas, las señoritas fatigadas mostraron deseos de descansar, y ya declinaba la tarde cuando a instancias suyas salieron de las grutas.

Sab les tenía dispuesta la comida, de antemano, en la choza de Martina, de la que ya nuestros lectores han oído hablar en el capítulo precedente, y toda la compañía se preparó con placer a ver a la vieja india.

Distaba poco de las cuevas la habitación[110] de ésta, y los viajeros se vieron en el umbral de su humilde morada a los seis minutos de marcha.

Prevenida la vieja por Sab salió a recibir a sus huéspedes con cierto aire ridículamente majestuoso y que podía llamarse una parodia de hospitalidad. Rayaba Martina en los sesenta años, que se echaban de ver en las arrugas que surcaban en todas direcciones su rostro enjuto y su cuello largo y nervioso, pero que no habían impreso su sello en los cabellos, que si bien no cubrían sino la parte posterior del cráneo, dejando descubierta la frente que se prolongaba hasta la mitad de la cabeza, eran no obstante de un negro perfecto. Colgaba este mechón de pelo sobre la espalda descarnada de Martina, y la parte calva de su cabeza contrastaba de una manera singular, por su lustre y blancura, con el color casi cetrino[111] de su rostro. Este color, empero, era todo lo que podía alegar a favor de sus pretensiones de india, pues ninguno de los rasgos de su fisonomía parecía corresponder a su pretendido origen.

Sus ojos eran extremadamente grandes y algo saltones, de un blanco vidriado sobre el cual resaltaban sus pequeñas pupilas de azabache: la nariz larga y delgada parecía haber sido aprensada, y la boca era tan pequeña y hundida que apenas se la veía, enterrada, por decirlo así, entre la prominencia de

---

[109] Se sugiere que Sab ha sido quien ha escrito su nombre, con todo lo que ello conlleva.

[110] Aquí, lugar en el que se vive, vivienda.

[111] Aplícase al color amarillo verdoso, aunque comúnmente se considera un color negro.

la nariz y la de la barba; que se avanzaba hacia afuera hasta casi nivelarse a ella.

La estatura de esta mujer era colosal en su sexo y a pesar de sus años y enflaquecimiento manteníase derecha y erguida, como una palma, presentando con una especie de orgullo el semblante superlativamente feo que hemos procurado describir.

Al encontrarse con don Carlos inclinó ligeramente la cabeza diciendo con parsimonia:

—Bien venido sea, tres veces bien venido el señor de B... a esta su casa.

—Buena Martina —respondió el caballero entrando sin cumplimiento en una pequeña sala cuadrada, y sentándose en una silla (si tal nombre merecía un pedazo de madera mal labrado)—, tengo el mayor gusto en volver a ver una tan antigua conocida como sois vos, pero me pesa hallaros en tan extremada pobreza. Sin embargo, Martina, los años no pasan por vos, lo mismo estáis que cuando os vi hace diez años. No diréis otro tanto de mí: leo en vuestros ojos que me halláis muy viejo.

—Es verdad, señor —repuso ella—, que estáis muy diferente de como os vi la última vez. Es natural —añadió con cierto aire melancólico—, porque aún no habéis llegado a ser lo que yo soy y los años hallan todavía algo que quitaros. El árbol viejo del monte, cuando ya seco y sin jugo sólo alimenta curujeyes[112], ve pasar años tras años sin que ellos le traigan mudanza. Él resiste a los huracanes y a las lluvias, a los rigores del sol y a la aridez de la seca: mientras que el árbol todavía verde sufre los ataques del tiempo y pierde poco a poco sus flores, sus hojas y sus ramas. Pero he aquí —añadió echando una ojeada sobre Enrique y las dos señoritas y luego en las cuatro niñas que la rodeaban—, he aquí tres hermosos árboles en todo el vigor de su juventud, con todos los verdores de la primavera, y cuatro tiernos arbolitos que van creciendo llenos de lozanía. ¿Son todos hijos vuestros? Pensaba que no teníais tantos.

---

[112] El *curujey* es una especie de planta parásita que nace en el tronco de los árboles viejos (N. A.).

177

Don Carlos tomó de la mano a Enrique.

—No es mi hijo este mancebo —la dijo—, pero lo será en breve. Os presento en él, querida Martina, al esposo de mi Carlota.

—¡Al esposo de vuestra Carlota! —repitió la vieja con tono de sorpresa e inquietud y echando en torno suyo una mirada cuidadosa, que pareció detenerse en el mulato que se mantenía respetuosamente detrás de sus amos. Luego volviéndose hacia las dos señoritas examinólas alternativamente.

—Una de ellas es mi hija y otra mi pupila —dijo don Carlos notando aquel examen—, vamos a ver si adivináis cuál es Carlota. No he olvidado, Martina, que os preciáis de fisonomista.

La vieja miró fijamente a Teresa, cuyos ojos distraídos recorrían el reducido recinto de la pequeña sala en que se hallaba, y luego desviando lentamente su mirada la detuvo en Carlota, que se sonreía encendida como la grana. Los ojos de la india (pues no pretendemos disputarla este nombre) se encontraron con los de la linda criolla.

—Esta es —exclamó al momento Martina—, esta es Carlota de B... He conocido esa mirada... sólo esos ojos podrían... —y se detuvo como turbada, añadiendo luego con viveza—: Solamente ella puede ser tan hermosa.

Carlota se mortificó de un elogio que le pareció poco atento en presencia de su amiga, mas Teresa no atendía a la conversación y tenía fijos los ojos en aquel momento en un objeto extraño y lastimoso, en el cual aún no había reparado nadie sino ella.

En una especie de tarima de cedro, sobre una estera de guano[113] yacía acurrucada en un rincón oscuro de la sala una criatura humana, que al pronto apenas podía reconocerse como tal. Mirándole con más detención notábase que era un niño, pero la horrible enfermedad que le consumía había casi del todo contrahecho su figura. Su cabeza voluminosa, cubierta por cabellos pobres y ásperos, se sostenía con trabajo sobre un cuello tan delgado que parecía quebrantado por

---

[113] *guano.* Nombre genérico de palmeras de varias especies.

su peso, y sus ojos pequeños y hundidos aparecían rodeados de una aureola cárdena, que se extendía hasta sus pálidas mejillas. Sonreía el infeliz y se entretenía con un perrillo que estaba tendido entre sus dos flacas piernecitas, reclinada su cabeza en el abultado vientre del niño.

Las miradas de Teresa habían dirigido hacia aquel sitio las de todos los individuos de la compañía, y Martina, observándolo exclamó con tristeza:

—¡Es mi nieto!, ¡mi único nieto!... Nada más me queda en el mundo... Mi hijo, mi nuera, mis dos nietecitos, tan lindos y tan robustos... ¡todos han muerto! Esta pobre criatura raquítica es lo único que me queda... es la última hoja marchita que se desprenderá de este viejo tronco.

Don Carlos y sus hijos conmovidos se aproximaron al pequeño enfermo, pero divisando a Sab en aquel momento arrojó el niño un grito penetrante de alegría, y el perro saltó, aullando también. Arrastrábase el niño fuera de la tarima para acercarse al mulato, brillando en sus apagados ojos una vislumbre de felicidad, y el perro saltaba moviendo la cola y aullando, y mirando alternativamente al niño y al mulato, como si quisiera indicar a éste que debía aproximarse a aquél. Hízolo Sab y al momento la pobre criatura se colgó de su cuello y el animal redoblando sus aullidos, como si celebrase tan tierna escena corría en torno de los dos, y se levantaba ora poniendo sus manos sobre los muslos del mulato, ora sobre la espalda del niño.

Martina contemplaba aquel cuadro con visible emoción: la ridícula gravedad con que se presentara a sus huéspedes había desaparecido y volviendo a don Carlos sus negros ojos, en los que temblaba una lágrima:

—Ya lo veis —le dijo—, su cuerpo está casi muerto pero aún hay vida en su corazón. ¡Pobre desgraciado! ¡vive todavía para amar: ama a Sab, a su perro y a mí, a las únicas criaturas que pueden apreciar y corresponder su cariño! ¡Pobre desgraciado! —Y enjugó con su delantal la lágrima que ya había resbalado por su mejilla.

—Martina —le dijo don Carlos— habéis sido muy desgraciada, lo sé.

—Aún puedo serlo más —respondió ella—, vi expirar en

mis brazos unos tras otros mis hijos y mis nietos: quedábame uno solo... ¡Éste! Un incendio consumió mi casa y hubiera perecido entre las llamas mi pobre nieto sin el valor, la humanidad...

Martina se detuvo repentinamente. El mulato, que acababa de desprenderse del niño y del perro, habíase puesto de pie frente a ella y su mirada imperiosa ahogó en sus labios las palabras que iba a proferir. Don Carlos y sus hijos la invitaron en vano a continuar su comenzada relación: Martina varió de objeto y preguntó a don Carlos si quería que se les sirviese la comida. Luego que Sab se alejó para prepararla, volvióse la anciana a sus huéspedes y con voz baja y cautelosa, y acento más conmovido prosiguió:

—Sí, él fue, él quien salvó a mi pobre Luis, pero no se puede hablar de ello en su presencia: oféndele la expresión de mi gratitud. Mas, ¡ah!, ¿por qué había yo de ahogarla? ¿por qué?... Me es tan dulce repetir: «¡A él debo la vida de mi último nieto!»

Carlota a estas palabras aproximó su silla a la de Martina escuchándola con vivísimo interés. El mismo Enrique le prestaba atención: sólo Teresa manteníase algo desviada y como distraída. Martina prosiguió:

—Una feliz casualidad trajo a Sab a esta aldea algunos días antes del fatal incendio que me redujo a la indigencia. Visitábame a menudo y yo le amaba, porque él había asistido en sus últimos momentos a mi hijo, porque él fue nuestro consolador cuando había otros seres que participasen mis dolores. Luego que los perdí todavía estuvo él junto a mí y lloramos juntos. Él acompañó a su última morada a mis dos nietecitos, y el día en que enterró al último de ellos, volviendo a casa traía los ojos llenos de lágrimas y me abrazó gimiendo. «Sab —le dije en mi dolor señalando a mi pobre Luis— ya no tengo más que a él en el mundo... no me queda otro hijo.» «Aún tenéis otro, madre mía —exclamó uniendo sus lágrimas a las mías y con un acento que me parece estar oyendo todavía—; yo soy también un pobre huérfano: nunca di a ningún hombre el dulce y santo título de padre, y mi desgraciada madre murió en mis brazos: soy también huérfano como Luis, sed mi madre, admitidme

180

por vuestro hijo.» «Sí, yo te admito» —le respondí levantando al cielo mis trémulas manos. Él se arrodilló a mis pies y en presencia del cielo le adopté desde aquel momento por mi hijo.

Martina se detuvo para enjugar las lágrimas que hilo a hilo caían de sus ojos; Carlota lloraba también; don Carlos tosía para disimular su conmoción[114], y aun Enrique se mostraba enternecido. Teresa verosímilmente no atendía a lo que se hablaba, entretenida al parecer en limpiar con su pañuelo un pedazo de piedra muy hermosa, que había cogido en las grutas.

—Sab estaba en Cubitas cuando el incendio de mi casa —prosiguió Martina—, de aquella casa que yo debía a vuestra bondad, señor don Carlos, y a la eficacia de mi hijo adoptivo. El incendio consumía mi morada y yo medio desmayada en brazos de algunos vecinos atraídos por la compasión o la curiosidad, veía los rápidos progresos del fuego y gritaba en vano con todas mis fuerzas: «¡Mi nieto! ¡Mi Luis!» Porque el niño, abandonado por mí en el primer instante de susto y sorpresa, iba a ser devorado por las llamas, que ya veía yo avanzar hacia el lado en que se encontraba el infeliz. «Dejadme ir —gritaba yo—, dejadme salvarle o morir con él.» Pero me agarraban estorbando mi desesperado intento y aunque penetrados de compasión todos, ninguno se atrevía a exponer su vida por salvar la de un pobre niño enfermo.

—¡Y Sab le salvó! —exclamó con viveza y emoción la señorita de B...— ¿No lo habéis dicho así, buena Martina? ¡Sab le salvó!

—¡Sí! —respondió la anciana olvidando su cautela y levantando la voz en el exceso de su entusiasta gratitud—. ¡Sab le salvó! Por entre las llamas y quemados los pies y ensangrentadas las manos, sofocado por el humo y el calor cayó exánime a mis pies, al poner en mis brazos a Luis y a Leal... a este perro que entonces era pequeñito y dormía en la cama de mi nieto. ¡Sab los salvó a ambos! Sí, su humanidad se extendió hasta el pobre animalito.

---

[114] *conmoción*. Seguramente Gómez de Avellaneda quiso decir *emoción*.

Y Martina acariciaba con mano trémula al perrillo, que al oír su nombre había corrido a echarse a sus pies.

Carlota lloraba todavía y todavía tosía don Carlos, pero Enrique se había distraído de la relación de la anciana con la piedra que limpiaba Teresa y de la cual ambos admiraban el brillo extraordinario.

—¡Es hermosa! —decía Enrique.

—¡Oh! sí, ¡Es hermosa! —repetía Martina que no echara de ver la distracción de dos de sus oyentes—. Es hermosa el alma de ese pobre Sab, ¡muy hermosa! Luego quedé sin casa, sin más bienes que mi nieto enfermo y su perro, no hallé otro asilo que esas cuevas, morada algunas veces de los negros cimarrones y siempre de los cernícalos y murciélagos. Allí hubiera acabado miserablemente mis tristes días sin el ángel protector de mi vida. Sab, el mismo Sab ha levantado para su vieja madre adoptiva esta choza, en que tengo el honor de recibiros: él ha trabajado con sus manos los toscos muebles que me eran necesarios: él me ha dado todos sus ahorros de muchos años para aliviar mi miseria: él con su cariño, con su bondad ha hecho renacer en este viejo y lacerado corazón las emociones deliciosas del placer y la gratitud. Sí, todavía palpita este pecho cuando le veo atravesar el umbral de mi humilde morada; todavía vierten estos ojos lágrimas de enternecimiento y de alegría cuando le oigo llamarme su madre, su querida madre. ¡Oh Dios mío, Dios mío! —añadió elevando al cielo sus manos descarnadas—, ¿por qué ha de ser desgraciado siendo tan bueno?

En aquel momento Sab se presentó trayendo una mesita de cedro, que estaba destinada a la comida, y su presencia aumentó la conmoción que el relato de Martina había producido. Don Carlos, olvidando que se le había confiado a escondidas del mulato la historia de sus buenas acciones, alargóle la mano y haciéndole aproximar a su silla:

—Sab —le dijo—, Sab —repitió cada vez con más viva expresión—, ¡eres un excelente mozo!

El mulato pareció adivinar de lo que se trataba y arrojó a Martina una mirada de reconvención.

—Sí, hijo mío —exclamó la vieja—, sí, puedes reconvenirme porque he faltado a la promesa que me exigiste: pero,

¿por qué quieres Sab, querido Sab, por qué quieres privar a tu vieja madre del placer de bendecirte, y de decir a todos los corazones buenos y generosos: mi hijo se os parece? Sab, amigo mío, perdóname, pero yo no puedo, no puedo complacerte.

Carlota redobló su llanto, y cubrió su lindo rostro con sus manos, como para ocultar el exceso de su emoción; pero Sab había visto correr sus lágrimas y cayó de rodillas.

—Madre mía —prorrumpió con trémula y enternecida voz—; sí, yo os perdono y os doy gracias: yo os debo las lágrimas de Carlota —añadió, pero estas últimas palabras fueron proferidas tan débilmente que nadie, excepto Martina, pudo percibirlas.

—Sab —dijo el señor de B... levantándole y abrazándole con extrema bondad—, yo me envanezco de tu bello corazón; sabes que eres libre y desde hoy ofrezco proporcionarte los medios de seguir los generosos impulsos de tu caritativo corazón. Sab, continuarás siendo mayoral de Bellavista, y yo te señalaré gajes proporcionados a tus trabajos, con los cuales puedas tú mismo irte formando una existencia independiente. Respecto a Martina corren de mi cuenta ella, su nieto y su buen Leal. Quiero que al marcharme de Cubitas quede instalada en la mejor de mis estancias y la señalaré una pensión vitalicia, que recibirá anualmente por tu mano.

Sab volvió a arrojarse a los pies de su amo, cuya mano cubrió de besos y lágrimas. Carlota se colgó de su cuello besando también la frente y los cabellos del buen papá, y su vestido rozando en aquel momento con el rostro del mulato fue asido tímidamente, y también recibió un beso y una lágrima. ¿Y quién no lloraría con tan tierna escena? ¡Teresa, únicamente Teresa! Aquella criatura singular se había alejado fríamente del cuadro patético que se presentaba a sus miradas, y parecía entonces ocupada en examinar de cerca la figura deforme del pobre niño. Enrique, menos frío que ella, miraba conmovido ora a don Carlos, ora a su querida, y luego dando un golpecito en el hombro de Sab, que aún permanecía arrodillado:

—Levántate, buen muchacho —le dijo—, levántate que has procedido bien y quiero yo también recompensarte —di-

183

ciendo esto puso en su mano una moneda de oro, pero la mano se quedó abierta y la moneda cayó en tierra.

—Sab —dijo Carlota con tierno acento—, Enrique quiere sin duda que des esa moneda, en nombre suyo, al pequeño Luis.

El mulato levantó entonces la moneda y la llevó al niño que la tomó con alegría: Teresa estaba sentada en la misma tarima de Luis y Sab creyó al mirarla que tenía los ojos humedecidos; pero sin duda era una ilusión porque el rostro de Teresa no revelaba ninguna especie de emoción.

Martina quiso dar las gracias al señor de B... por su caritativa promesa, pero éste, que deseaba cortar una conversación que le había causado ya demasiado enternecimiento, mandó traer la comida, rogando a Martina no se ocupase por entonces sino en hacer dignamente los honores de la casa. Servida la comida el señor de B... quiso absolutamente que se sentasen con ellos no solamente Martina sino también Sab. La vieja india, que pasado el primer momento del entusiasmo de su gratitud había recobrado su aire ridículamente majestuoso, y tal cual ella creía convenir a la descendiente de un cacique, ocupó sin hacerse de rogar una cabecera de la mesa, y Sab se vio precisado por su amo a colocarse en un frente, en medio a[115] la mayor de sus niñas y de Teresa. Martina aprovechó la ocasión que le dieron algunas preguntas de Carlota, para repetir los maravillosos cuentos que ya mil veces había contado, de la muerte de Camagüey y las apariciones de su alma en aquellos alrededores. Las niñas la escuchaban abriendo sus grandes ojos con muestras de vivo interés y admiración, sin cuidarse ya de comer: Enrique no parecía tampoco con gran apetito y se notaba en su aire cierto descontento, acaso por un pueril sentimiento de vanidad, que le hacía no aprobar la excesiva bondad de don Carlos, en sentar a su mesa un mulato que quince días antes aún era su esclavo[116]. Ninguna vanidad tan ridículamente susceptible como

---

[115] *en medio a*. Más correctamente, *en medio de*.

[116] Nótese la actitud humana y democrática de don Carlos, tan distinta a la de Enrique, que no admite de buen grado, pese a la condición libre de Sab, compartir mesa con él.

la de aquellos hombres de la nada que[117] se ven repentinamente, por un capricho de la suerte, elevados a la fortuna.

Carlota por el contrario estaba radiante de placer y agradecía a su padre la ligera distinción que concedía al libertador de Luis y bienhechor de Martina. Ella era siempre la que se adelantaba a ofrecer al confuso mulato, ya de este ya de aquel plato; ella la que le dirigía la palabra con acento más dulce y afectuoso, y la que, con exquisita delicadeza, evitaba que en la conversación general se escapase una sola palabra que pudiese herir la sensibilidad o la modestia de aquel excelente joven, cuyo corazón merecía tantos miramientos: hizo ella misma el plato destinado a Luis, y no olvidó tampoco a Leal. Mirábala de rato en rato Martina, aunque no cesase de relatar sus sempiternos cuentos, y luego miraba también a Sab. Una vez después de estas miradas suspiró profundamente y sus ojos se cargaron de lágrimas: era precisamente cuando refería la triste historia del cacique Camagüey, y nadie extrañó su conmoción.

Era necesario regresar a la estancia de don Carlos pues se iba haciendo tarde: al despedirse de Martina dejóle éste su bolsillo[118] lleno de dinero, y la vieja le colmó de bendiciones. Enrique le dio cariñosos adioses, y Carlota la abrazó con las lágrimas en los ojos, e igualmente al pequeño Luis: luego acarició a Leal recomendándoselo al niño y salió a juntarse con el resto de la compañía, que la aguardaba para partir.

La despedida de Sab fue más larga: tres veces le abrazó Martina y otras tantas tornó a abrazarle con mayor afecto. Luego Luis, colgado de su cuello, parecía reanimado por el cariño que su hermano adoptivo le inspiraba. Sab iba por último a arrancarse de sus brazos, dándole con paternal afecto el último beso, cuando el niño, reteniéndole con extraña tenacidad:

—Escucha —le dijo—, tengo que pedirte una cosa, una cosa muy bonita que me han dado para ti; pero que tú, que eres tan bueno, querrás dejarme.

---

[117] *hombres de la nada que se ven*. Posiblemente el *que* se cambió de lugar, pues la frase debiera ser: «aquellos hombres *que* de la nada se ven», aunque con ese error provoque una imagen sugerente, *hombres de la nada*.

[118] *bolsillo*. Bolsa en que se guarda en dinero.

El mulato oyó la voz de su amo que le llamaba para partir, y apartándose de Luis:

—Sí —le contestó, sin atender al objeto que excitaba los deseos del niño y que éste apretaba en su mano derecha, cerrada con fuerza—, sí, yo te la regalo.

—Ya lo sabía yo —exclamó con pueril regocijo el enfermo—. ¡Ah! qué bueno eres: ya lo sabía yo desde que me dio este regalo aquella señora, que lloraba al dármelo para ti; pero tú no lloras porque se lo das a tu hermano: tú eres mejor que ella.

—¡Cómo! ¿Una señora te dio ese regalo para mí? —exclamó el mulato volviendo a arrodillarse sobre la tarima de Luis.

—Sí, una de ésas que han estado hoy en casa, y me dijo que tú le amarías mucho: ¡ya lo creo! ¡es tan bonito! Pero tú amas más a tu hermano y por eso se lo has dado —y el niño acariciaba la cabeza de Sab, pero éste no atendía ya a sus halagos.

—¡Una de estas señoras te lo ha dado! ¡Para mí! ¡Oh! ¡dámelo, dámelo! —y arrancó de la mano del niño, que defendía su tesoro con todas sus fuerzas, aquel objeto que excitaba ya su más ardiente anhelo.

—No me lo quites: ¡tú me lo has dado! ¡Es mío, es mío! —gritaba llorando Luis, y Sab precipitándose junto a la mesa, donde ardía una bujía[119], devoraba con los ojos aquel presente misterioso. Era un brazalete de cabellos castaños de singular hermosura, y el broche lo formaba un pequeño retrato de miniatura.

—¡Es mío! ¡Dámelo! —repetía el niño tendiendo sus descarnados brazos y sus manitas transparentes.

—¡Es ella! —exclamaba sin oírlo el mulato—. ¡Es su retrato! ¡Su pelo! ¡Dios mío, es ella!

Volvió a caer de rodillas junto a la tarima del enfermo y enajenado, convulso, fuera de sí, apretaba el brazalete y al niño sobre el pecho, gritando siempre:

—¡Es ella! ¡Es ella!

---

[119] *bujía*. Vela de cera blanca. Su nombre se debe al de la ciudad africana de *Bujía*.

El niño casi sofocado entre sus brazos procuraba desasirse sin dejar de repetir:

—¡Es mío! ¡Es mío!

—En nombre del cielo —le dice Sab—, en nombre del cielo repíteme lo que me has dicho: Luis, dímelo otra vez, dime que fue ella quien te ha dado esto para mí.

—Sí, pero tú me lo has regalado —decía la pobre criatura.

—¡Oh! Yo te daré mi vida, mi alma, todo lo que quieras, Luis, pero dímelo: ¿fue ella? —Y oprimía entre las suyas las delicadas manos del niño.

—¡Me haces mal! —gritó amedrentado de los arrebatos de su hermano adoptivo—. ¡Sab, déjame! No te pediré más esa cosa tan bonita. ¡Suéltame! ¡Ay! Me rompes las manos —Lloraba el niño y Sab era insensible a su llanto.

—¡Fue ella! ¡Fue ella! —repetía cada vez más enajenado.

—Sí, ella —respondió balbutiando[120] Luis—, esa señora, la más chica de las dos grandes, esa de los ojos verdes, y...

—¡Oh! ¡Teresa! ¡Teresa! —le interrumpió tristemente Sab, soltando las manos del niño—: ¡Teresa ha sido!

—Mira, me lo dio envuelto en ese papelito y yo le saqué para mirarle. Toma el papel, y dame eso, dámelo querido Sab, tú me lo ofreciste.

Sab tomó el papel en el cual escritas con lápiz leyó estas palabras: «Luis ofrece al que ha salvado dos veces la vida de Enrique Otway esta prenda, en compensación de los beneficios que le debe.»

—¡Teresa! ¡Teresa! —exclamó Sab—, tú has penetrado, pues, en este corazón, tú conoces todos sus secretos, tú sabes cuánto aborrezco esa vida que he salvado dos veces y comprendes todo el precio de mi generosidad. ¡Oh, Teresa! Este presente tuyo es lo más precioso que podías darme; pero acaso puedo yo pagarte muy en breve: sí, lo haré, lo haré y te bendeciré mientras palpite este corazón, del cual no se apartará jamás el inestimable tesoro que me has creído digno de poseer.

La voz del señor de B..., impaciente ya con la tardanza del mulato, se oyó en aquel momento, llamándole para partir.

---

[120] *balbutiando*. Voz que no se halla en el DRAE; *balbuciendo* o *balbuceando*.

Sab ocultó en su pecho el precioso brazalete y arrancándose de los brazos del niño, que aún le repetía «¡Dámelo!», lanzóse fuera de la sala. Encontróse a Martina que entraba a buscarle: todos los viajeros estaban ya a caballo y sólo por él se aguardaba.

Sab, todo turbado, murmuró una excusa insignificante y tomando su jaco se adelantó a paso largo, sirviendo de guía a los viajeros.

Capítulo XI

> ¿Cuál es vuestro designio?
> ¿Qué significa ese lenguaje misterioso?
>
> SHAKESPEARE. *Macbeth*

En efecto, aquel brazalete tejido con cabellos de la hermosa hija de don Carlos, y cuyo broche era el retrato de ésta, fue regalado a Teresa por su amiga hacía algunos años y desde entonces pocas veces dejaba de llevarlo, pues si su carácter, seco y huraño, la hacía poco afectuosa con Carlota, su corazón, noble y agradecido, sabía apreciar dignamente la preciosa prenda de una amistad tan sincera como aquella que debía a su interesante compañera.

Sab, poseedor de tan inestimable joya, apretábala a su seno mil y mil veces, bendecía a Teresa y buscaba sus miradas deseoso de que leyera en las suyas la inmensa gratitud de su corazón. Pero eran vanos sus esfuerzos. Durante el camino Teresa, sepultada en el fondo del carruaje, no levantó los ojos de un libro que al parecer leía, y llegaron de noche a la estancia sin que Sab hubiese podido dirigirla ni una palabra, ni una mirada de agradecimiento.

Inútilmente buscó después proporción[121] de hablarla un momento, Teresa lo evitó con tanto cuidado que le fue imposible conseguirlo.

Dos días más pasaron en Cubitas nuestros viajeros, empleados por don Carlos en hacer conocer a su futuro yerno

---

[121] *proporción.* En el sentido de *ocasión, coyuntura* o *conveniencia.*

todas las tierras que le pertenecían, y en mostrar a las señoritas otras curiosidades naturales del país. Entre ellas el río Máximo, llamado de los cangilones[122], cuyas límpidas aguas corren mansamente por medio de dos simétricas paredes de hermosas piedras, y en cuyas márgenes pintorescas florecen las clavellinas, y una infinidad de plantas raras y preciosas. Sab les hizo ver también los paredones, cerros elevados y pedregosos por medio de los cuales se extiende un camino de doce o catorce varas de ancho. El viajero, que transita por dicho camino, no puede levantar la vista hacia la altura sin sentir vértigos y cierto espanto, al aspecto imponente de aquellas grandes moles, paralelas y de admirable igualdad, que no ha levantado ninguna mano mortal.

Carlota hubiera deseado aguardar en Cubitas la vuelta de su amante, que se veía obligado a ir por algunos días a Guanaja; pero el señor de B... había determinado de antemano regresar a Bellavista el mismo día que Otway partiese a Guanaja. Estaba impaciente el buen caballero por enviar a Sab a Puerto Príncipe y acercarse él mismo a aquella ciudad, a fin de tener más presto las noticias que deseaba. En el último correo de la Habana no había tenido carta de su hijo ni de sus preceptores. Sab, que había ido a la ciudad, como sabe el lector, llevando entre otros el encargo de sacar las cartas del correo, había declarado al llegar (el día en que partieron para Cubitas), que no había carta ninguna para el señor de B... Extraño era este silencio de su hijo que no dejaba de escribirle un solo correo, y extraño también que su corresponsal de negocios no le mandase, como acostumbraba, los periódicos de la Habana, mayormente cuando debían contener la noticia del sorteo de la gran lotería; que ya sabía don Carlos por Enrique haber caído el premio mayor en Puerto Príncipe. Deseaba, pues, con toda la impaciencia de que era susceptible su carácter, tener noticias de su hijo, cuyo silencio le inquietaba, y saber cuál era el número premiado. Aunque, como ya hemos dicho, no era don Carlos codicioso, ni diese demasiada importancia a las riquezas, no dejaba de conocer

---

[122] En la edición príncipe, *Májimo*. La voz *cangilón* alude a recipientes de diverso tipo. El nombre del río se debe al aspecto que ofrece.

con dolor cuánto las suyas estaban desmembradas, y cuán bello golpe de fortuna sería para él sacar 40.000 duros a la lotería. Por tanto, al saber que este premio cayera en Puerto Príncipe, latió su corazón de esperanza y acordándose que tenía dos billetes, y Teresa y Carlota cada una otro:

—¿Quién sabe —dijo— si uno de estos cuatro billetes será el premiado? ¡Oh! ¡Si fuese el de Carlota! ¡Qué felicidad! Pero, no —añadió prontamente el generoso caballero—; más bien deseo que sea el de Teresa: ella lo necesita más. ¡Pobre huérfana, que no ha heredado más que un mezquino patrimonio! Carlota será sin la lotería bastante rica, mayormente casándose con Enrique Otway.

Enrique partió para Guanaja pasados tres días en Cubitas y la familia de B... para Bellavista, después de dejar instalada a Martina en su nuevo domicilio, colmándola de regalos y recibiendo en cambio sus bendiciones.

¡Cómo pierden su hermosura los objetos mirados por los ojos de la tristeza! Carlota al restituirse a Bellavista miraba con indiferencia aquellos mismos campos, fértiles y hermosos, que tan grata impresión le causaran tres días antes, admirándolos con Enrique.

Iba a estar ocho días separada de aquel objeto de toda su ternura y su tristeza era tanto mayor cuanto que una vaga inquietud, un indefinible temor atormentaban por primera vez su imaginación.

En los tres días pasados en Cubitas habíale parecido su amante frecuentemente triste y caviloso, y sus adioses fueron fríos. Cuando Carlota le hablaba de su próxima unión, Enrique callaba o contestaba con cierta confusión: cuando Carlota le reprochaba su displicencia, Enrique se disculpaba con pueriles pretextos. Una desconfianza indeterminada, pero cruel, oprimió por primera vez aquel cándido y confiado corazón. «No me ama tanto como yo le amo —se atrevió Carlota a confesarse a sí misma—: alguna cosa le aflige que no se atreve a confiarme. ¡Enrique tiene secretos para mí! ¡Para mí, que le he entregado mi alma toda entera! ¡Para mí, que seré en breve su esposa!»

Trataba en vano de adivinar la causa secreta de las cavilaciones de Enrique y preguntábasela a su propio corazón.

¡Ah! ¿Cómo había de responderle aquel noble y desinteresado corazón? Carlota oyó decir a su padre que Otway se había sorprendido al saber el poco valor y escasos productos de las tierras que poseía en Cubitas; pero, ¿podía ella sospechar remotamente que aquel descubrimiento influyese en la tristeza y frialdad de su amante?... Si un desgraciado instinto se lo hubiese revelado, Carlota no hubiera podido amar ya, pero acaso tampoco hubiese podido vivir.

Melancólica y preocupada llegó al anochecer a aquel ingenio del cual saliera tres días antes con tan risueñas disposiciones, y sabiendo que Sab debía partir al día siguiente para la ciudad pretextó tener que escribir varias cartas a algunas de sus conocidas y se encerró en su cuarto, para entregarse toda a su tristeza e inquietud; don Carlos siguió su ejemplo retirándose a su escritorio, con el verdadero objeto de escribir muchas cartas que debía Sab llevar al correo, y las niñas fatigadas no tardaron en dormirse. Así únicamente Teresa permanecía en la sala al cuarto de hora de llegar al ingenio. Todos, al parecer, la habían olvidado y hallóse sola enteramente. Levantóse entonces de la butaca, en que se había sentado, y acercándose con cautela a la puerta del cuarto que servía de dormitorio a las dos, y en el cual se hallaba entonces encerrada Carlota, aplicó el oído a la cerraja[123] y escuchó atentamente por espacio de algunos minutos. Luego volvióse muy despacio a su silla

—¡No hay duda! —dijo en voz baja—. ¡He oído sus sollozos! ¡Carlota! ¿Qué puede afligirte? ¡Eres tan dichosa! ¡Todos te aman! ¡Todos desean tu amor!... ¡Deja las lágrimas para la pobre huérfana, sin riqueza, sin hermosura, a la que nadie pide amor, ni ofrece felicidad!

Inclinó lánguidamente la cabeza, y quedó sumida en tan larga y profunda meditación que durante más de dos horas no hizo el menor movimiento, ni apenas podría percibirse que respiraba. La vela de sebo, que ardía a su lado sobre la mesa, habíase gastado sin que ella lo advirtiese y estaba ya próxima a extinguirse. Por fin, volviendo progresivamente de aquella especie de letargo, exhaló primero un hondo suspiro;

---

[123] *cerraja*, cerradura.

levantó luego con lentitud la cabeza y echó una ojeada al reloj de mesa que estaba junto a ella.

—¡Las diez! —exclamó— ¡las diez! ¡Hace, pues, dos horas que estoy aquí sola!

Miró luego la puerta del cuarto en que se hallaba Carlota, y que permanecía cerrada todavía, y por último fijó los ojos en la vela expirante, que ya apenas iluminaba débilmente los objetos, si bien arrojaba por intervalos ráfagas de vivísima luz.

—Así un corazón gastado por los pesares —dijo tristemente— arroja aún de tiempo en tiempo destellos de entusiasmo, antes de apagarse para siempre: así mi pobre corazón cansado de amargura, despedazado de dolores, vierte todavía sobre mis últimos años de juventud el resplandor siniestro de una llama criminal y terrible.

La luz arrojó en aquel momento una ráfaga más viva que las anteriores; pero fue la última: Teresa quedó en profunda oscuridad, y oyóse entonces su voz proferir con acento más triste:

—Así te extinguirás, desgraciado fuego de mi corazón, así te extinguirás también por falta de pábulo[124] y de esperanza.

—¡No, Teresa! ¡Aún hay para vuestro amor una esperanza! Aún podéis ser dichosa —respondió otra voz no menos sombría, que Teresa escuchó casi en su mismo oído. Lanzó ella un ligero grito, que al parecer fue sofocado por una mano colocada oportunamente sobre su boca.

—¡Silencio! ¡Silencio! —repitió la misma voz—, silencio si no queréis perdernos a ambos. Teresa, yo os debo mucho y acaso puedo pagaros: vos habéis adivinado mi secreto y yo en cambio poseo el vuestro. Es preciso que haya una explicación entre nosotros: es preciso que me oigáis. ¿Lo entendéis, Teresa? Esta noche, cuando el reloj que hace un momento mirabais, haya sonado las doce, os aguardo en las orillas del río a espaldas de los cañaverales del sur. Mañana debo partir y es forzoso que me oigáis antes, porque esta conferencia, yo os lo juro, decidirá de mi suerte y la vuestra: ¡Acaso también

---

[124] *pábulo.* Alimento que se toma para subsistir. También lo que sirve para mantener la existencia de algunas cosas o acciones.

de la suerte de otros! ¿Juráis acudir a la cita, que os pido en nombre de todo lo que más amáis?

—Sab —respondió Teresa con voz trémula y asustada—, ¿qué quieres decir? Soy una desgraciada a quien debes compadecer.

—Y a la que quiero y puedo hacer dichosa —repuso con vivacidad su interlocutor—. ¡Yo os lo suplico por la memoria de vuestra madre, Teresa, dignaos otorgarme lo que os pido! Mi vida, la vuestra acaso depende de esta condescendencia.

—¡A las doce! ¡Sola! ¡Tan distante! —observó en voz baja la doncella.

—¡Y qué! ¿Tendréis miedo del pobre mulato, a quien creísteis digno de recibir de vos el retrato de Carlota? ¿Me tendréis miedo, Teresa?

—No —respondió ella con voz más segura—. ¡Sab! yo te lo prometo, acudiré a la cita.

—¡Bendita seas[125] mujer! ¡Y bien! A las doce, a orillas del río, a espaldas de los cañaverales del sur.

—Allí me hallarás.

—¿Lo juras, Teresa?

—¡Lo juro!

A este diálogo habido en las tinieblas sucedió en la sala un silencio profundo, y cuando tres minutos después salió don Carlos de su escritorio llamando a Sab, para entregarle las cartas que debía llevar a la ciudad, encontró a Teresa en la misma butaca en la que la había visto al dejar la sala, y al parecer profundamente dormida. A las voces del señor B... y al ruido de la puerta del cuarto de Carlota, que se abrió casi al mismo tiempo, despertó de su sueño, y oyó esperezándose[126] la dulce voz de su amiga que le decía abrazándola:

—Teresa mía, perdona el que te haya dejado sola por tanto tiempo. ¡Tenía tanto que escribir! —Y al momento, como

---

[125] Se ha producido un cambio en el tratamiento de Sab a Teresa; ahora, en dos ocasiones, la tutea. Tal vez es un descuido o una errata, pues es diferente al trato que le da a lo largo de la obra. Tal vez se haya producido debido a la fuerte emoción.

[126] *esperezándose*. Vulgarismo por *desperezándose*.

si se arrepintiese de ser poco sincera con su amiga, añadió más bajo—: ¡Tenía tanta necesidad de estar sola!

Teresa sin prestar atención a esta excusa miró alrededor de sí, como si después de un tan largo sueño apenas recordase el sitio en que se hallaba.

—¿Qué hora es? —preguntó seguidamente.

—Mira el reloj —respondió Carlota—, son las diez dadas y creo justo nos recojamos, tanto más cuanto me parece estás muy dispuesta a volver a dormirte. Pero he aquí a Sab que recibe órdenes y cartas: mañana al amanecer marcha a la ciudad; voy a darle dos cartas que he escrito para nuestras amigas. ¿No tienes tú nada que encargar a Puerto Príncipe?

—Nada —contestó Teresa, levantándose y dirigiéndose hacia el dormitorio, al cual le siguió Carlota después de poner en manos del mulato sus dos cartas, y de recibir un beso y una bendición de su padre.

—Te habrás fastidiado mucho, mi buena Teresa —dijo cariñosamente a su compañera, después de cerrar la puerta y mientras se desnudaba para acostarse—. ¡Tan sola como estabas! ¿Qué has hecho?

—Dormir, ya lo has visto —respondió Teresa, que ya estaba en la cama y al parecer muy próxima a volver a dormirse.

—He sentido mucho dejarte sola —repuso Carlota—; pero mira, ¡tenía tanta necesidad de soledad y silencio! ¡Estaba tan triste! ¡Tan agitada!

—Estabas triste, ¿qué tenías, pues? —dijo Teresa incorporándose un poco en la almohada.

—Tenía... ¿qué sé yo? ¡Una opresión de corazón!... Necesitaba llorar, lloré mucho y ya me siento aliviada.

—¿Has llorado? —repitió Teresa alargándola una mano, con más ternura en su voz y en sus miradas que la que Carlota estaba acostumbrada a ver en ella. Conmovida en aquel momento, a vista de este inesperado interés, arrojóse la pobre niña en los brazos de su amiga y renovó su llanto. Poco tuvo que insistir Teresa para arrancarla una entera confesión de los motivos de su tristeza. No acostumbrada al dolor, pero dotada de una alma capaz de recibirlo en toda su plenitud, Carlota había padecido tanto aquella noche con sus cavilaciones e inquietudes, que sentía una necesidad de pedir consuelo y compasión. Por otra parte, aunque Teresa con su sequedad genial[127] recibiese sus confianzas[128] por lo común con muestras de poco interés, Carlota había adquirido el hábito de hacérselas, y reprochábala su corazón, como una falta, la reserva que en aquella ocasión había tenido con su amiga. Así, pues, abrazada de su cuello y llenos los ojos de lágrimas, refirióle con candor y exactitud todas las quejas que formaba de Enrique. Teresa la escuchaba con atención, y luego que hubo concluido:

—¡Pobre Carlota! —la dijo—. ¡Cómo te forjas tú misma motivos de inquietud!

—¡Pues qué! —exclamó con ansiedad de temor y de esperanza—. ¿Piensas tú que soy injusta?

—Lo eres indudablemente —repuso Teresa.

—¿Piensas que me ama lo mismo que antes?

—¿Y por qué no te amaría más cada día, querida Carlota? ¡Eres tan buena, tan hermosa!

—¿Me adulas, Teresa? —preguntó Carlota, que a las primeras palabras de su amiga había levantado su linda cabeza, enjugando sus lágrimas y conteniendo sus sollozos, para oírla mejor.

—No ciertamente, eres amada y mereces serlo. ¿Por qué interpretas en tu daño lo que puede ser, y es indudablemente, efecto de ese mismo amor del cual dudas? ¿Es acaso extraño que Enrique esté triste y de mal humor, cuando acostumbrado a verte diariamente por espacio de tres meses, y con la esperanza de verte en breve sin cesar, se halla, sin embargo, al presente forzado por enojosos asuntos de comercio, a dejarte con frecuencia y a pasar semanas enteras lejos de ti? Esa frialdad de que te quejas es una aprensión tuya, y además, ¿quieres que un hombre abrumado de negocios esté tan entregado como tú a su ternura? ¿Quieres que no haga otra cosa que suspirar de amor a tus pies? ¡Oh!, eres injusta, no lo dudes Carlota: Enrique no merece las sospechas de tu suspicaz ternura.

---

[127] *genial*. Aquí, propio del genio o inclinación de uno.
[128] *confianzas*. En este caso parece aludir a las confidencias o intimidades que podría comunicarle.

Escuchaba estas palabras Carlota con inexplicable alegría. Es tan fácil persuadirnos de aquello[129] que deseamos, y tan dulce esta persuasión, que la apasionada joven no necesitó más que aquellas pocas palabras de Teresa, para disipar todas sus inquietudes; y si aún no se mostró convencida fue por el placer de que su amiga le repitiese que era injusta y que Enrique la amaba. ¡Cuánto bien hacían a su corazón aquellas palabras! ¡Cómo se aplaudía de haber confiado a Teresa sus penas, reconviniéndose de no haberlo hecho antes! Teresa le parecía aquella noche adorable, elocuente, sublime. Persuadíase con placer que era mil veces más justa, más sensata que ella, y lloró entonces haber ofendido a su amante con infundados recelos.

—He sido ciertamente muy injusta —dijo entre sonrisas y lágrimas—; pero merezco perdón. ¡Le amo tanto! Una palabra, una mirada de Enrique es para mi corazón la vida o la muerte, la felicidad o la desesperación. Tú no comprendes esto, Teresa, porque nunca has amado.

Teresa se sonrió tristemente.

—Estás tan poco acostumbrada a padecer —la dijo después—, que el menor contratiempo, hallando indefenso tu corazón, se posesiona y le oprime. ¡Oh, Carlota! Aun cuando la desgracia que sin razón has temido llegase a realizarse, ¿deberías abandonarte así cobardemente al dolor? Si Enrique fuese mudable, pérfido, ¿no tendrías bastante orgullo y fortaleza, para despreciarle, juzgando poco digna de tus lágrimas la pérdida de un corazón inconstante?

Carlota desenlazó sus brazos de los de Teresa con un movimiento convulsivo, y pintóse en sus ojos un triste sobresalto.

—¡Qué! ¿Intentas acaso prepararme? ¿Me has engañado al asegurarme que me amaba? ¿Has conocido tú también su mudanza? ¿La sabes? Dímelo, ¡oh!, en nombre del cielo, ¡dímelo, cruel!

—No, pobre niña —exclamó Teresa—, ¡no! No he conocido otra cosa sino que serás desgraciada, no obstante tu her-

---

[129] En la edición príncipe, *persuadirnos aquello.* Se añade la preposición que requiere la forma verbal.

mosura y tus gracias, no obstante el amor de tu esposo y de cuantos te conocen. Serás desgraciada si no moderas esa sensibilidad, pronta siempre a alarmarse.

—Sí —respondió Carlota, con un hondo suspiro, mientras se sentaba tristemente y con aire pensativo sobre su cama—. Sí, seré desgraciada; no sé qué voz secreta me lo dice sin cesar; pero al menos la desgracia contra la cual quieres prepararme, no será la que yo llore más largo tiempo. Si Enrique fuese pérfido, ingrato..., entonces todo habría concluido...; yo no sería ya desgraciada. No son los más temibles aquellos males a los que hay la certeza de no poder sobrevivir.

Concluyendo estas palabras dejóse caer con abatimiento sobre la almohada y Teresa fijó los ojos en ella con profunda emoción. Miraba con cierta sorpresa, y con la más tierna piedad, impreso el dolor en aquella frente tan joven y tan pura, en la que ni el tiempo ni las pasiones habían grabado hasta entonces su dolorosa huella, y reconveníase por haber turbado un momento su deliciosa serenidad. Desgracia para aquellos, decía interiormente, que derraman la primera gota de hiel en un alma dichosa. ¿Quiénes son los que, surcado el rostro por las arrugas, que les han impreso los años o los dolores, se acercan atrevidos a la juventud confiada y feliz, para arrebatarle sus ilusiones inocentes y brillantes? Seres fríos y duros, almas sin compasión que pretenden hacer un bien cuando anticipan el momento fatal del desengaño: cuando ofrecen una triste realidad al que despojan de sus dulces quimeras. Hombres crueles, que hielan la sonrisa en los labios inocentes, que rasgan el velo brillante que cubre a[130] los ojos inexpertos, y que al decir: Ésta es la verdad, destruyen en un momento la felicidad de toda una existencia.

¡Oh vosotros, los que ya lo habéis visto todo, los que todo lo habéis comprendido y juzgado, vosotros los que ya conocéis la vida y os adelantáis a su último término, guiados por la prudencia y acompañados por la desconfianza! Respetad esas frentes puras, en las que el desengaño no ha estampado su sello; respetad esas almas llenas de confianza y de fe, esas

---

[130] La preposición *a*, presente en la edición príncipe, muy bien pudiera suprimirse.

almas ricas de esperanzas y poderosas por su juventud...: dejadles sus errores... menos mal les harán que esa fatal previsión que queréis darles.

Teresa haciendo estas reflexiones se había inclinado hacia su prima y la apretaba en sus brazos con no usada ternura. Carlota recibía sus caricias sin devolverlas —tan preocupada estaba— hasta que Teresa renovando la conversación procuró tranquilizarla repitiéndola, con acento de convicción, que Enrique la amaba, que la amaría siempre y que le ultrajaba en dudar un momento de su sinceridad y constancia.

Luego que la vio menos agitada rogóla procurase dormir y ella misma aparentó necesidad de reposo. Imposible fue, sin embargo, a Carlota dormirse en algún tiempo: bien que sosegada de sus temores, sentíase sobradamente conmovida, y ya Teresa dormía al parecer profundamente, hacía más de media hora, cuando ella aún daba vueltas en su cama sin poder sosegar. Por fin, después de esta agitación, el deseado sueño descendió a sus ojos y Carlota se quedó dormida al mismo tiempo que el reloj sonaba distintamente las doce.

FIN DE LA PRIMERA PARTE

Segunda parte

Capítulo primero

—Escúchame que no seré largo; la historia de
un corazón apasionado es siempre muy sencilla.

ALFREDO DE VIGNY
Cinq-Mars. Una conspiración.

Era una de aquellas hermosas noches de los trópicos: el firmamento relucía recamado de estrellas, la brisa susurraba entre los inmensos cañaverales, y un sin número de cocuyos resaltaban entre el verde oscuro de los árboles y volaban sobre la tierra, abiertos sus senos brillantes como un foco de luz. Sólo interrumpía el silencio solemne de la media noche el murmullo melancólico que formaban las corrientes del Tínima, que se deslizaba a espaldas de los cañaverales entre azules y blancas piedras, para regar las flores silvestres que adornaban sus márgenes solitarias.

En aquella hora una mujer sola, vestida de blanco, atravesaba con paso rápido y cauteloso los grandes cañaverales de Bellavista, y se adelantaba guiada por el ruido de las aguas, hacia las orillas del río. Al ligero rumor de sus pisadas, que en el silencio de la noche se percibía claramente, levantóse de improviso de entre las piedras del río, la figura de un hombre de aventajada talla, y se oyó distintamente esta exclamación, proferida al mismo tiempo por los dos individuos que mutuamente se reconocían:

—¡Teresa!
—¡Sab!
El mulato la tomó por la mano y haciéndola sentar sobre

las piedras de que acababa de levantarse, postróse de rodillas delante de ella.

—¡Bendita seáis Teresa! Habéis venido como un ángel de salvación a dar la vida a un infeliz que os imploraba; pero yo también puedo daros en cambio esperanza y consuelo: nuestros destinos se tocan y una misma será la ventura de ambos.

—No te comprendo, Sab —contestó Teresa—; he venido a este sitio porque me has dicho que dependía de ello tu felicidad, y acaso la de otros: respecto a la mía, no la deseo ni la espero ya sobre la tierra.

—Sin embargo, al hacer mi dicha haréis también la vuestra —la interrumpió el mulato—; un acaso singular ha enlazado nuestros destinos. ¡Teresa! vos amáis a Enrique y yo adoro a Carlota: vos podéis ser la esposa de ese hombre, y yo quedaré contento con tal que lo sea Carlota. ¿Me entendéis ahora?

—Sab —repuso con melancólica sonrisa la doncella—, tú deliras seguramente: ¿yo puedo ser, dices tú, la esposa de Enrique?

—Sí, vos podéis serlo, y soy yo quien puede daros los medios para conseguirlo.

Teresa le miró con temor y lástima: sin duda creyó que estaba loco.

—¡Pobre Sab! —dijo ella desviándose involuntariamente—, cálmate en nombre del cielo; no estás en tu juicio cuando crees...

—Escuchadme —interrumpió con viveza Sab, sin darla tiempo de concluir la frase que había comenzado—. ¡Escuchadme! Aquí en presencia del cielo y de esta magnífica naturaleza, voy a descubriros mi corazón todo entero. Una sola cosa exijo de vos: prometedme que no saldrá de vuestros labios una sola palabra de cuantas esta noche me escucharéis...

—Te lo prometo.

—¡Teresa! —prosiguió él, sentándose a sus pies—, vos sabéis que este desventurado se atreve a amar a aquella cuya huella no es digno de besar, pero lo que no podéis saber es cuán inmensa, cuán pura es esta pasión insensata. ¡Dios mismo no desdeñaría un culto semejante! Yo he mecido la cuna de Carlota: sobre mis rodillas aprendió a pronunciar «te amo» y a mí dirigieron por primera vez sus angélicos labios esta divina palabra. Vos lo sabéis Teresa; junto a ella he pasado los días de mi niñez y los primeros de mi juventud: dichoso con verla, con oírla, con adorarla, no pensaba en mi esclavitud y en mi oprobio, y me consideraba superior a un monarca cuando ella me decía: «te amo».

El mulato, cuya voz fue sofocada por la conmoción, guardó un instante de silencio, y Teresa le dijo:

—Ya lo sé, Sab; sé que te has criado junto a Carlota; sé que tu corazón no se ha entregado voluntariamente a una pasión insensata, y que sólo debe culparse a aquellos que te expusieron a los peligros de semejante intimidad.

—¡Los peligros! —repitió tristemente el mulato—; ellos no los preveían, porque no sospecharon nunca que el pobre esclavo tuviera un corazón de hombre: ellos no creyeron que Carlota fuese a mis ojos sino un objeto de veneración y de culto. En efecto, cuando yo consideraba aquella niña tan pura, tan bella, que junto a mí constantemente, me dirigía una mirada inefable, parecíame que era el ángel custodio que el cielo me había destinado, y que su misión sobre la tierra era conducir y salvar mi alma. Los primeros sonidos de aquella voz argentina y pura; aquellos sonidos que aún parecían un eco de la eterna melodía del cielo, no me fueron desconocidos: imaginaba haberlos oído en otra parte, en otro mundo anterior, y que el alma que les exhala se había comunicado con la mía por los mismos sonidos, antes de que una y otra descendieran a la tierra. Así la amaba yo, la adoraba desde el primer momento en que la vi recién nacida, mecida sobre las rodillas de su madre. Luego la niña creció a mi vista y la hechicera criatura convirtióse en la más hermosa de las vírgenes. Yo no osaba ya recibir una mirada de sus ojos, ni una sonrisa de sus labios: trémulo delante de ella un sudor frío cubría mi frente, mientras circulaba por mis venas ardiente lava que me consumía. Durmiendo aún la veía niña y ángel descansar junto a mí, o elevarse lentamente hacia los cielos de donde había venido, animándome a seguirla con la sonrisa divina y la mirada inefable que tantas veces me había dirigido. Pero cuando despertaba era la mujer y no el ángel la que veían mis ojos y amaba mi corazón. La mujer más bella, más adorable que pudo hacer palpitar jamás el corazón de un hombre: era Carlota con su tez de azucena, sus grandes ojos que han robado su fuego al sol de Cuba; Carlota con su talle de palma, su cuello de cisne, su frente de quince años... y al contemplarla tan hermosa pensaba que era imposible verla sin amarla; que entre tantos como la ofrecerían un corazón encontraría ella uno que hiciese palpitar el suyo, y que para él serían únicamente todos los latidos de aquel hermoso seno, todas las miradas de aquellos ojos divinos y las sonrisas de aquellos labios de miel. ¡Teresa! —añadió bajando la voz que había sido hasta entonces llena, sonora y clara, y que fue luego tomando gradualmente un acento más triste y sombrío—. ¡Teresa! ¡Entonces recordé también que era vástago de una raza envilecida! ¡Entonces recordé que era mulato y esclavo...! Entonces mi corazón abrasado de amor y de celos, palpitó también por primera vez de indignación, y maldije a la naturaleza que me condenó a una existencia de nulidad y oprobio; pero yo era injusto, Teresa, porque la naturaleza no ha sido menos nuestra madre que la vuestra. ¿Rehúsa el sol su luz a las regiones en que habita el negro salvaje? ¿Sécanse los arroyos para no apagar su sed? ¿No tienen para él conciertos las aves, ni perfumes las flores?... Pero la sociedad de los hombres no ha imitado la equidad de la madre común, que en vano les ha dicho: «¡Sois hermanos!» ¡Imbécil sociedad, que nos ha reducido a la necesidad de aborrecerla, y fundar nuestra dicha en su total ruina![131].

Calló un momento, y Teresa vio brillar sus ojos con un fuego siniestro.

—¡Sab! —dijo entonces con trémula voz—, ¿me habrás llamado a este sitio para descubrirme algún proyecto de conjuración de los negros? ¿Qué peligro nos amenaza? ¿Serás tú uno de los...?

—No —la interrumpió él con amarga sonrisa—, tranquilizaos, Teresa, ningún peligro os amenaza; los esclavos arrastran pacientemente su cadena: acaso sólo necesitan para

---

[131] Gómez de Avellaneda defiende que no existen razones naturales que fundamenten la esclavitud y, así, expone el derecho de los esclavos a desear la ruina de la sociedad que los oprime.

romperla, oír una voz que les grite: «¡Sois hombres!» pero esa voz no será la mía, podéis creerlo[132] —Teresa alargó su mano a Sab, con alguna emoción; él fijó en ella sus ojos y prosiguió con tristeza más tranquila:

—Era puro mi amor como el primer rayo de sol en un día de primavera, puro como el objeto que le inspiraba, pero ya era para mí un tormento insoportable. Cuando Carlota se presentaba en el paseo o en el templo y yo iba en su seguimiento, observaba todos los ojos fijarse sobre ella y seguía con ansiedad la dirección de los suyos. Si un momento los paraba en algún blanco y gentil caballero, yo suspenso, convulso, quería penetrar a su corazón, sorprender en él un secreto de amor y morir. Si la veía en casa melancólica y pensativa dejar caer el libro que leía, o el pañuelo que bordaba; si revelaba el movimiento desigual de su pecho una secreta emoción, mil dolores desgarraban el mío, y me decía con furor: «Ella siente la necesidad de amar: ella amará, y no será a mí.» No pude sufrir mucho tiempo aquel estado de agonía: conocí la necesidad de huir de Carlota y ocultar en la soledad mi amor, mis celos y mi desesperación. Vos lo sabéis, Teresa, solicité venir a este ingenio y hace dos años que me he sepultado en él, volviendo a ver raras veces aquella casa en que pasé días de tanta felicidad y de tanta amargura, y aquel objeto adorable, que ha sido mi único amor sobre la tierra: pero lo que no podéis saber, ni yo podré deciros, es cuánto he padecido en estos dos años de voluntaria ausencia. ¡Preguntádselo a esos montes, a este río, a estas peñas! Sobre ella he derramado mis lágrimas que el río arrastraba en su corriente. ¡Oh Teresa! Preguntádselo también a este cielo que ostenta sobre nosotros sus bóvedas eternas: él sabe cuántas veces le rogué me descargase del peso de una existencia que no le había pedido, ni podía agradecerle: pero siempre había un muro de bronce interpuesto entre él y yo, y el eco de las montañas me volvía los lamentos de dolor, que el cielo no se dignaba acoger.

Una gruesa y ardiente lágrima se desprendió de los ojos de

---

[132] Sin embargo, el personaje Sab dista mucho de ser un revolucionario y renuncia a cualquier transformación social.

Sab, cayendo sobre la mano de Teresa, que aún retenía en las suyas; y otra lágrima cayó también al mismo tiempo y resbaló por la frente del mulato: esta lágrima era de Teresa, que inclinada hacia él, le fijaba una mirada de simpatía y compasión.

—¡Pobre mujer! —dijo él—, ¡vos también habéis padecido! Lo sé: los hombres al ver vuestro aspecto frío y vuestro rostro siempre sereno, han creído que ocultabais un corazón insensible, y han dicho acaso: «¡Qué feliz es!» pero yo, Teresa, yo os he hecho justicia; porque conozco que para ahogar el llanto y disfrazar bajo una frente serena el dolor que despedaza el corazón, es preciso haber sufrido mucho.

Siguió a estas palabras un nuevo intervalo de silencio y luego prosiguió:

—Bajo un cielo de fuego, con un corazón de fuego, y condenado a no ser jamás amado, he visto pasar muchos días de mi estéril y triste juventud. En vano quería apartar a Carlota de mi imaginación, y apagar la llama insana que me consumía: en todas partes encontraba la misma imagen, a todas llevaba el mismo pensamiento. Si en las auroras de la primavera quería respirar el aire puro de los campos y despertar con toda la naturaleza a la luz primera de un nuevo día, a Carlota veía en la aurora y en el campo: la brisa era su aliento, la luz su mirar, su sonrisa el cielo. De amor me hablaban las aves que cantaban en los bosques, de amor el arroyo que murmuraba a mis pies, y de amor el gran principio de la vida que anima al universo. Si, cansado del trabajo venía a la caída del sol a reposar mis miembros a orillas de este río, aquí también me aguardaban las mismas ilusiones: porque aquella hora de la tarde, cuando el sinsonte canta girando en torno de su nido, cuando la oscuridad va robando por grados la luz y el color a los campos, aquella hora, Teresa, es la hora de la melancolía y de los recuerdos. Todos los objetos inspiran una indefinible ternura, y al suspiro de la brisa se mezcla involuntariamente el suspiro del corazón. Entonces veía yo a Carlota aérea y pura vagar por las nubes que doraba el sol en sus últimos rayos, y creía beber en los aromas de la noche al aliento de su boca. ¡Oh, cuántas veces, en mi ciego delirio, he tendido los brazos a aquel fantasma hechicero y le he pedido una palabra de amor, aun cuando a esta palabra hubiese de desplomarse el cielo sobre mi cabeza, o hundirse la tierra debajo de mis plantas!

»¡Vientos abrasadores del Sur! ¡Cuando habéis acudido a mis desesperados clamores, trayendo en vuestras alas las tempestades del cielo, también vosotros me habéis visto salir a recibiros, y mezclar mis gritos a los bramidos del huracán y mis lágrimas a las aguas de la tormenta! ¡He implorado al rayo y le he atraído en vano sobre mi cabeza: junto a mí ha caído, tronchada por él, la altiva palma, reina de los campos, y ha quedado en pie el hijo del infortunio! ¡Y ha pasado la tempestad de la naturaleza y no ha pasado nunca la de su corazón!

—¡Oh Sab, pobre Sab! ¡Cuánto has padecido! —exclamó conmovida Teresa—, ¡cuán digno es de mejor suerte un corazón que sabe amar como el tuyo!

—Soy muy desgraciado, es verdad —respondióla con voz sombría—; vos no lo sabéis todo; no sabéis que ha habido momentos en que la desesperación ha podido hacerme criminal. Sí, vos no sabéis qué culpables deseos he formado, qué sueños de cruel felicidad han salido de mi cabeza abrasada... arrebatar a Carlota de los brazos de su padre, arrancarla de esa sociedad que se interpone entre los dos, huir a los desiertos llevando en mis brazos a ese ángel de inocencia y de amor... ¡Oh, no es esto todo! He pensado también en armar contra nuestros opresores, los brazos encadenados de sus víctimas; arrojar en medio de ellos el terrible grito de libertad y venganza; bañarme en sangre de blancos; hollar con mis pies sus cadáveres y sus leyes y perecer yo mismo entre sus ruinas, con tal de llevar a Carlota a mi sepulcro: porque la vida o la muerte, el cielo o el infierno... todo era igual para mí si ella estaba conmigo.

Otro nuevo intervalo de silencio sucedió a estas palabras[133]. Sab parecía haber caído en profundo enajenamiento y Teresa, fijos en él los ojos, sentía en su corazón nuevas y ex-

---

[133] A partir de aquí se produce una escena muy atrevida para la época, ya que Teresa parece empezar a admirar a Sab y a olvidarse del color y de su clase social.

traordinarias sensaciones. Teresa, que jamás había oído de la boca de un hombre la declaración de una pasión vehemente, hallábase entonces como fascinada por el poder de aquel amor inmenso, incontrastable, cuya fogosa expresión acababa de oír. Había algo de contagioso en las pasiones terribles del hombre con quien se hallaba: acaso el aire que respiraba saliendo encendido de su pecho, se extendía quemando cuanto encontraba. Teresa temblaba, y una sensación muy extraordinaria se apoderó entonces de su corazón: olvidaba el color y la clase de Sab; veía sus ojos llenos del fuego que le devoraba; oía su acento que salía del corazón trémulo, ardiente, penetrante, y acaso no envidió ya tanto a Carlota su hermosura y la felicidad de ser esposa de Enrique, como la gloria de haber inspirado una pasión como aquélla. Parecióle también que ella era capaz de amar del mismo modo y que un corazón como el de Sab era aquel que el suyo necesitaba.

El mulato, que absorto en sus pensamientos apenas atendía a ella, levantó por fin la cabeza y tomó otra vez la palabra, con más tranquilidad.

—En las pocas veces que iba a Puerto Príncipe, apenas veía a Carlota, pero interrogaba a todas sus criadas con mal disimulada ansiedad, deseando saber el estado de su corazón y temblando siempre de conseguirlo; pero mis temores quedaban desvanecidos. Belén, su esclava favorita como sabéis, me decía que aunque Carlota era el objeto de mil obsequios y pretensiones, no concedía a ningún hombre la más ligera preferencia: solía añadir que su joven ama repugnaba el matrimonio y no escuchaba sin llorar, la menor insinuación que respecto a esto le dirigía su padre. Tantas veces me fueron repetidas estas dulces palabras que mis inquietudes se disipaban por fin poco a poco y... ¿osaré confesarlo, Teresa?, sólo a vos, a vos únicamente podía hacer la penosa confesión de mi insensato orgullo. ¡Me atreví a formar absurdas suposiciones! Osé creer que aquella mujer cuya alma era tan pura, tan apasionada, no encontraría en ningún hombre el alma que fuese digna de la suya: me persuadí[134] que un secreto instin-

---

134 El verbo *persuadir* rige con la preposición *de*, pero la autora aquí la suprime.

to, revelándole que no existía en todo el universo más que una que fuese capaz de amarla y comprenderla, la había también instruido de que se encerraba en el cuerpo de un ser degradado, proscripto por la sociedad, envilecido por los hombres... y Carlota, condenada a no amar sobre la tierra, guardaba su alma virgen para el Cielo: ¡para aquella otra vida donde el amor es eterno y la felicidad inmensa! Donde hay igualdad y justicia, y donde las almas que en la tierra fueron separadas por los hombres se reunirán en el seno de Dios por toda la eternidad. ¡Oh, delirio de un corazón abrasado! ¡A ti debo los únicos momentos de felicidad que después de cuatro años haya experimentado!

»Una de las veces que estuve en la ciudad, no pude ver a Carlota, aunque permanecí tres días con este objeto. Belén me dijo que la señorita apenas salía de su cuarto; que se hallaba ligeramente indispuesta y muy triste, y rehusaba recibir hasta vuestras visitas, Teresa, y las de sus parientas. Según me ha confesado después, nadie ignoraba en la casa el motivo de su tristeza: su mano había sido rehusada a Enrique Otway: pero entonces nadie me comunicó estas noticias. A pesar de lo impenetrable que yo creía mi secreto, Belén lo había adivinado, y según me ha dicho después, ella rogó a las esclavas no hablar en mi presencia de los amores de la señorita. Inquieto con lo que se me decía de su poca salud y no logrando verla, pasaba las noches pegado a la ventana de su cuarto que da sobre el patio, y allí me encontraba la aurora, contento si en el silencio de la noche había podido percibir un suspiro, un movimiento de Carlota.

»La última noche que pasé en la ciudad, estando más atento que nunca al más leve rumor que se sentía en aquella habitación querida, ya avanzada la noche creí oír andar a Carlota, y poco después aproximarse a la ventana contra la cual estaba apoyado: redoblé entonces mi atención y oí distintamente su dulce voz. Sabiendo que dormía sola causóme admiración y poniendo toda mi alma en el oído, para entender lo que decía, conocí en breve que estaba leyendo. Era sin duda el libro de los evangelios el que ocupaba su atención, pues después de haber leído algunos minutos en voz baja, que no permitía oír distintamente las palabras profirió por

211

fin más alto: "Venid a mí los que estéis cargados y fatigados, y yo os aliviaré"[135]. Después de estas tiernas y consoladoras palabras, que repitió dos veces, dejé de oír la argentina voz y sólo pude percibir algunos suspiros. Trémulo, conmovido hasta lo más profundo del alma, repetía yo interiormente las palabras de consuelo que había oído, y parecíame, ¡insensato!, que a mí habían sido dirigidas. Súbitamente sentí descorrer el cerrojo de la ventana, y apenas tuve tiempo de ocultarme detrás del rosal que la da sombra, cuando apareció Carlota. A pesar de ser la noche una de las más frescas del mes de noviembre, no tenía abrigo ninguno en la cabeza, cuyos hermosos cabellos flotaban en multitud de rizos sobre su pecho y espalda. Su traje era una bata blanquísima, y la palidez de su rostro y el brillo de sus ojos humedecidos, daban a toda su figura algo de aéreo y sobrenatural. La luna en su plenitud colgaba del azul mate del firmamento, como una lámpara circular, y rielaban sus rayos entonces sobre la frente virginal de aquella melancólica hermosura.

»Yo me arrastré por tierra hasta colocarme otra vez junto a la ventana, y de pecho contra el suelo mis ojos y mi corazón se fijaron en Carlota. También ella parecía agitada, y un minuto después la vi caer de rodillas junto a la reja: entonces estábamos tan cerca que pude besar un canto de la cinta que ceñía la bata a su cintura, y colgaba fuera de la reja, mientras apoyaba en ella sus dos hermosos brazos y su cabeza de ángel. Permaneció un momento en esta postura, durante el cual yo sentía mi corazón que me ahogaba, y abría mis secos labios para recoger ávidamente el aire que ella respiraba. Luego levantó lentamente la cabeza y sus ojos, llenos de lágrimas, tomaron naturalmente la dirección del cielo. ¡Paréceme verla aún! Sus manos desprendiéndose de la reja se elevaron también y la luz de la luna, que bañaba su frente, parecía formar en torno suyo una aureola celestial. ¡Jamás se ha ofrecido a las miradas de los hombres tan divina hermosura! Nada

---

[135] *Evangelio* de San Mateo, capítulo 12 (N. A.).
La frase que más se aproxima a la que escribe la autora se halla en el capítulo 11, versículo 28: «Acercaos a mí todos los que estáis rendidos y abrumados, que yo os daré respiro.»

había de terrestre y mortal en aquella figura: era un ángel que iba a volar al cielo abierto ya para recibirle, y estuve próximo a gritarle: "¡Detente! ¡aguárdame! ¡dejaré sobre la tierra esta vil corteza y mi alma te seguirá!"

»La voz de Carlota, que sonó en mis oídos más dulce, más aérea que la voz de los querubines, ahogó en mis labios esta imprudente exclamación: "¡Oh tú —decía ella—; tú, que has dicho: 'Venid a mí todos los que estéis fatigados y yo os aliviaré'!, recibe mi alma que se dirige a ti, para que la descargues del dolor que la oprime." Yo uní mis preces a las suyas, Teresa, y en lo íntimo de mi corazón repetí con ella: "Recibe mi alma que se dirige a ti." Yo creía sin duda que ambos íbamos a morir en aquel momento y a presentarnos juntos ante el Dios de amor y de misericordia. Un sentimiento confuso de felicidad vaga, indefinible, celestial, llenó mi alma, elevándola a un éxtasis sublime de amor divino y de amor humano; a un éxtasis inexplicable en el que Dios y Carlota se confundían en mi alma. Sacóme de él el ruido estrepitoso de un cerrojo: busqué a Carlota y ya no la vi: la ventana estaba cerrada, y el cielo y el ángel habían desaparecido. ¡Volví a encontrar solamente al miserable esclavo, apretando contra la tierra un corazón abrasado de amor, celos y desesperación!

Capítulo II

¿Qué haré? ¿qué medio hallaré
donde no ha de hallarse medio?
Mas si el morir es remedio,
remedio en morir tendré.

LOPE DE VEGA

—¡Pobre Sab! —exclamó Teresa—. ¡Cuánto habrás padecido al saber que ese ángel de tus ilusiones quería entregarse
a un mortal!

—¡Indigno de ella! —añadió con tristeza el mulato—. Sí,
Teresa, cien veces más indigno que yo, no obstante su tez de
nieve y su cabellera de oro. Si no lo fuese, si ese hombre mere-
ciese el amor de Carlota, creedme, el corazón que se encierra
en este pecho sería bastante generoso para no aborrecerle.
«¡Hazla feliz!», le diría yo, y moriría de celos bendiciendo a
aquel hombre. Pero no, él no es digno de ella: ella no puede
ser dichosa con Enrique Otway... ¡Ved aquí el motivo de mi
desesperación! Carlota en brazos de un hombre era un dolor...
¡un dolor terrible!, pero yo hubiera hallado en mi alma fuerzas
para soportarlo. Mas Carlota entregada a un miserable... ¡Oh,
Dios! ¡Dios terrible!... ¡Esto es demasiado! Había aceptado el
cáliz con resignación y tú quisiste emponzoñar su hiel.

»No volví a la ciudad hasta el mes anterior al pasado. Hacía ya cerca de dos que estaba decidido el casamiento de Carlota, pero nada se me dijo de él y no habiendo estado sino
tres días en la ciudad, siempre ocupado en asuntos de mi
amo, no vi nunca a Otway y volví a Bellavista sin sospechar

214

que se preparaba la señorita de B... a un lazo indisoluble. Ni mi amo, ni Belén, ni vos, señora... nadie me dijo que Carlota sería en breve la esposa de un extranjero. ¡El destino quiso que recibiese el golpe de la mano aborrecida!

Sab refirió entonces su primer encuentro con Enrique y, como si el recuerdo de aquella tarde fatal fuese de un peso mayor que todos sus otros dolores, quedó después de dicha relación sumido en un profundo abatimiento.

—Sab —díjole Teresa con acento conmovido—, yo te compadezco, tú lo conoces, pero ¡ah!, ¿qué puedo hacer por ti?...

—Mucho —respondió levantando su frente, animada súbitamente de una expresión enérgica—, mucho, Teresa: vos podéis impedir que caiga Carlota en los brazos de ese inglés, y supuesto que vos le amáis sed su esposa.

—¡Yo! ¿Qué estás diciendo, pobre joven? ¡Yo puedo ser la esposa del amante de Carlota!

—¡Su amante! —repitió él con sardónica sonrisa—. Os engañáis, señora, Enrique Otway no ama a Carlota.

—¡No la ama! ¿Y por qué, pues, ha solicitado su mano?

—Porque entonces la señorita de B... era rica —respondió el mulato con acento de íntima convicción—, porque todavía no había perdido su padre el pleito que le despoja de una gran parte de su fortuna; porque aún no había sido desheredada por su tío; ¿me entendéis ahora, Teresa?

—Te entiendo —dijo ella— y te creo injusto.

—No —repuso Sab—, no escucho ni a mis celos ni a mi aborrecimiento al juzgar a ese extranjero. Yo he sido la sombra que por espacio de muchos días ha seguido constantemente sus pasos; yo el que ha estudiado a todas horas su conducta, sus miradas, sus pensamientos...; yo quien ha sorprendido las palabras que se le escapaban cuando se creía solo y aun las que profería en sus ensueños, cuando dormía: yo quien ha ganado a sus esclavos para saber de ellos las conversaciones que se suscitaban entre padre e hijo, conversaciones que rara vez se escapan a un doméstico interior, cuando quiere oírlas. ¡No era preciso tanto, sin embargo! Desde la primera vez que examiné a ese extranjero, conocí que el alma que se encerraba en tan hermoso cuerpo era huésped mezquino de un soberbio alojamiento.

—Sab —dijo Teresa—, me dejas atónita: luego tú crees...
El mulato no la dejó concluir.

—Creo —respondió— que Enrique está arrepentido del compromiso que lo liga a una mujer que no es ya más que un partido adocenado: creo que el padre no consentirá gustoso en esa unión, sobre todo si se presenta a su hijo una boda más ventajosa, y creo, Teresa, que vos sois ese partido que el joven y el viejo aceptarán sin vacilar.

Teresa creyó que soñaba.

—¡Yo! —repitió por tres veces.

—Vos misma —respondió el mulato—. Jorge Otway preferirá una dote en dinero contante (yo mismo se lo he oído decir), a todas las tierras que puede llevar a su hijo la señorita de B.... y vos podéis ofrecer a Enrique con vuestra mano una dote de cuarenta mil duros en onzas de oro.

—¡Sab! —exclamó con amargura la doncella—, no te está bien ciertamente burlarte de una infeliz que te ha compadecido, llorando tus desgracias, aunque no llora las suyas.

—No me burlo de vos, señora —respondió él con solemnidad—. Decidme: ¿no tenéis un billete de la lotería? Le tenéis, yo lo sé: he visto en vuestro escritorio dos billetes que guardáis: el uno tiene vuestro nombre y el otro el de Carlota, ambos escritos por vuestra mano. Ella, demasiado ocupada de su amor, apenas se acuerda de esos billetes, pero vos los conserváis cuidadosamente, porque sin duda pensáis, «siendo rica, sería hermosa, sería feliz..., siendo rica ninguna mujer deja de ser amada».

—¡Y bien! —exclamó Teresa con ansiedad—, es verdad..., tengo un billete de la lotería...

—Yo tengo otro.

—¡Y bien!

—La fortuna puede dar a uno de los dos cuarenta mil duros.

—Y esperas...

—Que ellos sean la dote que llevéis a Enrique. Ved aquí mi billete —añadió sacando de su cinturón un papel—, es el número 8014 y el 8014 ha obtenido cuarenta mil duros. Tomad este billete y rasgad el vuestro. Cuando dentro de algunas horas venga yo de Puerto Príncipe, el señor de B... recibi-

rá la lista de los números premiados, y Enrique sabrá que sois
más rica que Carlota. Ya veis que no os he engañado cuando
os dije que había para vuestro amor una esperanza, ya veis
que aún podéis ser dichosa. ¿Consentís en ello, Teresa?

Teresa no respondió: una sola palabra no salió de sus labios, pero no eran necesarias las palabras. Sus ojos habían tomado súbitamente aquella enérgica expresión que tan rara
vez los animaba. Sab la miró y no exigió otra contestación:
bajó la cabeza avergonzado y un largo intervalo de silencio
reinó entre los dos. Sab lo rompió por fin con voz turbada.

—Perdonadme, Teresa —la dijo—, ya lo sé… nunca com-
praréis con oro un corazón envilecido, ni legaréis la posesión
del vuestro a un hombre mezquino. Enrique es tan indigno
de vos como de ella; ¡lo conozco! Pero, Teresa, vos podéis
aparentar algunos días que os halláis dispuesta a otorgarle
vuestra dote y vuestra mano, y cuando vencido por el atractivo del oro, que es su Dios, caiga el miserable a vuestros
pies, cuando conozca Carlota la bajeza del hombre a quien
ha entregado su alma, entonces abrúmenle vuestros despre-
cios y los suyos, entonces alejad de vos a ese hombre indigno de miraros. ¿Consentís, Teresa? Yo os lo pido de rodillas,
en nombre de vuestra amiga, de la hija de vuestros bienhe-
chores… ¡De esa Carlota fascinada que merece vuestra compasión! No consintáis en que caiga en los brazos de un miserable ese ángel de inocencia y de ternura…, no lo consintáis,
Teresa.

—En este corazón alimentado de amargura por tantos
años —respondió ella—, no se ha sofocado, sin embargo, el
sentimiento sagrado de la gratitud: no, Sab, no he olvidado
a la angélica mujer que protegió a la desvalida huérfana, ni
soy ingrata a las bondades de mi digno bienhechor, que es
padre de Carlota. ¡De Carlota, a quien yo he envidiado en la
amargura de mi corazón, pero cuya felicidad que me hace
padecer, sería un deber mío comprar a costa de toda mi sangre! Pero ¡ay!… ¿Es la felicidad la que quieres darla?… ¡Triste
felicidad la que se funde sobre las ruinas de todas las ilusiones! Tú te engañas, pobre joven, o yo conozco mejor que tú
el alma de Carlota. Aquella alma tierna y apasionada se ha
entregado toda entera: su amor es su existencia, quitarle el

uno es quitarle la otra. Enrique vil, interesado, no sería ya, es verdad, el ídolo de un corazón tan puro y tan generoso: ¿pero cómo arrancar ese ídolo indigno sin despedazar aquel noble corazón?

Sab cayó a sus pies como herido de un rayo.

—¡Pues qué! —gritó con voz ahogada— ¿ama tanto Carlota a ese hombre?

—Tanto —respondió Teresa—, que acaso no sobrevivirá a la pérdida de su amor. ¡Sab! —prosiguió con voz llena y firme—, si es cierto que amas a Carlota con ese amor santo, inmenso, que me has pintado; si tu corazón es verdaderamente capaz de sentirlo, desecha para siempre un pensamiento inspirado únicamente por los celos y el egoísmo. ¡Bárbaro!... ¿quién te da el derecho de arrancarle sus ilusiones, de privarla de los momentos de felicidad que ellas pueden proporcionarla? ¿Qué habrás logrado cuando la despiertes de ese sueño de amor, que es su única existencia? ¿Qué le darás en cambio de las esperanzas que le robes? ¡Oh, desgraciado el hombre que anticipa a otro el terrible día del desengaño!

Detúvose un momento y viendo que Sab la escuchaba inmóvil añadió con más dulzura:

—Tu corazón es noble y generoso, si las pasiones le extravían un momento él debe volver más recto y grande. Al presente eres libre y rico: la suerte, justa esta vez, te ha dado los medios de elevar tu destino a la altura de tu alma. El bienhechor de Martina tiene oro para repartir entre los desgraciados, y la dicha de la virtud le aguarda a él mismo, al término de la senda que le abre la Providencia.

Sab miró a Teresa con ojos extraviados y como si saliese de un penoso sueño.

—¡Dónde estoy! —exclamó—. ¿Qué hacéis aquí? ¿A qué habéis venido?

—A consolarte —respondió conmovida la doncella—. ¡Sab! querido Sab... vuelve en ti.

—¡Querido! —repitió él con despedazante sonrisa—: ¡Querido!... no, nunca lo he sido, nunca podré serlo... ¿veis esta frente, señora? ¿qué os dice ella? ¿no notáis este color opaco y siniestro?... Es la marca de mi raza maldita... Es el sello del oprobio y del infortunio. Y, sin embargo —añadió apretando convulsivamente contra su pecho las manos de Teresa—, sin embargo, había en este corazón un germen fecundo de grandes sentimientos. Si mi destino no los hubiera sofocado, si la abyección del hombre físico no se hubiera opuesto constantemente al desarrollo del hombre moral, acaso hubiera yo sido grande y virtuoso. Esclavo, he debido pensar como esclavo, porque el hombre sin dignidad ni derechos, no puede conservar sentimientos nobles. ¡Teresa!, debéis despreciarme... ¿Por qué estáis aquí todavía?... Huid, señora, y dejadme morir.

—¡No! —exclamó ella inclinando su cabeza sobre la del mulato, arrodillado a sus pies—, no me apartaré de ti sin que me jures respetar tu vida.

Un sudor frío corría por la frente de Sab, y la opresión de su corazón embargaba su voz: sin embargo, a los dulces acentos de Teresa levantó a ella sus ojos, llenos de gratitud.

—¡Cuán buena sois! —la dijo—, pero, ¿quién soy yo para que os interéseis por mi vida?... ¡Mi vida! ¿Sabéis vos lo que es mi vida?... ¿A quién es necesaria?... Yo no tengo padre ni madre... soy solo en el mundo: nadie llorará mi muerte. No tengo tampoco una patria que defender, porque los esclavos no tienen patria; no tengo deberes que cumplir, porque los deberes del esclavo son los deberes de la bestia de carga, que anda mientras puede y se echa cuando ya no puede más. Si al menos los hombres blancos, que desechan de sus sociedades al que nació teñida la tez de un color diferente, le dejasen tranquilo en sus bosques, allá tendría patria y amores... porque amaría a una mujer de su color, salvaje como él, y que como él no hubiera visto jamás otros climas ni otros hombres, ni conocido la ambición, ni admirado los talentos. Pero ¡ah!, al negro se rehúsa lo que es concedido a las bestias feroces, a quienes le igualan; porque a ellas se les deja vivir entre los montes donde nacieron y al negro se le arranca de los suyos. Esclavo envilecido, legará por herencia a sus hijos esclavitud y envilecimiento, y esos hijos desgraciados pedirán en vano la vida selvática de sus padres. Para mayor tormento serán condenados a ver hombres como ellos, para los cuales la fortuna y la ambición abren mil caminos de gloria y de poder; mientras que ellos no pueden tener ambición, no pueden esperar un porvenir. En vano sentirán en su cabeza una fuerza pensadora, en vano en su pecho un corazón que palpite. ¡El poder y la voluntad! En vano un instinto, una convicción que les grite, «levantaos y marchad», porque para ellos todos los caminos están cerrados, todas las esperanzas destruidas. ¡Teresa!, esa es mi suerte. Superior a mi clase por mi naturaleza, inferior a las otras por mi destino, estoy solo en el mundo.

—Deja estos países, déjalos —exclamó con energía Teresa—, ¡pobre joven!, busca otro cielo, otro clima, otra existencia... busca también otro amor...; una esposa digna de tu corazón.

—¡Amor! ¡Esposa! —repitió tristemente Sab—, no, señora, no hay tampoco amor y ni esposa para mí: ¿No os lo he dicho ya? Una maldición terrible pesa sobre mi existencia y está impresa en mi frente. Ninguna mujer puede amarme, ninguna querrá unir su suerte a la del pobre mulato, seguir sus pasos y consolar sus dolores.

Teresa se puso en pie. A la trémula luz de las estrellas pudo Sab ver brillar su frente altiva y pálida. El fuego del entusiasmo centelleaba en sus ojos y toda su figura tenía algo de inspirado. Estaba hermosa en aquel momento: hermosa con aquella hermosura que proviene del alma, y que el alma conoce mejor que los ojos. Sab la miraba asombrado. Tendió ella sus dos manos hacia él y levantando los ojos al cielo.

—¡Yo! —exclamó—, yo soy esa mujer que me confío a ti: ambos somos huérfanos y desgraciados... aislados estamos los dos sobre la tierra y necesitamos igualmente compasión, amor y felicidad. Déjame, pues, seguirte a remotos climas, al seno de los desiertos... ¡Yo seré tu amiga, tu compañera, tu hermana![136].

---

[136] Estamos ante uno de los momentos más atrevidos y progresistas de la obra, pues Teresa se ofrece como esposa a Sab. Mary Cruz anota: «La difícil situación en que coloca al mulato, que no puede aceptarla porque no la quiere, pero que debe darle una respuesta que no ofenda ni la dignidad ni la sensibilidad de la muchacha, es resuelta con gran habilidad —y hasta con maestría— por la autora» (edición de *Sab*, pág. 301). En alguna ocasión debió de verse la Avellaneda en la misma tesitura. Este final de párrafo recuerda a un momento de una de las muchas cartas que envió a Cepeda en la que le dice:

Ella cesó de hablar y aún parecía escucharla el mulato. Asombrado e inmóvil fijaba en ella los ojos, y parecía preguntarle si no le engañaba y era capaz de cumplir lo que prometía. ¿Pero debía dudarlo? Las miradas de Teresa y la mano que apretaba la suya eran bastante a convencerle. Sab besó sus pies, y en el exceso de su emoción sólo pudo exclamar:

—¡Sois un ángel, Teresa!

Un torrente de lágrimas brotó en seguida de sus ojos; y sentado junto a Teresa, estrechando sus manos contra su pecho, sintióse aliviado del peso enorme que le oprimía, y sus miradas se levantaron al cielo, para darle gracias de aquel momento de calma y consuelo que le había concedido. Luego besó con efusión las manos de Teresa.

—¡Sublime e incomparable mujer! —la dijo—, Dios sabrá premiarte el bien que me has hecho. Tu compasión me da un momento de dulzura que casi se asemeja a la felicidad. ¡Yo te bendigo, Teresa!

Y tornando a besar sus manos añadió:

—El mundo no te ha conocido, pero yo que te conozco debo adorarte y bendecirte. ¡Tú me seguirías!... ¡Tú me prodigarías consuelos cuando ella suspirase de placer en brazos de un amante!... ¡Oh! ¡Eres una mujer sublime, Teresa! No, no legaré a un corazón como el tuyo mi corazón destrozado... Toda mi alma no bastaría a pagar un suspiro de compasión que la tuya me consagrase. ¡Yo soy indigno de ti! Mi amor, este amor insensato que me devora, principió con mi vida y sólo con ella puede terminar: los tormentos que me causa forman mi existencia: nada tengo fuera de él, nada sería si dejase de amar. Y tú, mujer generosa, no conoces tú misma a lo que te obligas, no prevés los tormentos que te preparas. El entusiasmo dicta y ejecuta grandes sacrificios, pero pesan después con toda su gravedad sobre el alma destrozada. Yo te absuelvo del cumplimiento de tu generosa e imprudente promesa. ¡Dios, sólo Dios es digno de tu grande alma! En cuanto a mí, ya he amado, ya he vivido... ¡Cuántos mueren sin poder decir otro tanto! ¡Cuántas almas salen de

«ya me hagas tu amiga ya tu amante». Véase Elena Catena, *Poesías y epistolario de amor y de amistad*, pág. 258.

este mundo sin haber hallado un objeto en el cual pudiesen emplear sus facultades de amar! El cielo puso a Carlota sobre la tierra, para que yo gozase en su plenitud la aventura suprema de amar con entusiasmo: no importa que haya amado solo: ¡mi llama ha sido pura, inmensa, inextinguible! No importa que haya padecido, pues he amado a Carlota: ¡A Carlota que es un ángel! ¡A Carlota, digno objeto de todo mi culto! Ella ha sido más desventurada que yo: mi amor engrandece mi corazón y ella... ¡Ah! ¡Ella ha profanado el suyo! Pero vos tenéis razón, Teresa, sería una barbarie decirle, «ese ídolo de tu amor es un miserable incapaz de comprenderte y amarte». ¡No! ¡Nunca! Quédese con sus ilusiones, que yo respetaré con religiosa veneración... ¡Cásese con Enrique, y sea feliz!

Calló por un momento, luego volviendo a agarrar convulsivamente las manos de Teresa, que permanecía trémula y conmovida a su lado, exclamó con nueva y más dolorosa agitación:

—¿Pero lo será?... ¿Podrá serlo cuando después de algunos días de error y entusiasmo vea rasgarse el velo de sus ilusiones, y se halle unida a un hombre que habrá de despreciar?... ¿Concebís todo lo que hay de horrible en la unión del alma de Carlota y el alma de Enrique? Tanto valdría ligar al águila con la serpiente, o a un vivo con un cadáver. ¡Y ella habrá de jurar a ese hombre amor y obediencia! ¡Le entregará su corazón, su porvenir, su destino entero!... ¡Ella se hará un deber de respetarle! ¡Y él..., él la tomará por mujer, como a un género de mercancía, por cálculo, por conveniencia... haciendo una especulación vergonzosa del lazo más santo, del empeño más solemne! ¡A ella, que le dará su alma! ¡Y él será su marido, el poseedor de Carlota, el padre de sus hijos!... ¡Oh, no, no, Teresa! Hay un infierno en este pensamiento... lo veis, no puedo soportarlo... ¡Imposible!

Y era así, pues corría de su frente un helado sudor, y sus ojos desencajados expresaban el extravío de su razón. Teresa le hablaba con ternura, ¡pero en vano!, un vértigo se había apoderado de él.

Parecíale que temblaba la tierra bajo sus pies y que en torno suyo giraban en desorden el río, los árboles y las rocas.

222

Sofocábale la atmósfera y sentía un dolor violento, un dolor material como si le despedazasen[137] el corazón con dos garras de hierro, y descargasen sobre su cabeza una enorme mole de plomo.

¡Carlota esposa de Enrique! ¡Ella prodigándole sus caricias! ¡Ella envileciendo su puro corazón, sus castos atractivos con el grosero amor de un miserable! Este era su único pensamiento, y este pensamiento pesaba sobre su alma y sobre cada uno de sus miembros. No sabía dónde estaba, ni oía a Teresa, ni se acordaba de nada de cuanto había pasado, excepto de aquella idea clavada en su mente y en su corazón. Hubo un momento en que, espantado él mismo de lo que sufría, dudó resistiese a tanto la organización[138] humana, y pasó por su imaginación un pensamiento confuso y extravagante. Ocurrióle[139] que había muerto, y que su alma sufría aquellos tormentos inconcebibles que la ira de Dios ha preparado a los réprobos. Porque hay dolores cuya espantosa profundidad no puede medir la vista del hombre: el cuerpo se aniquila delante de ellos y sólo el alma, porque es infinita, puede surfrirlos y comprenderlos.

El desventurado Sab en aquel momento quiso levantarse, acaso para huir del pensamiento horrible que le volvía loco; pero sus tentativas fueron vanas. Su cuerpo parecía de plomo y, como sucede en una pesadilla, sus esfuerzos agotando sus fuerzas, no acertaban a moverle de aquella peña infernal en que parecía clavado. Gritos inarticulados, que nada tenían del humano acento, salieron entonces de su pecho, y Teresa le vio girar en torno suyo miradas dementes, y fijarlas por fin en ella con espantosa inmovilidad. El corazón de Teresa se partía también de dolor al aspecto de aquel desventurado, y ella lloraba sobre su cabeza atormentada, dirigiéndole palabras de consuelo. Sab pareció por fin escucharla, porque buscó con su mano trémula la de la doncella y asiéndola la apretó sobre su seno, alzando hacia ella sus ojos encendidos: lue-

---

137 *despedazasen*. En la edición príncipe, *despedazase*, errata.
138 *organización*. Tal vez quiso decir *organismo*.
139 *ocurrióle*. Con mayor sentido, *ocurriósele*.

go haciendo un último y violento esfuerzo para levantarse, cayó a los pies de Teresa, como si todos los músculos de su cuerpo se hubiesen quebrantado.

Inclinada sobre él y sosteniéndole la cabeza sobre sus rodillas, mirábale la pobre mujer y sentía agitarse su corazón. «¡Desventurado joven! —pensaba ella— ¿quién se acordará de tu color al verte amar tanto y sufrir tanto?» Luego pasó rápidamente por su mente un pensamiento, y se preguntó a sí misma qué hubiera podido ser el hombre dotado de pasiones tan ardientes y profundas, si bárbaras preocupaciones no le hubiesen cerrado todos los caminos de una noble ambición. Pero aquella alma poderosa obligada a devorar sus inmensos tesoros, se había entregado a la única pasión que hasta entonces había probado, y aquella pasión única la había subyugado. «No —pensaba Teresa—, no debías haber nacido esclavo... el corazón que sabe amar así no es un corazón vulgar.»

Al volver en sí el mulato miróla y la reconoció:

—Señora —la dijo con desfallecida voz—, ¿estáis aquí todavía? ¿No me habéis abandonado como a un alma cobarde, que se aniquila delante la desventura a que debiera estar tan preparada?

—No —respondió ella con emoción—, estoy aquí para compadecerte y consolarte. ¡Sab!, has sufrido mucho esta noche.

—¡Esta noche! ¡Ah! No... no ha sido solamente esta noche: lo que he padecido a vuestra vista una vez, eso he padecido otras mil, sin que una palabra de consuelo cayese, como una gota de rocío, sobre mi corazón abrasado: y ahora vos lloráis, Teresa. ¡Bendígate Dios! ¡No, no es esta noche la más desgraciada para mí, Teresa!... Acercaos, que sienta yo otra vez caer en mi frente vuestro llanto. A no ser por vos yo hubiera pasado por la senda de la vida, como por un desierto, solo con mi amor y mi desventura, sin encontrar una mirada de simpatía ni una palabra de compasión.

Guardaron ambos un momento de silencio durante el cual Teresa lloraba, y Sab sentado a sus pies parecía sumergido en profundo desaliento. Por fin, Teresa enjugó sus lágrimas, y reuniendo todas sus fuerzas señaló con la mano al mulato el punto del horizonte en que aparecían ya las nubes ligeramente iluminadas.

—¡Es preciso separarnos! —le dijo—. Sab toma tu billete, él te da riquezas... ¡puedes también encontrar algún día reposo y felicidad!

—Cuando tomé ese billete —respondió él—, y quise probar la suerte, Martina, la pobre vieja que me llama su hijo, estaba en la miseria: al presente goza comodidades y el oro me es inútil.

—¡Y qué! ¿No hay otros infelices?

—No hay en la tierra mayor infeliz que yo, Teresa, no puedo compadecer sino a mí mismo... Sí, yo me compadezco, porque lo conozco, no hay ya en mi corazón sino un solo deseo, una sola esperanza... ¡la muerte!

—Sab, no te abandones así a la desesperación: acaso el cielo se dispone a ahorrarte el tormento de ver a Carlota esposa de Enrique. Si el viejo Otway es tan codicioso como crees, si su hijo no ama sino débilmente a Carlota, ya saben que no es rica como suponían y ese enlace no se verificará.

—Pero vos me habéis dicho —exclamó con tristeza Sab—, que ella no sobrevivirá a su amor... vos lo habéis dicho, vos lo sabéis... pero lo que no sabéis es que yo os ofrezco el oro para comprar la mano de ese hombre, no os perdonaría nunca si lo hubieseis aceptado: ni a él ni a mí mismo me perdonaría. Vos no sabéis que la sangre sacada de sus venas gota a gota, y mi propia sangre no me parecería suficiente venganza, ni mil vidas inmoladas por mi mano pagarían una sola lágrima de Carlota. ¡Carlota despreciada! ¡Despreciada por esos viles mercaderes! ¡Carlota que haría el orgullo de un rey!... No, Teresa, no me lo digáis otra vez... vos no podéis comprender las contradicciones de un corazón tan atormentado.

Teresa se puso en pie y escuchó por un momento.

—Adiós, Sab... —dijo luego—, paréceme que los esclavos están ya levantados y que se aproximan a los cañaverales: adiós, no dudes nunca que tienes en Teresa una amiga, una hermana.

Ella aguardó en vano unos minutos una contestación del mulato. Apoyada la frente sobre una peña, inmóvil y silencioso, parecía sumido en profunda y tétrica meditación. Luego de repente brillaron sus ojos con la expresión que revela una determinación violenta y decidida, y alzóse del suelo grande, resignado, heroico.

Los negros se acercaban: Sab sólo tuvo tiempo de decir en voz baja algunas palabras a Teresa, palabras que debieron sorprenderla, pues exclamó al momento:

—¡Es posible!... ¿Y tú?

—¡Moriré! —contestó él haciéndole con la mano un ademán para que se alejase. En efecto, Teresa se ocultó entre los cañaverales al mismo tiempo que los esclavos llegaban al trabajo. Uno solamente, más perezoso que los otros, o sintiéndose con sed, dejó su azada y se adelantó hacia el río. Un fuerte tropezón que dio por poco le hace caer en tierra.

—Es un castigo de Dios, José —le gritaron sus compañeros—, por lo holgazán que eres.

José no respondía sino que estaba estático en el sitio de que acababa de levantarse, los ojos fijos en el suelo con aire de pasmo.

—¿Qué es eso, José? —gritó uno de los negros—. ¿Te habrás clavado en el suelo?

José los llamó hacia él, no con la voz sino con aquellos gestos llenos de expresión que se notan en la fisonomía de los negros. Los más curiosos corrieron a su lado y al momento los que quedaron oyeron una sola palabra repetida a la vez por muchas voces:

—¡El mayoral!

Sab estaba sin sentido junto al río: los esclavos le levantaron y le condujeron en hombros al ingenio.

Cuando dos horas después se levantó don Carlos de B... oyó galopar un caballo que se alejaba.

—¿Quién se marcha ahora? —preguntó a uno de los esclavos.

—Es el mayoral, mi amo, que se va a la ciudad.

—¡Cómo tan tarde! Son las siete y yo le había encargado marcharse al amanecer.

—Es verdad, mi amo —respondió el esclavo—, pero el mayoral estaba tan malo...

—¡Estaba malo!..., ¿qué tenía, pues?

—¿El mayoral, mi amo?... Yo no lo sé, pero tenía la cara caliente como un tizón de fuego, y luego echó sangre, mucha sangre por la boca.

—¡Sangre por la boca! ¡Cómo! ¡Sangre por la boca y se ha marchado así! —exclamó don Carlos.

José, que pasaba cargado con un haz de caña, se detuvo al oírle y echó una mirada de reconvención sobre el otro negro. José era el esclavo más adicto a Sab, y Sab le quería porque era congo[140], como su madre.

—No haga caso su merced de lo que dice ese mentecato. El mayoral está bueno, sólo que echó un poco de sangre por la nariz, y me dijo que a las tres de la tarde tendría su merced las cartas del correo.

—Vaya, eso es otra cosa —dijo el señor de B...—, este bruto me había asustado.

El negro se alejó murmurando:

—¡Bruto! Yo soy un bruto porque digo la verdad.

---

[140] *congo*. Natural del Congo, en África. Parecido uso se halla en Gracián y en otros clásicos.

Capítulo III

El buque consignado a Jorge Otway había anclado en el
puerto de Guanaja el día antes de la llegada de Enrique, y a
las pocas horas hubiera podido éste volverse a Puerto Príncipe con el cargamento, pero no lo hizo así. El cargamento fue
enviado a su padre con un hombre de su confianza, y aunque nada le detenía en Guanaja, Enrique permaneció allí, sin
poder explicarse a sí mismo el objeto de esta determinación.
Cuando sienten la necesidad de tomar una resolución decisi-
va los espíritus débiles descansan, en cierto modo, retardán-
dola; y un día, una hora les parece un porvenir durante el
cual esperan algún acontecimiento poderoso a decidirlos.
Enrique veía ya positivamente destruidas sus últimas esperanzas: sabía sin ningún género de duda el verdadero estado
de la fortuna de don Carlos, y conocía sobradamente a su padre para esperar que consintiese en su unión con Carlota. Al
volver a la ciudad seríale forzoso confesar a Jorge la certeza
que había adquirido del poco valor de las fincas que el señor
de B... poseía en Cubitas, y la declaración que el mismo don
Carlos le había hecho de los considerables atrasos de su caudal. Su casamiento estaba fijado para dentro de un mes, y el
joven veía que era llegado el momento de tomar una resolución y comenzar a proceder consecuente a ella. ¿Y cuál sería

esta resolución? Momentos hubo en que la idea de renunciar a Carlota le pareció tan cruel, que si no hubiera tenido un padre codicioso, si hubiese sido libre en su elección, acaso le habría dado su mano con preferencia a la más rica heredera de todas las islas: pero aun en estos momentos de exaltación amorosa Enrique no pensó ni remotamente en contrariar la enérgica voluntad de su padre, y ni aun siquiera intentar persuadirle. Según las ideas en que había sido educado, nada era más razonable que la oposición de su padre a un enlace que ya no le convenía, y Enrique se reprochaba como una debilidad culpable el amor que le hacía repugnar la voluntad paterna.

—Esto es un hecho —decía él hablando consigo mismo—, esa mujer me ha trastornado el juicio, y es una felicidad que mi padre sea inflexible, pues si tuviese yo libertad de seguir mis propias inspiraciones es muy probable que cometiera la locura de casarme con la hija de un criollo arruinado.

Y, sin embargo, de raciocinar de este modo, hallábase confuso y casi avergonzado al pensar que Carlota iba a conocerle por fin como un hombre interesado, y quizás a aborrecerle o despreciarle. ¿De qué modo podría él sustraerse de un compromiso tan público y solemne sin dar a conocer el motivo de su mudanza? ¿Y cómo dejar de aparecer a los ojos de su querida, de su querida tan generosa, tan desinteresada, sin el aspecto odioso que su codicia debía darle?

Agitado con estos pensamientos, paseábase a orillas del mar la tarde del segundo día de su llegada a Guanaja, y buscaba modo de decidirse a sí mismo a volver al siguiente a Puerto Príncipe.

—Iré —decía—, iré sin ver a Carlota, sin detenerme en Bellavista, diré a mi padre la verdad de todo y le suplicaré se revista de prudencia y de discreción, para que al romper mis compromisos no hiera demasiado el orgullo ni la sensibilidad de Carlota: le diré que busque, que invente un pretexto plausible, que disfrace en lo posible la verdadera causa de este rompimiento, y luego le pediré permiso para marcharme a la Habana, a Filadelfia, a Jamaica... a cualquier parte. Viajaré cuatro o seis meses para distraerme de esta pasión, que me torna débil como un niño.

Pero apenas había tomado esta resolución, parecía que algún mal espíritu ponía delante de sus ojos a Carlota más bella, más tierna que nunca, y la veía desolada reconvenirle por su abandono, echarle en cara su avaricia y acaso despreciarle en su corazón. Luego (y este último cuadro le afectaba más vivamente), luego la veía consolada de su perfidia con el amor ardiente y desinteresado de un apasionado criollo, y le juzgaba dichoso y a ella también dichosa. Entonces sentía que la sangre se agolpaba a su cabeza y a su corazón, y que le ahogaba. Porque los celos son a veces más omnipotentes que el mismo amor, y el hombre menos capaz de sentir en su sublimidad esta noble pasión, es acaso susceptible de conocer los celos en toda su terrible violencia. El hombre, egoísta por naturaleza, se irrita de ver gozar a otro la felicidad que él mismo ha despreciado, y muchas veces cesando de amar se cree todavía con el derecho de ser amado. Las almas grandes, como las débiles, los elevados y los bajos caracteres son susceptibles de celos, pero, ¡cuán diverso aparece el mismo sentimiento! ¡Cómo las pasiones se amoldan, por decirlo así, al corazón que dominan! Sab sucumbiendo a los celos devorados por largo tiempo en el secreto de su alma, Sab sintiendo quebrantarse su corazón a la espantosa idea de un rival indigno y feliz, sólo llora que sus tormentos no compren la felicidad de Carlota. Enrique no puede sufrir esa felicidad de la mujer que abandona, y el pensamiento de que un amante más digno goce un bien que él ha despreciado, le saca de su habitual serenidad para hacerle probar un cáliz de amargura y de furor.

La tarde era cálida y calmosa. Estábase a mediados de junio y ya empezaba la atmósfera a tomar aquel aspecto amenazante que caracteriza el verano de las Antillas. Después de la gran tempestad que se sintiera algunos días antes, el tiempo había quedado fresco y hermoso, pero desde su llegada a Guanaja, Enrique había notado los signos que presagian las tempestades, casi diarias en aquellos países desde junio hasta septiembre. En la tarde a que nos referimos la calma era tan profunda que el mar aparecía terso y bruñido como un espejo, y no se percibía ni un soplo, ni un movimiento. La ribera estaba desierta: no se notaba nada de aquel bullicio y de aquella actividad que parece indispensable en un puerto de mar. Dos goletas y algunas otras embarcaciones más peque ñas ancladas en el puerto, yacían tristes e inmóviles, sin que la canción o los gritos de un marinero viniesen a dar vida a aquella inmensa soledad. Solamente algunas grullas aparecían por intervalos en la playa, para recoger silenciosamente los mariscos que la poblaban.

Enrique se había sentado tristemente en una peña, y fijos sus ojos en el mar dejaba vagar su pensamiento. ¿Qué hará ahora Carlota?, decía interiormente, ¿esa alma tan apasionada sentirá un presentimiento que la anuncie que en este momento su Enrique piensa en el modo de abandonarla, o bien confiada y alegre se gozará formando dulces proyectos de felicidad en nuestra próxima unión? Y luego, he aquí este puerto pobre y silencioso, pensaba él, cuando yo vuelva a ser tan rico como era, en vez de estos miserables barquichuelos esta bahía se verá adornada con elegantes buques, que traigan a mis almacenes las producciones de la industria de toda Europa. Sí, porque si yo fuese poseedor de una fortuna mediana sería centuplicada en mis manos antes de veinte años, y luego ya no sería un triste traficante en una ciudad mediterránea, sería un opulento negociante de New York o Filadelfia, y mi nombre sería conocido por los comerciantes de ambos hemisferios. Y entonces, ¿qué me importaría que Carlota de B... tuviese un marido y me olvidase por él? Ella llenaría su destino como yo el mío.

Enrique, como todo hombre que siente halagada su pasión dominante por una esperanza, aunque sea remota e incierta, sintióse fuerte en aquel momento contra toda oposición que pudiera presentarse al logro de su deseos. Amor, celos, todo desapareció entonces, o todo sucumbió a un poder superior: porque la ambición de riquezas, lo mismo que todas las ambiciones, es una pasión fuerte y enérgica. El avaro sediento de oro huella con sus pies sus afectos, su propia aventura, si se le presentan en el camino que sigue para alcanzarlo, así como la ambición más noble, la de gloria, lo sacrifica todo para correr en pos del fantasma engañoso que oculta bajo una corona de luz una frente de ceniza. ¡Oh!, ambos son igualmente insensatos, el que acumula oro para comprar un sepulcro, y él que sacrifica su juventud a un porvenir que no alcanza, y expira con la esperanza de que su nombre pasando de año en año y de siglo en siglo, llegue a perderse más tarde que él en el insondable abismo del eterno olvido. Pero no digáis al sediento de oro que no le dará la felicidad, ni al sediento de gloria que ella le conducirá al infortunio: ellos se levantarán para deciros: «no importa, mi alma la necesita.»

—Carlota —decía Enrique fijando sus ojos en el anillo que brillaba en su mano, prenda de amor que le otorgara su querida—, yo no podré amar a otra mujer tanto como a ti, ninguna podrá hacerme tan feliz como tú me hubieras hecho: pero el destino nos separa. Es preciso que yo sea rico, y tú no puedes hacerme rico, Carlota.

Se puso en pie entonces, decidido a volverse a la ciudad al día siguiente, y echó una mirada orgullosa en contorno suyo, como hombre que acaba de triunfar de un enemigo poderoso. Detúvose, empero, esta mirada, quedando fija por algún tiempo, y su cabeza en la actitud de quien pone toda su atención en escuchar alguna cosa. Y era que Enrique percibió, primero confusamente y luego con más distinción[141], la carrera de un caballo, que se aproximaba evidentemente al sitio donde se encontraba. Parece que un instinto del corazón le advierte que algo muy interesante para él se le acercaba en aquel momento, pues anduvo algunos pasos como para encontrar más presto a aquel que se le aproximaba. De repente, se paró: había ya descubierto al caballo y al hombre que le montaba: era tan violenta la carrera de aquél, que el jinete, aunque haciendo visibles esfuerzos, no pudo contenerle, como al parecer deseaba: el caballo pasó como una saeta, y sólo se detuvo, poco a poco y como a su pesar, a muchos pasos de distancia del sitio en que se hallaba Enrique. Pudo ver, sin embargo, éste que el jinete echaba pie a tierra y el caballo cubierto de espuma vacilaba, cayendo por fin a sus pies: el hombre se inclinó sobre él, y parecióle a Enrique que hablaba al pobre animal, el cual levantando lentamente la cabeza miró aún una vez a su amo, como si quisiera responderle, y dejándola caer al momento se estremeció en todo su cuerpo

---

[141] *con más distinción*. Más distintamente, de forma más clara.

por dos o tres veces, y en seguida quedóse inmóvil. El hombre permaneció inclinado, y Enrique que se acercaba pudo percibir dos hondos y ahogados gemidos. Detúvose, sin poder defenderse de una cierta conmoción, y como el hombre inclinado levantase al mismo tiempo la cabeza, pudo reconocer al mulato.

—¡Sab! —exclamó: y al instante el mulato se puso en pie y se adelantó hacia él.

Enrique le consideró un momento. El sudor empapaba su cabeza y corría por su rostro en gruesas gotas: sus ojos tenían un brillo extraordinario, y su color parecía más oscuro que lo era[142] naturalmente. En toda su fisonomía se notaba aquella especie de vivacidad triste y extraña que presta comúnmente la fiebre.

—Sab —dijo Enrique—, ¿qué novedad ocurre? Cuando me separé de tu amo no me dijo que vendrías a Guanaja: sin duda te conduce algún motivo extraordinario y exigente, pues parece has hecho un viaje muy apresurado.

—Ya lo ve su merced —contestó el mulato señalando su caballo—. ¡Está reventado! ¡Muerto!... Hace poco más de cuatro horas que salí de Bellavista.

—¡Poco más de cuatro horas! —exclamó Enrique—. ¡Diez leguas en cuatro horas reventando tu jaco tan querido!... Sin duda es muy exigente el motivo.

—Esta carta informará a su merced —respondió Sab alargándole un papel y dejándose caer quebrantado junto a su caballo. Enrique rompió el sello con mano mal segura, y mientras leía, el mulato tenía fijos en él los ojos, sonriendo con amargura al ver la notable turbación que se pintaba en el rostro del inglés. La carta era del señor de B... y decía así:

«Son las dos de la tarde, Enrique, y aún no hace una hora ha venido Sab de la ciudad trayéndome la correspondencia de la Habana del correo pasado, que no recibí a su debido tiempo, por no sé que fatalidad maldecida. Esperaba carta de mi hijo y en vez de ella he recibido una del director del colegio, en la que me participa que la tisis que parecía amenazar a mi hijo, hace tantos años que ya habíamos cesado de te-

---

[142] *más oscuro que lo era*. Más correctamente, *más oscuro de lo que era*.

merla, se ha declarado súbitamente con extraordinaria violencia. Eugenio se hallaba tan malo a la salida del correo que los médicos le daban pocos días de vida. El hijo de mis entrañas mostrábase resignado a la muerte cuya proximidad conocía, pero atormentado por el deseo de verme una sola vez antes de dejarme para siempre. Ya conocerás, Enrique, la fuerza que semejante deseo debe tener en el corazón de un padre. Mañana mismo salgo para la Habana y no sé si podré volver; no sé si me será posible resistir a este golpe después de tantos otros, y si podré sobrevivir a mi hijo. Como quiera que sea, quiero al marcharme dejar con su esposo a Carlota. Mis orgullosos parientes me han renunciado y yo no puedo dejar solas a mis hijas. Por tanto, no salgo hoy mismo para la Habana porque quiero presenciar antes tu enlace con Carlota. Sab marcha inmediatamente con toda la prontitud posible a llevarte esta carta, y tú no debes dilatar ni un minuto tu regreso a Puerto Príncipe, para donde salgo con mi familia dentro de dos horas. A tu llegada todo estará dispuesto para que puedas casarte en mi casa inmediatamente, y un minuto después partiré dejándote entregada mi familia, mis adoradas hijas, que acaso no tendrán otro apoyo, ni otro padre que tú.

»Ven sin dilación, hijo mío, a recibir el precioso depósito que quiere confiarte.

Carlos de B.»

Enrique temblaba y una palidez lívida había sucedido, mientras leía esta carta, al bello color de rosa que teñía comúnmente sus mejillas. El mulato, siempre fija en él su mirada penetrante.

—Y bien —le dijo—, ¿qué determináis?

Enrique tartamudeó algunas palabras, de las cuales Sab sólo pudo comprender:

—¡Imposible! No puedo sin orden de mi padre dejar a Guanaja.

Sab calló, pero su mirada siempre fija en el inglés parecía devorarle. Enrique lleno de turbación y desconcierto, apenas pudo leer la posdata que seguía a las últimas líneas de la carta de don Carlos, y que el mulato le indicó con un gesto expresivo. La posdata, decía:

234

«La suerte, por una cruel irrisión, ha querido compensar el golpe mortal dado en mi corazón con la pérdida de mi hijo, otorgando fortuna a mi hija mayor. Carlota ha sacado el premio de cuarenta mil duros en la última lotería: Enrique, tú que no pierdes un hijo, puedes dar gracias al cielo por este favor.»

Al concluir de leer Enrique estas palabras, Sab volvió a preguntarle:

—¿Y bien, señor, qué determina su merced?

—Marchar inmediatamente a Puerto Príncipe —contestó el joven con resolución.

—Ya lo sabía yo —dijo el mulato con sonrisa sardónica, y apartó de Enrique su mirada, que expresaba en aquel momento un profundo desprecio.

—Ven, vamos a marchar ahora mismo.

—Su merced marchará solo —respondió Sab volviendo a sentarse junto a su caballo—, estoy rendido de cansancio.

—Tienes razón, pobre Sab, yo no puedo perder un minuto, pero tú quédate hasta mañana.

—Sí —dijo Sab—, apresúrese su merced: yo tengo necesidad de reposar un momento.

Enrique se alejó, Sab le siguió con los ojos hasta que le perdió de vista, y luego dejóse caer sobre el cadáver del pobre animal tendido a su lado.

—Ya no existes —dijo con triste voz—, ya no existes mi pobre amigo: has muerto, cumpliendo con tu deber, como yo moriré cumpliendo el mío. ¡Pero es terrible este deber!, ¡es terrible! Mi corazón está reventado como tú, mi pobre amigo, pero tú no sufres ya y yo sufro todavía. ¡Esto es hecho! —añadió enseguida, levantando su cabeza abatida y echando una mirada extraviada en torno suyo—. ¡Esto es hecho; ya no hay remedio!... ¡No hay esperanza! ¡Algunas horas más y ella será suya! ¡Suya para siempre! ¡Para siempre! El Cielo para él en esta vida, y para mí el infierno: porque el infierno está aquí, en mi corazón, y en mi cabeza.

Levantóse y tendió su mirada en la extensión del mar que estaba delante de él. Entonces se estremeció todo, y como si quisiera apartar de sí un objeto importuno extendió las manos con fuerza, desviando los ojos al mismo tiempo. ¡La muerte! Era una terrible tentación para el desventurado, y aquel mar se abría delante de él como para ofrecerle una tumba en sus abismos profundos. ¡Mucho debió costarle resistir a esta terrible invitación! Levantó al cielo su mirada y con ella parecía ofrecer a Dios aquel último sacrificio, con ella parecía decirle: «Yo acepté el cáliz que me has mandado apurar, y no quiero arrojarlo mientras tú no me lo pidas. Pero ya está vacío, rómpele tú, Dios de justicia.»

El cielo oyó sin duda sus votos y Dios tendió sobre él una mirada de misericordia, pues en aquel momento sintió el infeliz quebrantarse todo su cuerpo, y helar su corazón el frío de la muerte. Una voz interior pareció gritarle: «Pocas horas de sufrimiento te restan, y tu misión sobre la tierra está ya terminada.»

Sab aceptó aquel vaticinio, miró al cielo con gratitud, dejó caer la cabeza sobre el cadáver de su caballo y le bañó con un caño de sangre que brotó de su boca.

Un pescador que venía a tender sus redes a orillas del mar, pasando un minuto después por aquel sitio, vio el extraño espectáculo de un hombre y un caballo tendidos, y sangre en derredor. Creyó que acababa de descubrir un asesinato, y su primer movimiento fue huir: pero un gemido que oyó exhalar al que creía cadáver le obligó a acercarse. Registró en vano todo su cuerpo buscando la herida de que saliese aquella sangre; y con no poca admiración le halló ileso. Entonces le tomó en brazos para transportarle a su casa que estaba cerca, y mientras se ocupaba en levantarle con piadoso cuidado, el moribundo hizo un violento esfuerzo para soltarse de sus brazos, y con pasmo indecible le vio el pescador ponerse en pie, como un espectro pálido y cubierto de sangre.

—¡Un caballo! ¡Dadme un caballo en nombre del cielo! Buen hombre —exclamó Sab—, aún no estoy tan malo que no pueda andar siete leguas con el fresco de la noche: dadme un caballo.

—Si me pidierais una barca podría serviros —respondió todavía sobrecogido el pescador—, pero un caballo, no le tengo. Sin embargo, aquí cerca vive el tío Juan, mi compadre, que podrá prestaros el suyo.

—Bien, llevadme donde está ese hombre.

El pescador presentó su brazo a Sab, que se apoyó en él porque estaba trémulo; echó una lenta y última mirada sobre el cadáver de su caballo y se dejó conducir por el pescador a la casa del tío Juan.

Capítulo IV

> ... Por sus miembros todos
> que abandona la vida, un sudor frío
> vaga, y triste temblor.

QUINTANA

Era la una de la noche y todo yacía en silencio y reposo en la aldea de Cubitas: los labriegos de la tierra roja descansaban durmiendo de los trabajos del día, y solamente algunos perros, únicos transeúntes de las desiertas calles, interrumpían por intervalos con sus ladridos el silencio de aquella hora de calma. Sin embargo, el viajero que por acaso atravesase entonces la aldea, notaría en aquella oscuridad y reposo general la señal evidente de que un individuo, por lo menos, no gozaba las dulzuras del sueño. La ventana principal de una de las casuchas de menos mísera apariencia, estaba abierta, y la claridad que salía por ella probaba haber luz en la habitación a que pertenecía. De rato en rato esta luz parecía mudar de asiento y el observador hubiera fácilmente adivinado que una persona despierta, en aquella pieza, variaba la posición. Sin embargo, el silencio era tan profundo dentro de la casa alumbrada como fuera de ella, sin que pudiera percibirse ni el ligero rumor de las pisadas.

Nosotros nos permitiremos penetrar dentro[143] y descubrir quiénes eran las personas que velaban solas, en aquella hora de reposo general.

---

[143] *penetrar dentro* es un pleonasmo innecesario.

En un pequeño catre de lienzo, entre sábanas gruesas pero limpias, aparecía la cara enjuta y cadavérica de una criatura, al parecer de pocos años, pues el bulto de su cuerpo apenas se distinguía en el catre. La inmovilidad de aquel cuerpo era tan completa que se le hubiera creído muerto, a no ser por el aliento que se le oía exhalar con trabajo por sus labios blancos y entreabiertos. Junto al lecho, sentada en una silla de madera, estaba una mujer anciana de color cobrizo, fijos sus ojos en la lívida cara del enfermo, y cruzados los brazos sobre el pecho con muestras de triste resignación. Un perro estaba echado a sus pies.

De rato en rato levantábase esta mujer y con pasos ligeros se acercaba a una mesita de cedro colocada cerca de la ventana, abierta sin duda para refrescar la habitación en la cual, por su pequeñez hacía un calor excesivo, y tomaba de ella un vaso y una palmatoria de metal en la que ardía una vela de sebo: volvíase enseguida poco a poco junto al lecho del enfermo, colocando la luz en la silla que había ocupado, examinaba atentamente su rostro y humedecía sus labios con el licor contenido en el vaso. El perro la seguía cada vez que se levantaba para esta operación, y cuando colocaba otra vez en la mesa la palmatoria y el vaso, y volvía a sentarse en su silla junto a la cama, el animal tornaba también a echarse tranquilamente a sus pies, sin que en todo esto se interrumpiese el silencio. Sin embargo, sobre las dos de la madrugada serían cuando se abrió con cautela una puerta por medio de la cual se comunicaba aquella habitación con la sala principal de la casa, y un hombre de edad avanzada entró por ella en puntillas hasta colocarse junto a la vieja, a cuyo oído aproximó su boca diciéndole en voz muy baja:

—¿Cómo va el enfermo, Martina?

—Ya lo veis —respondió ésta señalando con su mano afilada el rostro del niño—, no verá el día, aunque son ya las dos de la madrugada.

—¡Cómo!, ¿tan pronto creéis que...?

—Sí —dijo Martina moviendo tristemente la cabeza—. Sí, mayoral, muy pronto.

—Pues bien —repuso el recién llegado—, id a descansar un rato, Martina, y yo quedaré velándole. Hace cuatro noches que no cerréis los ojos: id a descansar y yo quedaré en vuestro lugar.

—Gracias, mayoral, vos no podéis pasar malas noches, porque tenéis harto trabajo durante el día, y don Carlos de B... os ha puesto aquí para atender a sus intereses, y no para cuidar enfermos. Volveos a vuestra casa y dejadme. ¿Qué importa una noche más sin descanso? Mañana —añadió con triste sonrisa—, mañana ya no tendrá necesidad de mí el pobre Luis, y podré descansar.

—Haré lo que queráis, Martina —respondió el mayoral de la estancia encogiéndose de hombros—, pero ya sabéis que estoy en la habitación inmediata para si algo se os ofreciere.

—Os doy las gracias, mayoral.

El anciano se volvía de puntillas, cuando al pasar la puerta detúvose, y puso atención al galope de un caballo que se oía distintamente en el silencio de la noche. El perro se alarmó también, pues se levantó derechas las orejas y el oído atento.

—¿Oís Martina? —dijo en voz baja el mayoral.

—¡Y bien! ¿Qué os asusta? Es alguno que pasa a caballo —respondió la vieja.

—Es que no pasa: que o yo me engaño mucho o el caballo se ha detenido delante de nuestra puerta.

En acabando estas palabras dos golpes sonaron sucesivamente en la puerta principal de la sala contigua al cuarto de Martina. El perro empezó a ladrar, y el mayoral exclamó:

—Es aquí, es aquí, ¿no lo decía yo? ¿Pero a estas horas quién puede venir a molestaros? A menos que sea algún enviado del amo, y para que venga a estas horas preciso es que haya acontecido alguna cosa bien extraordinaria...

—Id a abrir la puerta —le interrumpió Martina—, he conocido a Sab en los dos golpes... ¡Oíd, oíd!... Ya los repite: es Sab, mayoral, corred y abridle la puerta. ¡Leal!, silencio que es Sab.

El mayoral obedeció, y sea que el ruido de los cerrojos que descorría para dejar libre la entrada, y los ladridos del perro asustasen al enfermo, sea que en aquel momento su agonía comenzase a hacerse más dolorosa, se estremeció todo y extendió sus bracitos descarnados. Sab se presentó en la habitación y detúvose inmóvil delante del lecho del moribundo.

—Hijo mío —le dijo Martina—, ya lo ves... Acércate, el cielo te ha traído sin duda para recordarme que aún tengo un hijo. Tú solo quedarás en el mundo para consolar los últimos días de esta pobre mujer.

Sab se puso de rodillas junto a la cama y besó la mano de Martina, mientras el perro saltaba en torno suyo acariciándole, y Luis hacía penosos esfuerzos para levantar la cabeza.

—Mírale, hijo mío —dijo Martina—, tu presencia le ha reanimado; háblale, sin duda te oye todavía.

Sab se inclinó hacia el moribundo y le llamó por su nombre: Luis entreabrió los ojos aunque sin dirigirlos a Sab, y alargó sus manecitas transparentes como para asir alguna cosa. Las tomó Sab entre las suyas, e inclinando el rostro sobre el niño dejó caer sobre él una gruesa y ardiente lágrima.

—¿Me conoces? —le dijo—. Soy yo, tu hermano.

Luis dirigió su mirada vidriada hacia el paraje de que partía la voz, y apretó débilmente las manos de Sab; en seguida volvió el rostro al lado opuesto y quedóse en su primera inmovilidad, solamente que su respiración se hizo más trabajosa, formando aquel sonido gutural y seco, que es el estertor de la agonía.

—Es preciso que descanséis, madre mía —dijo Sab a Martina—, vuestro semblante me dice que habéis pasado muchas noches de vigilia.

—¡Cuatro! —exclamó el mayoral de la estancia—. Cuatro noches hace que no cierra los ojos, y no porque yo haya dejado de decirla...

El mulato interrumpió al anciano, y tomando la mano de Martina:

—Esta noche descansaréis —le dijo—, porque yo estoy aquí, yo velaré a mi hermano.

—Sí, y tú recibirás su último aliento —respondió la india con amarga resignación—, porque Luis no vivirá dos horas. ¡Bien! ¡Bien! —añadió poniéndose en pie e inclinándose sobre la cama del niño—. Yo le dejo, porque ya... ya no puedo servirle de nada al infeliz.

—Os engañáis, madre mía —díjola el mulato, mientras

ayudado del mayoral disponía una cama para Martina—, Luis no está tan solo como creéis, aún me conoce.

—Sab, hijo mío yo te dejo a su lado y me retiro tranquila; pero no quieras alucinarme[144]: harto sé que está agonizando. Pero por eso mismo le dejo... he visto ya en igual trance a mi hijo, a mi nuera, y a dos de mis nietos, y he recibido sus últimos suspiros, pero con todo me siento débil junto a esta pobre criatura. Es el último, Sab, es el último pariente, el último lazo que me une a la vida, y me siento débil en este momento.

Sab tomó la mano de la vieja y la apretó entre las suyas. Martina dejó caer la cabeza sobre su hombro y añadió con voz enternecida:

—Soy injusta, ¡lo conozco! Aún tengo un hijo: ¡Tú!, tú me restas aún.

—¡Eh!, no es ahora tiempo de llorar y hacernos llorar a todos —dijo el mayoral de la estancia acabando de arreglar la cama para Martina—. Venid a acostaros y dejaos ahora de esas reflexiones: mañana hablaréis largamente con Sab y le diréis todas esas cosas: lo que importa al presente es que durmáis un rato.

Martina se inclinó y estampó un beso en la frente ya helada de su nieto, dejándose conducir en seguida por Sab a la cama que se le había preparado. El joven la colocó cuidadosamente y la cubrió él mismo con una manta. Luego se volvió al mayoral de la estancia y le dijo con voz que revelaba su agitación:

—Mañana temprano necesito un hombre de confianza, para llevar una carta a Puerto Príncipe a casa de mis amos, y os encargo procurármelo.

—Yo mismo iré si lo permitís —respondió el anciano—. Pero decidme, Sab, ¿ocurre alguna novedad en la ciudad? Vuestra venida a estas horas y esa carta...

Sab no le dejó concluir.

—Ninguna novedad ocurre que pueda importaros, mayoral: mañana a las seis saldréis a llevar una carta a la señorita

---

[144] *alucinarme.* Ofuscar, seducir o engañar haciendo que se tome una cosa por otra; también confundirse.

242

Teresa, sobrina de mi amo, y a poneros a las órdenes de éste, al que diréis el motivo de mi detención en Cubitas. Va a emprender un viaje y acaso necesite un hombre de confianza que le acompañe. Yo debía ser ese hombre pero vos iréis en mi lugar.

—¡Oh! yo os aseguro, Sab, que aunque viejo soy tan capaz como vos...

—Lo creo —interrumpió el mulato con alguna impaciencia—. Ahora, mayoral, iros a dormir: buenas noches. Dadme solamente un pedazo de papel y un tintero. Hasta mañana.

El viejo obedeció: había en el acento de aquel mulato un no sé qué de autoridad y grandeza que siempre le había subyugado.

Cuando Sab quedó solo, se puso de rodillas junto al lecho de Martina, que incorporándose sobre su almohada y fijándole una mirada penetrante, y profundamente triste, le dijo:

—Conmigo, Sab, no tendrás reserva: yo exijo que me digas el motivo de tu venida y el de ese viaje que dices debe emprender don Carlos.

El joven abrazó las rodillas de Martina inclinando la cabeza sobre ellas en silencio.

—¡Sab! —exclamó la anciana bajando la suya sobre aquella cabeza querida y oprimiéndola entre sus manos—, tu cabeza arde... el sudor cubre tu frente... tú tienes calentura, hijo mío.

—Tranquilizaos —la dijo esforzándose a sonreír—, es la agitación del viaje: estoy bueno, procurad descansar... mañana lo sabréis todo, madre mía.

—No, no —gritó Martina con ansiedad—, déjame coger esa luz y alumbrar tu rostro... ¡Dios mío!, ¡qué mudanza!... Tus ojos están hundidos y brillan con el fuego de la fiebre. ¡Hijo mío!, ¡hijo mío!, ¿qué tienes?

Y se puso de rodillas delante de él.

—¡Por compasión! —exclamó el mulato, levantándola con una especie de furor—. Callad, callad Martina... tranquilizaos si no queréis verme morir de dolor a vuestros pies.

Martina se dejó llevar otra vez al lecho y se esforzó la pobre mujer en parecer tranquila.

—Siéntate aquí, a mi cabecera, hijo mío: yo no te importunaré más: callaré como el sepulcro... Pero ven, hijo mío, que yo te oiga, que oiga tu voz, que vea tus facciones, que sienta latir tu corazón junto al mío. ¡Oh, Sab!, piensa que ya nada me queda en el mundo sino tú... que eres mi único hijo, el único apoyo de esta larga y destrozada existencia.

Sab la abrazó estrechamente y regó su frente con dos gruesas y ardientes lágrimas.

—Sí, madre mía —la dijo—, descansad sobre mi pecho: mi voz arrullará vuestro sueño. Yo os hablaré de Dios, y de los ángeles entre los cuales va a habitar nuestro querido Luis. Yo os hablaré del eterno descanso de los desgraciados y de las consoladoras promesas del evangelio. Descansad en mis brazos: ¿Estáis bien así?

Martina agobiada de fatigas y de penas dejóse colocar por Sab y pareció sucumbir a aquella especie de letargo que sigue a las grandes agitaciones.

—Habla —repetía ella—, habla hijo mío, yo te escucho.

Sab sólo murmuraba algunas palabras inconexas: en aquel momento también el infeliz sufría horriblemente. Pero Martina descansando en su pecho se sentía más tranquila, y se durmió por fin cuando Sab comenzaba a hablarle de la resurrección de los justos. Sintiéndola dormida, colocó suavemente su cabeza sobre la almohada: imprimió un largo y silencioso beso en la frente y cayó de rodillas delante de la mesa, en la que el mayoral le había dejado el papel y el tintero.

Entonces aquel humilde recinto presentó un cuadro dramático. Entre el sueño de la vejez, y la tranquila muerte de la inocencia, aquella vida juvenil despedazada por los dolores era un espectáculo terrible. Al lado de Luis, frágil criatura que se doblaba sin resistencia, débil caña que cedía sin ruido, echábase de ver aquella fuerza caída, aquel hombre lleno de vigor sucumbiendo como la encina a las tempestades del cielo.

Parecía que su alma a medida que abandonaba su cuerpo se trasladaba toda a su semblante. ¡Ay, aquella terrible agonía no tuvo más testigos que el sueño y la muerte! Nadie pudo ver aquella alma apasionada que se revelaba en su hora suprema.

Pero Sab escribía y aquella carta fue todo lo que quedó de él.

Pasó desconocido el mártir sublime del amor, pero aquella carta le sobrevivió y le conquistó el solo premio que sin esperarlo deseaba: ¡una lágrima de Carlota!

Sab escribía con mano mal segura y que fue poniéndose más y más trémula. Dejó por un instante la pluma y sacó de su pecho un objeto que contempló largo rato con melancólica atención. Era el brazalete de Carlota que Teresa le había regalado por mano de Luis en aquella misma habitación cinco días antes.

—¡Hela aquí! —murmuró fijando sus ojos en el retrato—. ¡Tan bella!, ¡tan pura!, ¡para él!, ¡toda para él!...

Sus dedos crispados dejaron caer el brazalete y un momento después volvió a escribir. Pero era claro que sus fuerzas se debilitaban rápidamente. Sin embargo, escribió sin descanso más de una hora, interrumpiéndose únicamente para acercarse algunas veces a la cama de Luis y humedecer sus labios, como lo había hecho Martina. Ésta continuaba sumida en una especie de letargo y de vez en cuando se la veía agitarse y tender los brazos exclamando:

—¡Sab!, no tengo otro hijo que tú.

El mulato la escuchaba y su mano temblaba más en aquellos momentos: pero seguía escribiendo. La claridad del día penetraba ya por la ventana cuando concluyó su carta.

Puso dentro de ella el brazalete, cerróla, quiso roturarla, pero su mano no obedecía ya al impulso de su voluntad, y violentas convulsiones le asaltaron en el momento.

Hubo entonces un instante en que el exceso de sus dolores le comunicó un vigor pasajero y probó a ponerse en pie por medio de un largo y penoso esfuerzo, pero volvió a caer como herido de una parálisis, y sus dientes rechinaron unos contra otros al apretarse convulsivamente.

Sin embargo, consiguió arrastrarse trabajosamente hasta la cama de Luis, y su mirada delirante y ardiente se encontró allí con la mirada vidriada e inmóvil del moribundo. Sab quiso dirigirle un último adiós, pero se detuvo espantado del sonido de su propia voz, que le pareció un eco del sepulcro.

Entonces pasaron por su mente multitud de ideas y multitud de dolores. Pensó que iba a morir también, y que en aquel mismo instante que él sufría una dolorosa agonía, Enrique y Carlota pronunciaban sus juramentos de amor. Luego ya no pensó nada: confundiéronse sus ideas, entorpecióse su imaginación, turbóse su memoria; quebrantóse su cuerpo y cayó sobre la cama de Luis, bañándola con espesos borbotones de sangre que salían de su boca.

El mayoral de la estancia había consultado al sol, su reloj infalible, y no dudó fuesen ya las cinco. Dejó, pues, preparado su caballo a la puerta de la casa, y acercándose poco a poco a la habitación de Martina, y tocando ligeramente la puerta, para no despertar a la anciana si por ventura dormía, llamó repetidas veces a Sab. Pero Sab no respondía. En vano fue levantando progresivamente la voz y golpeando con mayor fuerza la puerta, aplicando en seguida el oído con silenciosa atención. Reinaba un silencio profundo dentro de aquella sala, y alarmado el mayoral descargó dos terribles golpes sobre la puerta. Entonces ladró el perro y despertó Martina, y echó en torno suyo una mirada de terror. ¡No vio a Sab! Precipitóse con un grito hacia el lecho de su nieto. Allí estaban los dos... Luis muerto, Sab agonizando.

Martina cayó desmayada a los pies de la cama, y el mayoral, echando abajo la puerta, entró a tiempo de recoger el último suspiro del mulato.

Sab expiró a las seis de la mañana: en esa misma hora Enrique y Carlota recibían la bendición nupcial.

Capítulo V

Esta es la vida, Garcés,
Uno muere, otro se casa,
Unos lloran, otros ríen...
¡Triste condición humana!

GARCÍA GUTIÉRREZ. *El Paje*

Reinaba la mayor agitación en la casa del señor de B... que verificado el casamiento de su hija había partido para el puerto de Nuevitas[145], en el cual debía embarcarse para la Habana.

Jorge, que había estado presente a la celebración del matrimonio y partida de don Carlos, volvióse a su casa dejando ya instalado a Enrique en la de su esposa. La inquietud que inspiraba a ésta la situación de su hermano, las dolorosas sensaciones que en ella había producido la primera separación de su padre tiernamente querido, y su repentino matrimonio verificado bajo tan tristes auspicios, teníanla en cierta manera enajenada, e insensible, en aquellos primeros momentos, a la ternura oficiosa que su marido la prodigaba.

Rodeábanla llorando sus hermanitas sin que ella acertase a dirigirles una palabra de consuelo. Únicamente Teresa conservaba su presencia de espíritu, y al mismo tiempo que daba órdenes a las esclavas restableciendo en la casa la tranquili-

---

145 Nuevitas se halla al oeste de Guanaja. Desde 1791 desempeñaba un papel importante en el comercio de Puerto Príncipe, de donde distaba 20 leguas. Desde Nuevitas salían embarcaciones que en el tiempo de dos o tres días llegaban a La Habana. Por tierra se tardaba más.

dad, momentáneamente alterada, cuidaba de las niñas y aun de la misma Carlota. Instábala con cariño para que se acostase algunas horas, temiendo que tantas agitaciones y una noche de vigilia alterasen su salud delicada, y vencida por fin de sus ruegos ya iba Carlota a complacerla cuando llegó el mayoral de las estancias de Cubitas anunciando la muerte de Sab. Esta desgracia, dijo, era efecto sin duda de alguna gran caída, pues según decía Martina, que era un oráculo para el buen labriego, Sab tenía reventados todos los vasos del pecho.

Esta noticia, que algunos días antes hubiera sido dolorosísima a Carlota, apenas pareció afectarla en un momento en que tanto había sufrido. Acababa de separarse de su[146] padre, su hermano expiraba tal vez en aquel momento, y la pérdida del pobre mulato era bien pequeña al lado de estas pérdidas.

Enrique manifestó con más viveza su pesar y su sorpresa.

—¡Pobre muchacho! —dijo—. Estas muertes repentinas me aterran.

Luego, como si se le presentase una idea luminosa añadió:

—Martina tiene razón: una caída del caballo ha sido indudablemente la causa de su muerte. ¡Pobre Sab! Ahora recuerdo lo pálido, lo demudado que estaba ayer cuando llegó a Guanaja. Yo lo atribuí al cansancio del viaje tan precipitado: reventó su jaco negro.

—Aquí traigo una carta sin sobrescrito —dijo el mayoral—, pero que creo es para la señora.

—¡Para Carlota! ¿Y de quién es esa carta, buen hombre?

—Del pobre difunto, señor —respondió el mayoral presentándola—. Creo que agonizando la escribió, pues me pidió el papel y la tinta a las tres de la madrugada, y a las seis el desgraciado rindió su alma al criador[147]. Pero parece que el asunto era de importancia, y luego, como yo debía venir para acompañar al amo a la Habana... pero ya lo veo,

---

[146] En la edición príncipe, *de un padre,* evidente errata.

[147] El mayoral usa un término, *criador,* actualmente poco frecuente, por ello se suele modificar por *creador;* sin embargo, es más correcto *criador* desde el punto de vista de la tradición y del uso habitual que de él hacían los clásicos.

he llegado tarde y mi venida sólo habrá servido para traer esta carta.

En el breve tiempo que duró este discurso del mayoral, al que nadie atendía, pasó una escena muy viva en aquella sala. Enrique, que se había apoderado de la carta que decían ser para su esposa, rompió la cubierta apresuradamente, y al abrir la carta cayó en tierra el brazalete que levantó sorprendido.

—¡Un brazalete!... Carlota... este brazalete...

—Es mío —dijo Teresa adelantándose con serenidad—. Es un regalo de Carlota que yo estimo en tanto que sólo he podido cederlo a la persona a quien he creído en este mundo más digna de mi afecto y estimación. Ahora que vuelve a mis manos quiero conservarle hasta el sepulcro. Dádmele, pues, Enrique y esa carta que también es para mí.

Enrique estaba estupefacto y miraba a Teresa y luego a Carlota, como si quisiese leer en sus rostros la aclaración de aquel enigma. Pero el semblante de Teresa estaba pálido y sereno, y en la hermosa fisonomía de Carlota sólo se veía en aquel momento la cándida expresión de la sorpresa.

—Tened la bondad de darme esa carta y ese brazalete, Enrique —repitió con firmeza Teresa—, y conducid a Carlota a su aposento: tiene necesidad de descanso.

Enrique echó una mirada sobre la carta, cuya primera línea leyó, y en seguida la alargó con el brazalete a Teresa, diciéndole con una sonrisa maliciosa:

—Efectivamente, para vos es, Teresa, pero yo ignoraba que tuvieseis correspondencia con el mulato, y que os devolviese él una prenda que, según decís, sólo podíais ceder al hombre a quien quisieseis y estimaseis más.

—Pues si lo ignorabais, Enrique —respondió ella con dignidad—, ya lo sabéis.

Luego abrazó a Carlota rogándola nuevamente fuese a descansar algunas horas con sus hermanitas, cuyos rostros infantiles estaban descoloridos con la mala noche.

Carlota tomó en sus brazos una después de otra a las cuatro niñas.

—Sí —las dijo—, venid a descansar, pobres criaturas, que en toda la noche habéis velado y llorado conmigo. Y tú, Teresa —añadió fijando en su amiga una mirada de indulgencia y compasión—, descansa también, querida mía, porque también padeces.

Se levantó entonces y sostenida por Enrique y rodeada de sus hermanas, como de un coro de ángeles, retiróse a su aposento, después de estampar un beso en la frente pálida y resignada de su amiga.

Para obligar a acostarse a sus hermanitas, que no querían apartarse de ella un momento, echóse vestida sobre la cama, y en torno suyo se colocaron las cuatro niñas, que no tardaron en dormirse.

Enrique cerró la cortina recomendando a su joven esposa procurase también dormir, mientras él se ocupaba en arreglar algunos papeles de los que el señor de B... le había encargado.

—Sí —dijo Carlota—, guardaré silencio para no despertar a estas pobres niñas, pero no salgas del aposento, Enrique, porque te lo confieso, tengo miedo. Esta muerte de Sab tan repentina me ha causado una fuerte impresión. ¡Oh querido mío!, ¡qué tristes auspicios para nuestra unión!... ¡Muertes, despedidas!... No me dejes sola, Enrique, paréceme que veo a la muerte levantarse amenazando todas las cabezas queridas, y que si dejo de verte un momento no volveré a verte más.

—Tranquilízate, vida mía —contestó su marido—, aquí estaré velando tu sueño. Pero no temas mi muerte porque no se muere uno cuando es tan feliz como yo lo soy. Duerme tranquila, Carlota, para que vuelvan las rosas a tus mejillas: ¿no sabes que quiero verte hermosa el día de nuestra boda?

—¡El día de nuestra boda! —murmuró ella—. ¡Qué triste ha sido este día!

Pero Enrique se había puesto ya en el escritorio de don Carlos, donde se ocupaba en leer y arreglar papeles, y Carlota, sin esperanza de descanso, pero deseando no interrumpir el de sus hermanas, cerró los ojos y aparentó dormir. Cerca de una hora pudo mantenerse en la misma posición, pero no le fue posible permanecer más tiempo, y sacando con cuidado uno de sus brazos, sobre el cual descansaba la cabeza de la más joven de sus hermanas, echóse poco a poco fuera del lecho.

—¿Ya estás despierta? —dijo Enrique llegándose a sostenerla—, ¿no quieres descansar una hora más, vida mía?

—No puedo —contestó ella—, porque he estado pensando, Enrique, que en la perturbación del primer momento de sorpresa y pesar, no me he acordado de que se atendiese al buen hombre que nos ha traído la noticia de la muerte de nuestro pobre Sab: y ciertamente debía haber dado orden para que se le diese para refrescar: el buen viejo se ha apresurado, con la mejor voluntad del mundo, a traernos la desagradable noticia. También es preciso que se vuelva inmediatamente a Cubitas, y que lleve algún dinero a Martina para el entierro de ese infeliz. ¡Y Teresa, Enrique, la pobre Teresa!... La he dejado en un momento... debo hablarla, saber qué misterio se encierra en esa carta y ese brazalete que ha recibido.

—Fácil es de adivinar —dijo Enrique sonriendo—, Teresa amaba al mulato.

—¡Amarle!, ¡amarle! —repitió Carlota con tono de duda—. Se me había ocurrido esa sospecha, pero... ¡amarle!... ¡Oh!, no es posible.

—Las mujeres, querida mía, ¡tenéis caprichos tan inconcebibles y gustos tan extraordinarios!

—¡Amarle! —repitió Carlota— ¡A él! ¡A un esclavo!... Luego, Teresa es tan fría... ¡tan poco susceptible de amor!

—Acaso nos hemos engañado juzgando su corazón por su semblante, querida mía.

—No, Enrique, yo no he juzgado su corazón por su semblante: sé que su corazón es noble, bueno, capaz de los más grandes sentimientos; pero el amor, Enrique, el amor es para los corazones tiernos, apasionados... como el tuyo, como el mío.

—Es para todos los corazones, vida mía, y Teresa tiene un corazón.

—Ven, pues, vamos a verla Enrique, y si es verdad que amó a ese infeliz, compasión merece y no vituperio. Él era mulato, es verdad, y nació esclavo: pero tenía también un bello corazón, Enrique, y su alma era tan noble, tan elevada como la tuya, como todas las almas nobles y elevadas.

Al oír estas palabras la mirada de Enrique, que había estado amorosamente clavada en los bellos ojos de su mujer, vaciló un tanto, y como si su conciencia le hiciese penosa una comparación que sabía bien no era merecida, se apresuró a contestar:

—Ven, pues, Carlota, vamos a ver a tu prima; no creo que después de lo que dijo, al pedirme el brazalete, quiera negar sus amores con Sab.

—Yo no trataré tampoco de arrancarla su secreto, pero si llora lloraré con ella —contestó Carlota, apoyándose en el brazo de su marido, y hablando así salieron ambos del aposento y llegaron a la puerta del de Teresa, que estaba abierta. Enrique se detuvo a la entrada y Carlota se adelantó llamando a su amiga. Pero no estaba en el aposento. Carlota hizo venir a Belén y preguntó por Teresa.

—¡Pues qué! —respondió admirada la esclava—. ¿No advirtió a su merced que iba a salir? Hace más de media hora que se marchó.

—¿Dónde?[148]. ¿Con quién?

—Dónde no dijo, pero presumo que a la iglesia porque se puso su vestido negro y se cubrió la cabeza con su mantilla. La acompañó el mayoral que vino de Cubitas.

—¿Oyes, Enrique? —dijo Carlota sentándose tristemente en una silla que estaba delante de la mesa de Teresa.

—¡Y bien! ¿Por qué te asustas, Carlota?

—¿Por qué? Porque Teresa no acostumbra salir a esta hora con un hombre que apenas conoce y a pie, sin decírmelo... ¡Esto es extraordinario!

Carlota en aquel momento notó un papel escrito sobre la mesa en que se había apoyado, y conociendo la letra de Teresa lo leyó con apresuramiento. En seguida se lo alargó a su marido, deshaciéndose en lágrimas, y Enrique lo leyó en alta voz. Decía así:

«Pobre, huérfana y sin atractivos ni nacimiento[149], hace muchos años que miré el claustro como el único destino a que puedo aspirar en este mundo, y hoy me arrastra hacia ese santo asilo un impulso irresistible del corazón.

---

148 Más correctamente, ¿*A dónde?*
149 *nacimiento*. Origen de una persona en orden a su calidad.

»No te dejara en el día de la aflicción si me creyese necesaria o siquiera útil, pero tú tienes ya un esposo, Carlota, a quien amas y que ha jurado hoy a Dios y a los hombres amarte, protegerte y hacerte feliz. Con él te dejo, deseándote un porvenir de amor y de ventura. Tu destino se ha fijado y yo quiero fijar el mío.

»Por evitarme las reflexiones que me harías, para apartarme de esta resolución en la que estoy irrevocablemente fijada, dejo tu casa sin despedirme de ti sino por estas líneas, y me marcho al convento de las Ursulinas[150], de donde no saldré jamás. Mi patrimonio, aunque corto, cubre la dote que necesito para ser admitida, y dentro de un año espero que me será permitido pronunciar mis votos.

Adiós, Carlota, adiós, Enrique... amaos y sed felices.

Teresa.»

—¡Oh, Enrique! —exclamó Carlota—. ¡Ya lo ves! Todo se reúne para afligirme, para hacerme triste y sombrío este día de nuestra unión: ¡este día que tan dichoso debía ser!

—Ya no debe quedarte duda —dijo Enrique—, del amor de tu prima por Sab. Su muerte es la que le inspira esta resolución repentina de hacerse religiosa. A la verdad que tu amiga tiene altas inclinaciones.

—No la condenes, Enrique, ten indulgencia con todas las debilidades del corazón. ¡Pobre Teresa! ¡Harto desgraciada es! Pero ¿no podía esperar y remitir el cumplimiento de su resolución para otro día? ¿Por qué ha tenido la crueldad de añadir un disgusto a tantos como hoy he experimentado? Me deja la ingrata el mismo día que ha partido mi padre, sola... abandonada.

—¡Sola! ¡Abandonada, Carlota! —repitió Enrique ciñéndola con sus brazos—, cuando estás con tu esposo que te adora, cuando yo estoy aquí, a tu lado, apretándote contra mi corazón. ¡Querida mía! Sensible es la pérdida de un her-

---

[150] *Ursulinas.* Congregación agustiniana fundada por Santa Ángela de Brescia, en el siglo XVI, para educación de niñas y cuidado de enfermos. En 1818 se fundó un monasterio de Ursulinas en Puerto Príncipe; al año siguiente se instalaron en él.

mano, aunque sea de un hermano que no ves hace tres años, y cuya débil y enfermiza constitución estaba ya de largo tiempo preparando para este golpe; sensible la separación de un padre, aunque esta separación será tan corta; sensible la muerte de un mulato que fue para tu familia un esclavo fiel; y sensible también que una loca amiga enamorada de él se quiera hacer monja, aunque se conozca que es lo mejor que puede hacer. Pero ¿es todo esto motivo suficiente para desconsolarte en estos términos, y amargarme el día más feliz de mi vida? ¿No es esto una injusticia, Carlota, una ingratitud para con tu Enrique? En vez de dicha ¿has de darme dolor, lágrimas en vez de caricias? ¡Ah! tú me amabas hace cuatro días... hoy... hoy no me amas[151].

—¡No te amo! —exclama ella con enajenamiento de pesar y ternura—. ¡Que no te amo, dices! Ah, no te amo, te idolatro. Tú eres mi consuelo, mi esperanza, mi apoyo... porque eres ya mi esposo, Enrique, y este día será un día de ventura por más contrariedades que el destino arroje sobre él. Acaso era necesario este contrapeso para que mi razón no sucumbiese al exceso de tal felicidad. ¡Porque yo te amo, Enrique!

—Pues bien, pruébamelo, vida mía, no llores más; pruébamelo con una sonrisa, con una mirada de placer... hazme dichoso con tu dicha, Carlota...

—Sí, sí, yo soy dichosa —le interrumpió ella con una especie de delirio—. Mi padre, mi hermano, Teresa, Sab... ¿qué son todos al lado de tu amor? Yo no tengo ahora a nadie más que a ti... pero tú lo eres todo para el corazón de tu Carlota. Mira, no sientas que llore: son lágrimas de placer, lágrimas muy dulces las que vierto en tu pecho. ¡Porque soy tuya! ¡Porque te amo! ¡Porque soy feliz!

—Carlota, vida mía... dímelo otra vez, ¿qué nos importa todo lo demás amándonos así? —exclamó Enrique transportado.

—Tienes razón —añadió ella—, amándonos así el cielo mismo no tiene poder bastante para hacernos desgraciados.

—¡Carlota, ya eres mía!

---

[151] La visión superficial que de los hechos plantea Enrique muestra su cinismo, su hipocresía y falta de pasión en las relaciones afectivas.

—¡Tuya para siempre!

—¡Cuán dichoso soy!

—¡Y yo, Enrique, y yo!...

¡Y lo eran en efecto! Aquel era el primer día de su unión, y el primer día de una unión pura y santa, aquel día en que se hace del más vivo y ardiente de los afectos el más solemne de los deberes, es indudablemente un día supremo. Debe haber en este día una plenitud de ventura que no pertenece a esta tierra, ni a esta vida, y que el cielo no concede sino por un día, para hacer comprender con ella la felicidad que reserva en la eternidad de su gloria a las almas predestinadas. Porque la bienaventuranza del cielo no es otra cosa que el eterno amor.

Una horrible tempestad bramaba sobre la tierra. Eran las tres de la tarde y el firmamento, cubierto de un opaco velo, anunciaba una tarde espantosa.

En aquella hora don Carlos, desafiando la tormenta, corría al embarcadero de Nuevitas, pensando que un momento de dilación podía impedirle hallar vivo a su hijo. En aquella hora Teresa, de rodillas delante de un crucifijo, en una estrecha celda, imploraba la misericordia de Dios en favor de los que ya no existían. En aquella hora enterraban en Cubitas dos cadáveres, de un hombre y de un niño; y una vieja lloraba sobre un lecho manchado de sangre, y un perro aullaba a sus pies. Y en aquella hora Carlota y Enrique eran felices, porque se amaban, porque se habían casado aquel día, y se repetían sin cesar con la voz y con las miradas:

—¡Ya soy tuya!

—¡Ya eres mía!

Tales contrastes los vemos cada día en el mundo. ¡Placer y dolor! Pero el placer es un desterrado del cielo, que no se detiene en ninguna parte. El dolor es un hijo del infierno, que no abandona su presa sino cuando la ha despedazado.

Conclusión

Si á ciascun l'interno affanno,
Si leggesse in fronte scritto,
Quanti mai, che invidia fanno,
Ci farebbero pietá.

METASTASIO

Si la frente del hombre anunciase
El interno pesar con que lidia,
Cuantos hay, que nos causan envidia,
Y excitarnos debieran piedad.

Era la tarde del día 16 de junio de 18...: cumplían[152] en
este día cinco años de los acontecimientos con que termina
el capítulo precedente, y notábase alguna agitación en lo interior del convento de las Ursulinas de Puerto Príncipe. Sin
duda algo extraordinario producía esta agitación, extraña en
la vida monótona y triste de las religiosas. Pero, ¿qué cosa
nueva o extraña puede acontecer dentro de los muros de un
convento? ¡La muerte! Este es el acontecimiento notable que
forma época para las solitarias reclusas de un claustro: la
muerte de alguna de ellas; la muerte que únicamente vuelve
a abrir para la infeliz monja las puertas de hierro de aquel
vasto sepulcro, que la arroja a otro sepulcro más estrecho.

En el día de que hablamos era también la muerte la que
motivaba el movimiento que se advertía en el convento. Sor
Teresa estaba en las últimas horas de su vida, sucumbiendo a

---

[152] Más correctamente, *se cumplían*.

256

una consunción[153] que padecía hacía tres años, y todas las religiosas se consternaban a la proximidad de una muerte que ya se tenía prevista.

Sor Teresa era amada generalmente. Aunque fría y adusta, su severa virtud, su elevado carácter, la sublime resignación con que había soportado su larga enfermedad, y mil pequeños servicios que en diversas circunstancias había prestado a cada una de sus compañeras, con la inalterable aunque fría bondad que la caracterizaba, la habían granjeado el afecto de todas, que sentían sinceramente perderla; aunque acaso algunas de ellas gozaban una especie de satisfacción en que un acontecimiento, cualquiera que fuese, diese alguna variedad y movimiento a su triste congregación.

Eran las seis de la tarde y las monjas comenzaban a impacientarse de que no hubiese llegado todavía la señora de Otway, a la que se había despachado un correo a su ingenio de Bellavista, donde se hallaba, informándola de la gravedad del mal de su prima y del deseo que manifestaba de verla antes de morir. Esta dilación enfadaba a las buenas religiosas porque, decían ellas, era una ingratitud de la señora de Otway estar tan perezosa en correr al lado de la moribunda que tanto la amaba, y a la que mostraba tan tierna correspondencia.

En efecto, muchas veces, principalmente en aquellos dos años últimos, las religiosas habían murmurado en secreto las largas visitas de Carlota a su prima, quizás por el enojo que les causaba no poder satisfacer su curiosidad oyendo lo que hablaban las dos amigas en aquellas conferencias, que tenían en frecuentes ocasiones en la celda de sor Teresa. Era un escándalo, decían ellas, aquellas conversaciones a solas, infringiendo las reglas del instituto, y sólo las permitía la abadesa por ser la señora de Otway parienta suya, y acaso más aún por los frecuentes regalos que hacía al convento.

Si hubieran podido las pobres religiosas satisfacer su curiosidad oyendo aquellas conversaciones, acaso se hubieran retirado de aquella celda más satisfechas de su suerte y menos

---

[153] *consunción.* Acción y efecto de consumir o consumirse; también, extenuación (DRAE).

envidiosas de la de Carlota: porque habrían oído que la mujer hermosa, rica y lisonjeada, la que tenía esposo y placeres venía a buscar consuelos en la pobre monja muerta para el mundo. Hubieran visto que la mujer que creían dichosa lloraba, y que la monja era feliz.

En efecto, Teresa había alcanzado aquella felicidad tranquila y solemne que da la virtud. Su alma altiva y fuerte había dominado su destino y sus pasiones, y su elevado carácter, firme y decidido, la había permitido alcanzar esa alta resignación que es tan difícil a las almas apasionadas como a los caracteres débiles. Su pasión por Enrique, aquella pasión concentrada y profunda, única que se hubiera posesionado en toda su vida de aquel corazón soberbio, se había apagado bajo el cilicio, a la sombra de las frías paredes del claustro: su ambición, teniendo por único objeto la virtud, había sido para ella un móvil útil y santo, y a pesar de sus males físicos y de sus combates interiores, coronóse del triunfo aquella noble ambición.

Carlota, por el contrario, era desgraciada y lo era tanto más cuanto que todos la creían feliz. Joven, rica, bella, esposa del hombre de su elección, del cual era querida, estimada generalmente, ¿cómo hubiera podido hacer comprender que envidiaba la suerte de una pobre monja? Obligada, pues, a callar delante de los hombres, sólo podía llorar libremente dentro de los muros del convento de las Ursulinas, en el seno de una religiosa que había alcanzado la felicidad del alma aprendiendo a sufrir el infortunio.

¿Pero por qué lloraba Carlota? ¿Cuál era su dolor? No todos los hombres le comprenderían porque muy pocos serían capaces de sentirle. Carlota era una pobre alma poética arrojada entre mil existencias positivas. Dotada de una imaginación fértil y activa, ignorante de la vida, en la edad en que la existencia no es más que sensaciones, se veía obligada a vivir de cálculo, de reflexión y de conveniencia. Aquella atmósfera mercantil y especuladora, aquellos cuidados incesantes de los intereses materiales marchitaban las bellas ilusiones de su joven corazón. ¡Pobre y delicada flor!, ¡tú habías nacido para embalsamar los jardines, bella, inútil y acariciada tímidamente por las auras del cielo!

Mientras fue soltera, Carlota había gozado las ventajas de las riquezas sin conocer su precio: ignoraba el trabajo que costaba el adquirirlas. Casada, aprendía cada día, a costa de mil pequeñas y prosaicas mortificaciones, cómo se llega a la opulencia. Sin embargo, de nada carecía Carlota, comodidades, recreaciones y aun lujo, todo lo tenía. Los dos ingleses sostenían su casa bajo un pie brillante[154]. Pero aquellas bellas apariencias, y aun las ventajas reales de la vida, estaban fundadas y sostenidas por la incesante actividad, por la perenne especulación y por un fatigante desvelo. Carlota no podía desaprobar con justicia la conducta de su marido, ni debía quejarse de su suerte, pero a pesar suyo se sentía oprimida por todo lo que tenía de serio y material aquella vida del comercio. Mientras vivió su padre, hombre dulce, indolente como ella, y con el cual podía ser impunemente pueril, fantástica y apasionada, pudo estar también menos en contacto con su nuevo destino, y sólo tuvo que llorar por ver a su esposo más ocupado de su fortuna que de su amor, y por los frecuentes viajes que el interés de su comercio le obligaba a hacer, ya a la Habana, ya a los Estados Unidos de la América del Norte. Mas ella quedaba entonces al lado de su padre que la adoraba, y cuya debilitada salud exigía mil cuidados que ocupaban su existencia.

Pero don Carlos sólo sobrevivió dos años a su hijo, y su muerte, que privó a Carlota de un indulgente amigo y de un tierno consolador, fue acompañada de circunstancias que rasgaron de una vez el velo de sus ilusiones, y que envenenaron para siempre su vida.

Durante las últimas semanas de la vida del pobre caballero, Jorge no se apartaba un instante de la cabecera de su lecho, velándole las noches en que Carlota descansaba. Agradecía ella esta asistencia con todo el calor de su corazón sensible y noble, incapaz de penetrar sus viles motivos; pero al descubrirlos su indignación fue tanto más viva cuanto mayor había sido su confianza.

---

[154] *bajo un pie brillante*. Con brillantez. Expresión que no dejaba de ser un tanto vulgar, pero corriente en la época de la Avellaneda.

Débil de carácter don Carlos, y más débil aún después de dos años de enfermedad, que habían enflaquecido a la vez su cuerpo y su espíritu, fue una blanda cera entre las manos de hierro del astuto y codicioso inglés, que logró hacerle dictar un testamento en el cual dejaba a Carlota todo el tercio y quinto de sus bienes. Ignoró Carlota esta injusticia hasta que muerto su padre se le enteró de sus últimas disposiciones, en las cuales vio la prueba inequívoca de la avaricia y bajeza de su suegro. Explicóse franca y enérgicamente con Enrique, declarando su resolución de no aprovecharse de aquel abuso cometido, devolviendo a sus hermanas, injustamente despojadas, aquellos bienes arrancados a la debilidad por la codicia.

Carlota se había persuadido de que su marido pensaría lo mismo que ella, pero Enrique encontró absurda la demanda de su mujer y la trató como fantasía de una niña que no conoce aún sus propios intereses. Aquel testamento era legal y Enrique no concebía los escrúpulos delicados de Carlota, ni por qué le llamaba injusto y nulo.

Todas las súplicas, las lágrimas, las protestaciones[155] de Carlota sólo sirvieron para malquistarla con su suegro, sin que Enrique la escuchase jamás de otro modo que como a un niño caprichoso, que pide un imposible. La acariciaba, la prodigaba tiernas palabras y concluía por reírse de su indignación.

Carlota luchó inútilmente por espacio de muchos meses, después guardó silencio y pareció resignarse. Para ella todo había acabado. Vio a su marido tal cual era: comenzó a comprender la vida. Sus sueños se disiparon, su amor huyó con su felicidad. Entonces tocó toda la desnudez, toda la pequeñez de las realidades, comprendió lo erróneo de todos los entusiasmos, y su alma que tenía necesidad, sin embargo, de entusiasmos y de ilusiones, se halló sola en medio de aquellos dos hombres pegados a la tierra y alimentados de positivismo. Entonces fue desgraciada, entonces las se-

---

[155] *protestaciones*. Declaración, confesión pública que uno hace de la religión verdadera o de la creencia que profesa; sin embargo, aquí parecen tener el sentido de *protestas*.

cretas y largas conferencias con la religiosa ursulina fueron más frecuentes. Su único placer era llorar en el seno de su amiga sus ilusiones perdidas y su libertad encadenada; y cuando no estaba con Teresa huía de la sociedad de su marido y de su suegro. Muchas veces se iba a Bellavista y pasaba allí meses enteros en una absoluta soledad, o sin otra compañía que sus hermanas, que eran, sin embargo, demasiado jóvenes para poder consolarla. En Bellavista respiraba más libremente: sentía su pobre corazón necesidad de entregarse, y ella le abría al cielo, al aire libre del campo, a los árboles y a las flores.

Así en el día en que comienza este último capítulo de nuestra historia, hallábase fuera de la ciudad, mientras las monjas la esperaban con impaciencia y Teresa agonizaba. Había ya cumplido ésta con todos sus deberes de católica, pero parecía escuchar con distracción las bellas cosas que le decía el religioso que la auxiliaba, y profería por momentos el nombre de Carlota.

Por fin llegó ésta. Un carruaje se detuvo delante de la puerta del convento y la señora de Otway, pálida y asustada, se precipitó en la celda de la moribunda.

Teresa pareció reanimarse a la vista de su amiga y con voz débil pero clara pidió las dejasen solas.

Carlota se puso de rodillas junto al lecho, a cuya cabecera ardían dos velas de cera, alumbrando una calavera y un crucifijo de plata. Teresa se incorporó un poco sobre sus almohadas y le tendió la mano.

—Yo muero —dijo después de un instante de silencio—, y nada poseo, nada puedo legar a la compañera de mi juventud. Pero acaso pueda dejarle un extraño consuelo, un triste pero poderoso auxilio contra el mal que marchita sus años más hermosos. Carlota, tú estás cansada de la vida, y detestas al mundo y a los hombres... sin embargo, tú has sido una mujer feliz, Carlota; tú has sido amada con aquel amor que ha sido el sueño de tu corazón, y que hubiera hecho la gloria de mi vida si yo le hubiese inspirado. Tú has poseído sin conocerla una de esas almas grandes, ardientes, nacidas para los sublimes sacrificios, una de aquellas almas excepcionales que pasan como exhalaciones de Dios sobre la tierra. Y bien,

Carlota: ¿te cansa la existencia material?, ¿necesitas la poesía del dolor?, ¿anhelas un objeto de culto?... Desata de mi cuello este cordón negro... en él está una pequeña llave: abre con ella ese cofrecito de concha... ¡Bien! ¿No ves dentro de él un papel ajado por mis lágrimas?... Toma ese papel, Carlota, y consérvale como yo le he conservado.

»No recibí del cielo una rica imaginación, ni una alma poética y exaltada: no he vivido, como tú, en la atmósfera de mis ilusiones. Para mí la vida real se presentó siempre desnuda, y la triste experiencia del infortunio me hizo comprender y adivinar muchos horribles secretos del corazón humano: sin embargo de eso, Carlota, muero creyendo en el amor y en la virtud, y a ese papel debo esta dulce creencia que me ha preservado del más cruel de los males: el desaliento.

La voz de Teresa se extinguió por un momento: pidió a su prima un vaso de agua y después le reveló con más firmeza el noble sacrificio del mulato.

—Él te dio el oro —la dijo— que decidió a Enrique a llamarte su esposa, pero no desprecies a tu marido, Carlota; él es lo que son la mayor parte de los hombres, ¡y cuántos existirán peores!...

»Quiera el cielo que no vuelvas algún día los ojos con dolor hacia el país en que has nacido, donde aún se señalan los vicios, se aborrecen las bajezas y se desconocen los crímenes: donde aún existen en la oscuridad, virtudes primitivas. Los hombres son malos, Carlota, pero no debes aborrecerlos ni desalentarte en tu camino. Es útil conocerlos y no pedirles más que aquello que pueden dar: es útil perder esas ilusiones que acaso no existen ya sino en el corazón de una hija de Cuba. Porque hemos sido felices, Carlota, en nacer en un suelo virgen, bajo un cielo magnífico, en no vivir en el seno de una naturaleza raquítica, sino rodeadas de todas las grandes obras de Dios, que nos han enseñado a conocerle y amarle.

»Acaso tu destino te aleje algún día de esta tierra en que tuviste tu cuna y en donde yo tendré mi sepulcro: acaso en el ambiente corrompido de las ciudades del viejo hemisferio, buscarás en vano una brisa que refresque tu alma, un recuerdo de tu primera juventud, un vestigio de tus ilusiones: acaso no hallarás nada grande y bello en que descansar tu corazón fatigado. Entonces tendrás ese papel: ese papel es toda un alma: es una vida, una muerte: todas las ilusiones resumidas, todos los dolores compendiados... el aroma de un corazón que se moría sin marchitarse. Las lágrimas que te arranque ese papel no serán venenosas, los pensamientos que te inspire no serán mezquinos. Mientras leas ese papel creerás como yo en el amor y en la virtud, y cuando el ruido de los vivos fatigue tu alma, refúgiate en la memoria de los muertos[156].

Teresa imprimió un beso en la frente de su amiga. Carlota la estrechó entre sus brazos... pero, ¡ay!, ¡sólo abrazaba ya un cadáver!

A la melancólica luz de las velas, que alumbraban la calavera y el crucifijo, Carlota de rodillas, pálida y trémula, leyó junto al cadáver de Teresa la carta de Sab. Luego... ¿para qué decir lo que sintió luego? Esa carta nosotros, los que referimos esta historia, la hemos visto: nosotros la conservamos fielmente en la memoria. Hela aquí.

CARTA DE SAB A TERESA

Teresa: la hora de mi descanso se acerca: mi tarea sobre la tierra va a terminar. Cuando dejo este mundo, en el que tanto he padecido y amado, solamente de vos quiero despedirme.

He venido a morir cerca de mi madre y de mi hermano: pensé que su presencia —la presencia de estos dos seres que me han amado—, dulcificaría mi agonía: pero me engañaba. Dios me guardaba aquí mi última prueba, mi postrer martirio.

Ella duerme, la pobre anciana, y la muerte la rodea: ella duerme junto a dos moribundos: ¡sus dos hijos que van a abandonarla! Os lo confieso: al ver hace un momento su frente calva, surcada por los años y por los dolores, reposar

---

[156] Momentos de carácter autobiográfico, especialmente nostálgicos y tristes.

fatigada sobre mi pecho, y cuando su voz —aquella voz que me ha dado el dulce nombre de hijo—, me decía «Sólo tú me quedas en el mundo», en aquel momento he deseado la vida y he llevado convulsivamente las manos sobre mi corazón, para arrancar de él el dolor que me mata.

¡Ah!, sí: la muerte era mi único deseo, mi única esperanza, y al sentir su mano fría apretar mi corazón, he gozado una alegría feroz y he levantado a Dios mi corazón para decirle: «Yo reconozco tu misericordia.»

Pero al aspecto de esta anciana, que duerme arrullada por el estertor de un moribundo junto al cadavérico cuerpo de su último nieto, y que aun durmiendo me tiende los brazos y me dice «sólo tú me quedas en el mundo», sufro un nuevo género de combate, una terrible lucha. Siento el deseo de vivir y la necesidad de morir. Sí, por ti quisiera vivir, pobre anciana, que te has compadecido del huérfano y que le has dicho «yo seré tu madre»: por ti que no te has avergonzado de amar al siervo, y que le has dicho «levanta tu frente, hijo de la esclava, las cadenas que aprisionan las manos no deben oprimir el alma.» Por ti quisiera vivir, para cerrar tus ojos y enterrar tu cadáver, y llorar sobre tu sepultura: y el abandono en que te dejo hace amarga para mí mi hora solemne y deseada.

Y bien ¡Dios mío!, yo acepto esta nueva prueba y agoto, sin hacer un gesto de repugnancia, la última gota de hiel que has arrojado en el cáliz amargo de mi vida.

Yo muero, Teresa, y quiero despedirme de vos. ¿No os lo he dicho ya? Creo que sí.

Quiero despedirme de vos y daros gracias por vuestra amistad, y por haberme enseñado la generosidad, la abnegación y el heroísmo. Teresa, vos sois una mujer sublime, yo he querido imitaros: pero ¿puede la paloma tomar el vuelo del águila? Vos os levantáis grande y fuerte, ennoblecida por los sacrificios, y yo caigo quebrantado. Así cuando precipita el huracán su carro de fuego sobre los campos, la ceiba se queda erguida, iluminada su cabeza vencedora por la aureola con que la ciñe su enemigo; mientras que el arbusto, que ha querido en vano defenderse como ella, sólo queda para atestiguar el poder que le ha vencido. El sol sale y la ceiba le saluda diciéndole: «veme aquí», pero el arbusto sólo presenta sus hojas esparcidas y sus ramas destrozadas.

Y, sin embargo, vos sois una débil mujer: ¿cuál es esa fuerza que os sostiene y que yo pido en vano a mi corazón de hombre? ¿Es la virtud quien os la da?... Yo he pensado mucho en esto: he invocado en mis noches de vigilia ese gran nombre —¡la virtud!—. Pero ¿qué es la virtud? ¿en qué consiste?... Yo he deseado comprenderlo, pero en vano he preguntado la verdad a los hombres. Me acuerdo que cuando mi amo me enviaba a confesar mis culpas a los pies de un sacerdote, yo preguntaba al ministro de Dios qué haría para alcanzar la virtud. La virtud del esclavo, me respondía, es obedecer y callar, servir con humildad y resignación a sus legítimos dueños, y no juzgarlos nunca.

Esta explicación no me satisfacía. ¡Y qué!, pensaba yo: ¿la virtud puede ser relativa? ¿La virtud no es una misma para todos los hombres? ¿El gran jefe de esta gran familia humana, habrá establecido diferentes leyes para los que nacen con la tez negra y la tez blanca? ¿No tienen todos las mismas necesidades, las mismas pasiones, los mismos defectos? ¿Por qué, pues, tendrán los unos el derecho de esclavizar y los otros la obligación de obedecer? Dios, cuya mano suprema ha repartido sus beneficios con equidad sobre todos los países del globo, que hace salir al sol para toda su gran familia dispersa sobre la tierra, que ha escrito el gran dogma de la igualdad sobre la tumba, ¿Dios podrá sancionar los códigos inicuos en los que el hombre funda sus derechos para comprar y vender al hombre, y sus intérpretes en la tierra dirán al esclavo; «tu deber es sufrir: la virtud del esclavo es olvidarse de que es hombre, renegar de los beneficios que Dios le dispensó, abdicar la dignidad con que le ha revestido, y besar la mano que le imprime el sello de la infamia?» No, los hombres mienten: la virtud no existe en ellos.

Muchas veces, Teresa, he meditado, en la soledad de los campos y en el silencio de la noche, en esta gran palabra: ¡la virtud! Pero la virtud es para mí como la providencia: una necesidad desconocida, un poder misterioso que concibo pero que no conozco. Entre los hombres la he buscado en vano. He visto siempre que el fuerte oprimía al débil, que el sabio engañaba al ignorante, y que el rico despreciaba al pobre. No he podido encontrar entre los hombres la gran armonía que Dios ha establecido en la naturaleza[157].

Nunca he podido comprender estas cosas, Teresa, por más que se las he preguntado al sol, y a la luna, y a las estrellas, y a los vientos bramadores del huracán, y a las suaves brisas de la noche. Las densas nubes de mi ignorancia cubrían a pesar mío los destellos de mi inteligencia, y al preguntaros ahora si debéis a la virtud vuestra fortaleza se me ocurre una nueva duda, y me pregunto a mí mismo si la virtud no es la fortaleza, y si la fortaleza no es el orgullo. Porque el orgullo es lo más bello, lo más grande que yo conozco, y la única fuente de donde he visto nacer las acciones nobles y brillantes de los hombres. Decídmelo, Teresa, esa grandeza y abnegación de vuestra alma ¿no es más que orgullo?... ¡Y bien!, ¿qué importa? Cualquiera que sea el nombre del sentimiento que dicta las nobles acciones es preciso respetarle. Pero ¿de qué carezco que no puedo igualarme con vos? ¿Es la falta de orgullo?... ¿Es que ese gran sentimiento no puede existir en el alma del hombre que ha sido esclavo?... Sin embargo, aunque esclavo yo he amado todo lo bello y lo grande, y he sentido que mi alma se elevaba sobre mi destino. ¡Oh! sí, yo he tenido un grande y hermoso orgullo: el esclavo ha dejado volar libre su pensamiento, y su pensamiento subía más allá de las nubes en que se forma el rayo. ¿Cuál es, pues, la diferencia que existe entre vuestra organización moral y la mía? Yo os la diré, os diré lo que pienso. Es que en mí hay una facultad inmensa de amar: es que vos tenéis el valor de la resistencia y yo la energía de la actividad: es que a vos os sostiene la razón y a mí me devora el sentimiento. Vuestro corazón es del más puro oro, el mío es de fuego.

Había nacido con un tesoro de entusiasmos. Cuando en mis primeros años de juventud Carlota leía en alta voz delante de mí los romances, novelas e historias que más le agradaban, yo la escuchaba sin respirar, y una multitud de ideas se despertaban en mí, y un mundo nuevo se desenvolvía delan-

---

[157] Aquí Avellaneda por medio de las palabras de Sab muestra su talante progresista, ya que hace una denuncia total de las injusticias sociales.

te de mis ojos. Yo encontraba muy bello el destino de aquellos hombres que combatían y morían por su patria. Como un caballo belicoso que oye el sonido del clarín me agitaba con un ardor salvaje a los grandes nombres de patria y libertad: mi corazón se dilataba, hinchábase mi nariz, mi mano buscaba maquinal y convulsivamente una espada, y la dulce voz de Carlota apenas bastaba para arrancarme de mi enajenamiento. A par de esta voz querida yo creía escuchar músicas marciales, gritos de triunfos y cantos de victorias; y mi alma se lanzaba a aquellos hermosos destinos hasta que un súbito y desolante[158] recuerdo venía a decirme al oído: «Eres mulato y esclavo.» Entonces un sombrío furor comprimía mi pecho y la sangre de mi corazón corría como veneno por mis venas hinchadas. ¡Cuántas veces las novelas que leía Carlota referían el insensato amor que un vasallo concebía por su soberana, o un hombre oscuro por alguna ilustre y orgullosa señora!... Entonces escuchaba yo con una violenta palpitación, y mis ojos devoraban el libro: pero, ¡ay!, aquel vasallo o aquel plebeyo eran libres, y sus rostros no tenían la señal de reprobación. La gloria les abría las puertas de la fortuna, y el valor y la ambición venían en auxilio del amor. ¿Pero qué podía el esclavo a quien el destino no abría ninguna senda, a quien el mundo no concedía ningún derecho? Su color era el sello de una fatalidad eterna, una sentencia de muerte moral.

Un día Carlota leyó un drama en el cual encontré por fin a una noble doncella que amaba a un africano, y me sentí transportado de placer y orgullo cuando oí a aquel hombre decir: «No es un baldón el nombre de africano, y el color de mi rostro no paraliza mi brazo.» ¡Oh, sensible y desventurada doncella! ¡Cuánto te amaba yo! ¡Oh, Otelo! ¡Qué ardientes simpatías encontrabas en mi corazón! ¡Pero tú también eras libre! Tú saliste de la Libia ardiente y brillante como su sol: tú no te alimentaste jamás con el pan de la servidumbre, ni se dobló tu soberbia delante de un dueño. Tu amada no vio en tus manos triunfantes la señal de los hierros, y cuando le referías tus trabajos y hazañas, ningún recuerdo de hu-

---

[158] *desolante:* desolador.

millación hizo palidecer tu semblante. ¡Teresa!, el amor se apoderó bien pronto exclusivamente de mi corazón: pero no le debilitó, no. Yo hubiera conquistado a Carlota a[159] precio de mil heroísmos. Si el destino me hubiese abierto una senda cualquiera, me habría lanzado en ella... la tribuna o el campo de batalla, la pluma o la espada, la acción o el pensamiento... todo me era igual: para todo hallaba en mí la aptitud[160] y la voluntad... ¡sólo me faltaba el poder! Era mulato y esclavo.

¡Cuántas veces, como el paria, he soñado con las grandes ciudades ricas y populosas, con las sociedades cultas, con esos inmensos talleres de civilización en que el hombre de genio encuentra tantos destinos! Mi imaginación se remontaba en alas de fuego hacia el mundo de la inteligencia. «¡Quitadme estos hierros!», gritaba en mi delirio: «¡quitadme esta marca de infamia!, yo me elevaré sobre vosotros, hombres orgullosos: yo conquistaré para mi amada un nombre, un destino, un trono».

No he conocido más cielo que el de Cuba: mis ojos no han visto las grandes ciudades con palacios de mármol, ni he respirado el perfume de la gloria: pero acá en mi mente se desarrollaba, a la manera de un magnífico panorama, un mundo de opulencia y de grandeza, y en mis insomnios devorantes pasaban delante de mí coronas de laurel y mantos de púrpura. A veces veía a Carlota como una visión celeste, y la oía gritarme: «¡Levántate y marcha!» Y yo me levantaba, pero volvía a caer al eco terrible de una voz siniestra que me repetía: «¡Eres mulato y esclavo!»

Pero todas estas visiones han ido desapareciendo, y una imagen única ha reinado en mi alma. Todos mis entusiasmos se han resumido en uno sólo, ¡el amor! Un amor inmenso que me ha devorado. El amor es la más bella y pura de las pasiones del hombre, y yo la he sentido en toda su omnipotencia. En esta hora suprema, en que víctima suya me inmolo en el altar del dolor, paréceme que mi destino no ha sido innoble ni vulgar. Una gran pasión llena y ennoblece una exis-

---

159 Más correctamente, *al precio*.
160 *aptitud*. En la edición príncipe, *actitud*, errata.

tencia. El amor y el dolor elevan el alma, y Dios se revela a los mártires de todo culto puro y noble.

En este momento, Teresa, yo le veo grande en su misericordia y me arrojo confiado en su seno paternal. Los hombres le habían disfrazado a mis ojos, ahora yo le conozco, le veo, y le adoro. Él acepta el culto solitario de mi alma... Él sabe cuánto he amado y padecido: esas blancas estrellas, que velan sobre la tierra y oyen en el silencio de la noche los gemidos del corazón, le han dicho mis lamentos y mis votos. ¡Él los ha escuchado! Yo muero sin haber mancillado mi vida: ¡yo muero abrasado en el santo fuego del amor! No podré hacer valer delante de su trono eterno las virtudes de la paciencia y de la humildad, pero he poseído el valor, la franqueza y la sinceridad: Estas cualidades son buenas para la fuerza y la libertad, y en el esclavo han sido inútiles a los otros y peligrosas para él, pero han sido involuntarias[161].

Los hombres dirán que yo he sido infeliz por mi culpa; porque he soñado los bienes que no estaban en mi esfera, porque he querido mirar al sol, como el águila, no siendo sino un pájaro de la noche; y tendrán razón delante de su tribunal pero no en el de mi conciencia: ella respondería.

Si el pájaro de la noche no tiene ojos bastante fuertes para soportar la luz del sol, tiene el instinto de su debilidad, y ningún impulso interior más fuerte que su voluntad, le ha lanzado a la región a que no nació destinado. ¿Es culpa mía si Dios me ha dotado de un corazón y de un alma? ¿Si me ha concedido el amor de lo bello, el anhelo de lo justo, la ambición de lo grande? Y si ha sido su voluntad que yo sufriese esta terrible lucha entre mi naturaleza y mi destino, si me dio los ojos y las alas del águila para encerrarme en el oscuro albergue del ave de la noche, ¿podrá pedirme cuenta de mis dolores? ¿Podrá decirme: «¿Por qué no aniquilaste el alma que te di? ¿Por qué no fuiste más fuerte que yo, y te hiciste otro y dejaste de ser lo que yo te hice?»

Pero si no es Dios, Teresa, si son los hombres los que me

---

[161] Las ideas religiosas de Sab mitigan su rebeldía social y lo conducen por otro camino. En definitiva no llega a oponerse al sistema y luchar por una transformación social.

han formado este destino, si ellos han cortado las alas que Dios concedió a mi alma, si ellos han levantado un muro de errores y preocupaciones entre mí y el destino que la providencia me había señalado, si ellos han hecho inútiles los dones de Dios, si ellos me han dicho: «¿Eres fuerte?, pues sé débil. ¿Eres altivo?, pues sé humilde. ¿Tienes sed de grandes virtudes?, pues devora tu impotencia en la humillación. ¿Tienes inmensas facultades de amar?, pues sofócalas, porque no debes amar a ningún objeto bello y puro y digno de inspirarte amor. ¿Sientes la noble ambición de ser útil a tus semejantes y de emplear en el bien general y en tu gloria, las facultades que te oprimen?, pues dóblate bajo su peso y desconócelas, y resígnate a vivir inútil y despreciado, como la planta estéril o como el animal inmundo...» Si son los hombres los que me han impuesto este horrible destino, ellos son los que deben temer al presentarse delante de Dios: porque tienen que dar una cuenta terrible, porque han contraído una responsabilidad inmensa.

¿Saben ellos lo que pude haber sido?... ¿Por qué han inventado estos asesinatos morales aquellos que castigan con severas penas al que quita a otro hombre la vida? ¿Por qué establecen grandezas y prerrogativas hereditarias? ¿Tienen ellos el poder de hacer hereditarias las virtudes y los talentos? ¿Por qué se rechazará al hombre que sale de la oscuridad, diciéndole «vuelve a la nada, hombre sin herencia, y consúmete en tu cieno, y si tienes las virtudes y los talentos que faltan a tus sueños, ahógales, porque te son inútiles»?

¡Teresa!, qué multitud de pensamientos me oprime... La muerte que hiela ya mis manos aún no ha llegado a mi cabeza y a mi corazón. Sin embargo, mis ojos se ofuscan... paréceme que pasan fantasmas delante de mí. ¿No veis? Es ella, es Carlota, con su anillo nupcial y su corona de virgen... ¡pero la sigue una tropa escuálida y odiosa!... Son el desengaño, el tedio, el arrepentimiento... y más atrás ese monstruo de voz sepulcral y cabeza de hierro... ¡lo irremediable! ¡Oh!, ¡las mujeres! ¡Pobres y ciegas víctimas![162]. Como los esclavos,

---

[162] Sobre la esclavitud de la mujer ya se ha escrito suficiente en la «Introducción»; pero, al menos, indiquemos que es el momento más intenso de reivindicación femenina.

el matrimonio = esclavitud pero sin opción de ser libre

ellas arrastran pacientemente su cadena y bajan la cabeza bajo el yugo de las leyes humanas. Sin otra guía que su corazón ignorante y crédulo eligen un dueño para toda la vida. El esclavo, al menos, puede cambiar de amo, puede esperar que juntando oro comprará algún día su libertad: pero la mujer, cuando levanta sus manos enflaquecidas y su frente ultrajada, para pedir libertad, oye al monstruo de voz sepulcral que le grita: «En la tumba.» ¿No oís una voz, Teresa? Es la de los fuertes que dice a los débiles: «Obediencia, humildad, resignación... esta es la virtud.» ¡Oh!, yo te compadezco, Carlota, yo te compadezco aunque tú gozas y yo expiro, aunque tú te adormeces en los brazos del placer y yo en los de la muerte. Tu destino es triste, pobre ángel, pero no te vuelvas nunca contra Dios, ni equivoques con sus santas leyes las leyes de los hombres. Dios no cierra jamás las puertas del arrepentimiento. Dios no acepta los votos imposibles. Dios es el Dios de los débiles como de los fuertes, y jamás pide al hombre más de lo que le ha dado.

¡Oh, que suplicio!... no es la muerte, no son vulgares celos los que me martirizan; sino el pensamiento, el presentimiento del destino de Carlota... ¡verla profanada, a ella! ¡A Carlota, flor de una aurora que aún no había sido tocada sino por las auras del cielo...! ¡Y el remedio imposible!... ¡Lo imposible! ¡Qué palabra de hierro!... ¡Y estas son las leyes de los hombres, y Dios calla... y Dios las sufre! ¡Oh!, adoremos sus juicios inescrutables... ¿quién puede comprenderlos?... Pero no, no siempre callarás, ¡Dios de toda justicia! No siempre reinaréis en el mundo, error, ignorancia y absurdas preocupaciones: vuestra decrepitud anuncia vuestra ruina. La palabra de salvación resonará por toda la extensión de la tierra: los viejos ídolos caerán de sus inmundos altares y el trono de la justicia se alzará brillante, sobre las ruinas de las viejas sociedades. Sí, una voz celestial me lo anuncia. En vano, me dice, en vano lucharán los viejos elementos del mundo moral contra el principio regenerador: en vano habrá en la terrible lucha días de oscuridad y horas de desaliento... el día de la verdad amanecerá claro y brillante. Dios hizo esperar a su pueblo cuarenta años la tierra prometida, y los que dudaron de ella fueron castigados con no pisarla jamás: pero sus hijos la vieron. Sí, el sol de la justicia no está lejos. La tierra le espera para rejuvenecer a su luz: los hombres llevarán un sello divino, y el ángel de la poesía radiará sus rayos sobre el nuevo reinado de la inteligencia[163].

¡Teresa! ¡Teresa! La luz que ha brillado a mis ojos los ha cegado... no veo ya las letras que formo... las visiones han desaparecido... la voz divina ha callado... una oscuridad profunda me rodea... un silencio... ¡no!, lo interrumpe el estertor de un moribundo, y los gemidos que arranca la pesadilla de una vieja que duerme. Quiero verlos por última vez... ¡pero yo no veo ya!... quiero abrazarlos... ¡mis pies son de plomo!... ¡Oh, la muerte! La muerte es una cosa fría y pesada como... ¿cómo qué? ¿con qué puede compararse la muerte?

¡Carlota!... acaso ahora mismo... muera yo antes. ¡Dios mío!... mi alma vuela hacia ti... adiós, Teresa... la pluma cae de mi mano... ¡adiós!... Yo he amado, yo he vivido... ya no vivo... pero aún amo.

Pocos días después de la muerte de la religiosa, Carlota, cuya delicada salud declinaba visiblemente, manifestó a su marido el deseo de probar si la mejoraban los aires de Cubitas, reputados generalmente por muy saludables.

En efecto, a principios del mes siguiente dejó la ciudad, y acompañada únicamente de Belén y dos de sus más fieles esclavos, trasladóse a Cubitas, donde fue recibida por todos aquellos honrados labriegos con manifestaciones del mayor regocijo.

Su primer cuidado fue preguntar por la vieja Martina al mayoral de la estancia, pero con gran pesar supo que había muerto hacía seis meses.

—La buena vieja —añadió el mayoral—, desde la muerte de Sab y de su último nieto puede decirse que no vivía.

---

[163] De nuevo la combinación de ideas progresistas, ahora combinadas con un episodio bíblico, parece darnos la clave interpretativa de la ideología de la autora: sus ideas avanzadas eran encauzadas y, por ello, mitigadas a través de su sentido religioso. Son ideas propias de la época, cercanas al socialismo utópico.

Constantemente enferma, sólo se la veía salir todas las tardes, cerca del anochecer, amarilla y flaca como un cadáver, para ir a su paseo favorito seguida de su perro.

Carlota no tuvo necesidad de preguntar cuál era su paseo favorito, pues un labriego que se hallaba presente añadió inmediatamente:

—Es muy cierto lo que dice mi compadre: todas las noches cuando venía yo de mi estancia, veía dos bultos, uno grande y otro más pequeño, a los dos lados de la cruz de madera que pusimos sobre la sepultura del pobre Sab, y donde también enterramos al nieto de Martina. Aquellos dos bultos no llamaban ya la atención a nadie: todos sabíamos que eran la vieja y el perro. Desde que murió la una, ya no vemos más que un bulto, pero ese está constantemente allí. De día y de noche se ve al pobre Leal tendido al pie de la cruz, y sólo desampara su puesto alguna que otra vez, para venir a recibir de mi compadre algún hueso o piltrafa.

—Eso no es exactamente verdad —repuso el mayoral—, que no pocas veces son buenas presas de vaca, y no piltrafas ni huesos, las que se engulle el tal animalillo. Pero, ¿quién ha de tener corazón para negarle un bocado a ese perro tan fiel, que pasa su vida al lado de los huesos de sus amos, y que además está ya viejo y ciego?

La señora de Otway despidió a los dos interlocutores dándoles pruebas de su generosidad, y manifestándose agradecida al mayoral de la que, según decía, había usado con el pobre animalillo que ya no tenía dueño.

Permaneció más de tres meses en Cubitas, pero su salud continuaba en tan mal estado y vivía en un retiro tan absoluto, que nadie volvió a verla en la aldea. Al principio hablábase mucho entre los estancieros de aquella rara dolencia de la señora de Otway, que nadie, ni aun su esclava favorita, acertaba a calificar; y se murmuraba la indiferencia de su marido que la dejaba sola en situación tan delicada. Pero bien pronto la atención de los pocos habitantes de la aldea fue llamada hacia otra parte y se dejó de pensar en Carlota.

Circulaba rápidamente la voz de un acontecimiento maravilloso, cual era que la vieja india, al cabo de medio año de estar enterrada, volvía todas las noches a su paseo habitual, y que se la veía arrodillarse junto a la cruz de madera que señalaba la sepultura de Sab, exactamente a la misma hora en que lo hacía mientras vivió y con el mismo perro por compañero. Este rumor encontró fácil acceso, pues siempre se había creído en Cubitas que Martina no era una criatura como las demás. Los más incrédulos quisieron observar aquella pretendida aparición, y el asombro fue grande y la certeza absoluta cuando estos mismos confirmaron la verdad del hecho; sólo sí que adornado con la extraña circunstancia de que la vieja india al volver a la tierra, se había transformado de una manera singular, pues los que la habían sorprendido en su visita nocturna aseguraban que no era ya vieja, ni flaca, ni de color aceitunado, sino joven, blanca y hermosa cuanto podía conjeturarse, pues siempre tenía cubierto el rostro con una gasa[164].

El ruido de esta visión ocupaba exclusivamente las noches ociosas de los labriegos y nadie se acordó más de Carlota, hasta el día en que agravándose su dolencia, se vio precisada a volverse a Puerto Príncipe.

Por una coincidencia singular, aquel mismo día murió Leal y dejó de verse la visión. Los observadores de la visitadora nocturna, cuando fueron aquella vez, sólo encontraron el cadáver del fiel animalito, que por dictamen del mayoral fue sepultado junto a sus amos: honor debido justamente a su prodigiosa lealtad.

Desde entonces nadie ha vuelto sin duda a orar al pie de la tosca cruz de madera, único monumento erigido a la memoria de Sab: pero acaso se acuerde todavía algún sencillo labrador de la tierra roja, del tiempo en que una vieja y un perro venían a visitar aquella humilde sepultura, y de la visión misteriosa que posteriormente se dejó ver todas las noches por espacio de tres meses, en el mismo lugar.

Desearíamos también dar noticias al lector de la hermosa y doliente Carlota, pero aunque hemos procurado indagar cuál es actualmente su suerte, no hemos podido saberlo. Verosímilmente su marido, cuyas riquezas se habían aumenta-

---

[164] La Avellaneda parece sugerirnos que las gentes confundieron las figuras de Martina, ya fallecida, y de Carlota.

do considerablemente en pocos años, muerto su padre, habrá creído conveniente establecerse en una ciudad marítima y de más consideración que Puerto Príncipe. Acaso Carlota, como lo había previsto Teresa, existirá actualmente en la populosa Londres. Pero cualquiera que sea su destino, y el país del mundo donde habite, ¿habrá podido olvidar la hija de los trópicos, al esclavo que descansa en una humilde sepultura bajo aquel hermoso cielo?

Colección Letras Hispánicas

DE PRÓXIMA APARICIÓN